O mapa que me leva até você

J. P. MONNINGER

O mapa que me leva até você

Tradução
Andréia Barboza

1ª edição
Rio de Janeiro-RJ / Campinas-SP, 2019

VERUS
EDITORA

Editora
Raïssa Castro

Coordenadora editorial
Ana Paula Gomes

Copidesque
Maria Lúcia A. Mayer

Revisão
Cleide Salme

Diagramação
Juliana Brandt

Capa
André S. Tavares da Silva

Foto da capa
Acervo de André S. Tavares da Silva

Título original
The Map That Leads to You

ISBN: 978-85-7686-773-9

Copyright © J. P. Monninger, 2017
Todos os direitos reservados.
Edição publicada mediante acordo com St. Martin's Press, LLC.

Tradução © Verus Editora, 2019
Direitos reservados em língua portuguesa, no Brasil, por Verus Editora. Nenhuma parte desta obra pode ser reproduzida ou transmitida por qualquer forma e/ou quaisquer meios (eletrônico ou mecânico, incluindo fotocópia e gravação) ou arquivada em qualquer sistema ou banco de dados sem permissão escrita da editora.

Verus Editora Ltda.
Rua Benedicto Aristides Ribeiro, 41, Jd. Santa Genebra II, Campinas/SP, 13084-753
Fone/Fax: (19) 3249-0001 | www.veruseditora.com.br

CIP-BRASIL. CATALOGAÇÃO NA FONTE
SINDICATO NACIONAL DOS EDITORES DE LIVROS, RJ

> M756m
> Monninger, J. P.
>   O mapa que me leva até você / J. P. Monninger ; tradução Andréia Barboza. – 1. ed. – Campinas [SP] : Verus, 2019.
>   ; 23 cm.
>
>   Tradução de: The Map That Leads to You
>   ISBN 978-85-7686-773-9
>
>   1. Romance americano. I. Barboza, Andréia. II. Título.
>
> 19-56404   CDD: 813
>   CDU: 82-31(73)

Vanessa Mafra Xavier Salgado – Bibliotecária – CRB-7/6644
Revisado conforme o novo acordo ortográfico.

Seja um leitor preferencial Record.
Cadastre-se no site www.record.com.br e receba informações sobre nossos lançamentos e nossas promoções.

Atendimento e venda direta ao leitor:
sac@record.com.br

Para Andrea e Christina

Gostaria de enterrar algo precioso em todos os lugares onde fui feliz e então, quando ficasse velho e feio e triste, poderia voltar, desenterrar e relembrar.

— EVELYN WAUGH, *Memórias de Brideshead*

Prólogo

Dia da formatura

De todas as pessoas, é a sua mãe quem tira a foto perfeita de você e suas duas melhores amigas no dia da sua formatura na Faculdade Amherst, em Massachusetts. Sua mãe é famosa por ser péssima com a câmera e odeia ser chamada para tirar fotos, mas, canalizando um último sortilégio maternal antes que a idade adulta leve você para sempre, sua mãe aparece quando a multidão de flashes diminui. Por incrível que pareça, não é uma das mil fotos que os pais pedem, nem aquela a caminho do palco, ou uma sua, de vocês três — jovens, com o mundo pela frente, os vestidos esvoaçantes com a brisa suave da Nova Inglaterra, os carvalhos verdes de Amherst que queimam ao sol, os diplomas falsos sendo agitados no ar —, que são obrigatórias em todos os lugares. Nenhuma dessas. Não é aquela com seus pais, nem com os primos da sua amiga, Constance, que estão vestidos com roupas de verão, de um jeito fofo. Não é a foto da entrega de diplomas, nem do aperto de mãos do reitor da faculdade no palco, nem o momento final em que os formandos jogam os capelos idiotas para o ar e quase deixam as pessoas cegas com os frisbees quadrados girando.

É algo, ao mesmo tempo, menor e maior. É uma foto de perfil, as três sentadas em cadeiras dobráveis, os rostos ligeiramente inclinados para ouvir os alto-falantes, o sol fazendo com que franzam um pouquinho o cenho. As pessoas fingem não saber que alguém está tirando uma foto, mas nesse caso é real. Sua mãe tirou a foto como uma ninja, você ainda não sabe como, mas ela captura Constance primeiro. Ela é loira e cheia de esperança, sua expressão é tão gentil e inocente que você sente um nó na garganta toda vez que a olha. Depois, Amy: morena, pensativa, mas o centro de tudo, a diversão, as piadas, a conversa em voz alta e a energia fora de controle, os "danem-se", a doçura e a bondade que transparecem em seus olhos. Sim, ela está olhando para cima também.

E então você. Olhe para essa garota, sua imagem, uma dúzia de vezes, uma centena de vezes, para ver o que habita naquele rosto. Quem é ela, essa formanda em marketing, a estagiária com carga horária de duas horas, a garota com um emprego elegante e lucrativo como analista de investimentos à sua espera quando o verão acabar? Dificilmente você a reconhece; ela mudou nos últimos quatro anos, cresceu mais, talvez esteja mais sábia, uma mulher no lugar da menina. No mesmo instante, é insuportável olhar para ela, porque você vê sua vulnerabilidade, suas falhas, suas lutas. Você é a terceira na fila de três amigas, aquela que faz as coisas acontecerem, que é um pouco maníaca por controle, a que sempre será chamada para ir atrás de Amy quando ela precisar ser resgatada e a que apoiará os gostos refinados de Constance com relação à beleza. A cor do seu cabelo fica entre o loiro de Constance e o castanho como um lobo de Amy, o ingrediente final em qualquer combinação que as três formem. Vocês três se complementam à perfeição.

Um momento em quatro anos. A foto captura tudo. Em questão de semanas, todas estarão na Europa para o que costumava ser chamado de "a grande viagem"; você estará viajando e arrebentando em todos os países antigos, mas, por enquanto, nesse instante, você está à margem de tudo. E a sua mãe captou essa cena, e você não consegue olhar uma única vez para essa foto sem saber que aqueles três corações estão unidos e que, em um mundo louco, cada uma de vocês tem duas coisas — duas coisas puras e sem limites — com que poderão contar daqui para a frente.

É o último minuto antes de ele entrar na sua vida, mas você não sabe, não tem como saber. Mais tarde, você vai tentar imaginar onde ele estava nesse exato instante, quando vocês começaram a viajar um na direção do outro, e como o mundo ao redor não tomou conhecimento disso. Sua vida não seria mais a mesma, mas tudo estava em compasso de espera, tudo flanando no ar, tudo destino e inevitabilidade. Jack, o seu Jack, seu grande amor.

Parte I

AMSTERDÃ

1

Vamos ser claros: nada disso teria acontecido se o trem para Amsterdá não estivesse lotado. Estava irritantemente cheio, todos os passageiros ávidos por uma boa acomodação e incomodados com a falta de espaço. Então fiquei de cabeça baixa, uma vez que eu tinha conseguido um assento, e tentei não olhar para cima. Estava lendo *O sol também se levanta*, que é um clichê, é claro — uma recém-formada lendo Hemingway em sua primeira viagem à Europa com suas duas amigas —, mas tudo bem. Já havia feito Constance e Amy tomarem café e conhaque no Les Deux Magots, já havia caminhado pela Rive Gauche, em Paris, e já havia me sentado sozinha com os pombos no Jardim de Luxemburgo. Não queria ir embora da cidade e deixar seus amplos bulevares, os rapazes que jogavam petanca no Jardim das Tulherias, os cafés, o desagradável gole de café forte, os pequenos chifres engraçados nas scooters, as pinturas, os museus e os crepes enormes. Não queria abandonar as manhãs, bem cedinho, quando os funcionários das cafeterias varriam as pedrinhas e lavavam as entradas com mangueiras pretas e água prateada, ou as noites também, quando era possível sentir cheiro de fumaça ou de castanhas, e os velhinhos se sentavam em banquinhos de três pernas com longas varas de pescar e jogavam as linhas com iscas no Sena. Não queria deixar os vendedores de livros ao longo do rio, as bancas mofadas repletas de livros antigos e amarelados, os pintores de paisagens que apareciam e espalhavam suas telas, tentando capturar o que nunca poderia ser capturado, mas apenas insinuado, transformando-se em um fantasma do que era a cidade. Não queria deixar a Shakespeare & Co., a livraria inglesa, o eco, o longo eco de Hemingway e Fitzgerald, de noites que salpicavam a fonte do Ritz, ou Joyce, com olhos curiosos, mordiscando sua prosa como um rato esfomeado por impressão. Também não queria deixar as gárgulas, os olhos de pedra surpreendentes e atentos olhando para baixo nas catedrais de Notre-Dame, e as centenas de outras igrejas, os rostos brancos, às vezes manchados com uma tinta preta misteriosa, como se a pedra pudesse conter lágrimas e liberá-las ao longo de séculos.

Dizem que não se pode deixar Paris e que só se deve deixá-la se ela optar por partir.

Tentei levá-la comigo. Lá eu li *Paris é uma festa*, *Adeus às armas* e *Morte à tarde*. Eu tinha todos esses livros no meu iPad, uma minibiblioteca portátil de Hemingway e, embora estivesse viajando com Constance e Amy, também estava viajando com o grande autor.

⁂

Então eu lia. Era tarde. Estava na Europa havia duas semanas e meia e agora estava a caminho de Amsterdã. Constance adormeceu ao meu lado — ela estava lendo *The Lives of the Saints* e trilhava sua própria jornada espiritual para ver e conhecer tudo o que podia sobre os santos, as estátuas ou as representações deles, o que alimentava sua grande paixão e o tema da sua tese, a hagiografia — e Amy virou para o assento atrás de mim e começou a conversar com um polonês chamado Victor. O rapaz cheirava a sardinha e vestia um casaco surrado. Mas ela continuou me dando algumas cotoveladas todas as vezes que ele dizia algo que ela achava fofo. A voz de Amy tinha aquela sensualidade que dizia que ela estava jogando charme para o cara, e estava funcionando. Victor era bonito e encantador, com uma voz que o fazia lembrar o Drácula, e percebi que Amy tinha esperanças.

Foi quando Jack apareceu que tudo parou.

⁂

— Você poderia segurar isso para mim? — ele perguntou.

Como não olhei para cima, não percebi que era comigo.

— Moça? — ele chamou.

Então ele empurrou uma mochila contra meu ombro. Olhei para ele. Foi a primeira vez que o vi.

Nossos olhares se encontraram e não se afastaram.

— O quê? — perguntei, ciente de que um de nós precisava desviar o olhar.

Ele era lindo. Na verdade, mais que lindo. Era alto, talvez um metro e noventa, e tinha uma bela constituição. Usava uma jaqueta verde-oliva de zíper e jeans azul, uma combinação que parecia a mais interessante que alguém já pensou em vestir. O nariz já tinha sido quebrado havia bastante tempo e se curou um pouco torto. Tinha dentes bonitos e um sorriso que começava em covinhas assim que se formava. O cabelo era preto e levemente ondulado, como o de um personagem de *Sociedade dos poetas mortos*. Reparei em suas mãos também. Eram grandes e fortes, como se ele não tivesse medo de trabalhar com elas, e me lembrou — só um pouquinho, porque parecia bobo até para mim — as de Hugh Jackman, o Wolverine. Ele parecia despreocupado — uma palavra exagerada, mas precisa —, o tipo de cara que vivia atrás de uma piscada para indicar que tinha entendido a piada, que estava brincando e não levava a sério, mas esperava que você brincasse junto. O motivo da piada ou o que ela tinha a ver com a sua vida não era bem claro, mas fez os cantos da minha boca se levantarem um pouco, com a sombra de um sorriso. Odiei o fato de ele ter conseguido arrancar um sorriso de mim, ainda que fosse só um esboço de sorriso, e tentei olhar para baixo, mas seus olhos não me permitiram. Ele me encarou cheio de humor e não consegui resistir a ouvir o que ele queria.

— Pode segurar isso enquanto eu subo? — ele perguntou, estendendo a mochila de novo. Seus olhos se fixaram nos meus.

— Subir onde?

— Aí em cima. No compartimento da bagagem. Você vai ver.

Ele colocou a mochila no meu colo. *Você poderia colocá-la no corredor, Wolverine*, eu pensei. Mas então eu o vi afastar a bagagem lá de cima e colocar o saco de dormir naquele espaço. Não pude deixar de admirar sua habilidade. Nem seu traseiro e o v das suas costas, e, quando ele alcançou a mochila, olhei para baixo, sentindo-me intimidada e culpada.

— Obrigado — ele disse.

— De nada.

— Jack — ele se apresentou.

— Heather — respondi.

Ele sorriu. Colocou a mochila no compartimento de bagagem para servir de travesseiro e subiu em seguida. Parecia muito grande para se encaixar, mas conseguiu. Pegou uma corda elástica e amarrou nos suportes para não cair caso o trem fizesse uma curva.

Em seguida olhou para mim. Nossos olhares se encontraram novamente e se prenderam.

— Boa noite — ele sussurrou.
— Boa noite — respondi.

2

Parece loucura, mas podemos dizer muito sobre alguém pela forma como essa pessoa dorme. Eu meio que faço um estudo disso. Às vezes, tiro fotos de pessoas adormecidas, e Constance as chama de "meu seriado de cenas noturnas". De qualquer maneira, tive pequenos vislumbres de Jack, como em um filme, porque o trem acelerou, e as luzes do lado de fora apareciam de vez em quando e iluminavam seu rosto. Pode-se dizer se alguém é preocupado ou não, uma pessoa assustada, corajosa, se faz o tipo palhaço ou sério, pela expressão que ela tem durante o sono.

Jack dormia pacificamente de costas, os cílios espessos — ele tinha cílios grandes e bonitos —, e ocasionalmente eu via seus olhos tremerem com um movimento rápido de pálpebras. Seus lábios se separaram um pouco, então pude ter um vislumbre dos dentes. Os braços estavam dobrados sobre o peito. Ele era um homem bonito e por duas vezes me levantei para esticar as costas e olhá-lo, as luzes piscando transformando-o em um filme em preto e branco, como algo saído de uma película de Fellini.

Ainda estava olhando para ele quando meu celular tocou. Era a mamãe dinossauro.

— Onde está a minha aventureira agora? — ela perguntou enquanto tomava seu café da manhã sem carboidratos. Eu a imaginei em nossa cozinha em Nova Jersey, a roupa que vestiria para sair aguardando em um cabide no andar de cima.

— No trem para Amsterdã, mãe.

— Ah, que incrível. Você saiu de Paris. Como estão as meninas?

— Estão bem. Onde você está?

— Em casa. Tomando o café. Seu pai foi para Denver a trabalho por alguns dias. Ele me pediu para te ligar, porque há toneladas de cartas do Bank of America para você aqui. Devem ser dos recursos humanos... Você sabe, seguro, plano de saúde, mas acho que algumas delas precisam da sua atenção.

— Vou ver isso, mãe. Já conversei por telefone com as pessoas do RH.

— Só estou intermediando. Você sabe como seu pai é. Ele gosta de tudo certo, e você vai trabalhar para o amigo dele.

— Eu sei, mãe — falei —, mas não teriam me contratado se não achassem que eu seria capaz. Eu me formei com nota 3.9 na Amherst e me ofereceram três cargos além desse. Falo francês e um pouco de japonês, sou ótima de redação, me saio bem em entrevistas e...

— Claro — minha mãe interrompeu, porque ela sabia que eu tinha razão e que eu só estava na defensiva. — É claro, querida. Não quis dizer nada diferente disso.

Respirei fundo, tentando me acalmar. Então voltei a falar:

— Eu sei que provavelmente existem documentos para providenciar, mas vou ter tempo antes de começar, em setembro. Diga ao meu pai para não se preocupar. Vai ficar tudo bem. Tenho tudo sob controle. Você sabe que sou o tipo de pessoa que faz essas coisas. Seja como for, sou um pouco obsessiva em relação aos detalhes.

— Eu sei, meu amor. Acho que ele está meio dividido, só isso. Seu pai quer que você se divirta na Europa, mas também sabe que esse trabalho é importante. Banco de investimento, querida, é...

— Eu entendi, mãe — respondi, imaginando-a com sua cabeça de *Tiranossauro Rex* lentamente me tirando do chão com a boca e minhas pernas balançando. Mudei de assunto e perguntei sobre o meu gato. — Como está o sr. Periwinkle?

— Não o vi hoje de manhã, mas está por aqui, em algum lugar. Está com aqueles caroços, mas continua comendo.

— Dá um beijo nele por mim?

— Vou fazer um carinho nele por você, tá? Ele está sujo, querida. Imundo. Estou preocupada com o que ele tem na pele.

— Mãe, ele está na nossa família há quinze anos.

— Acha que não sei disso? Fui eu quem o alimentou e o levou ao veterinário, sabia?

— Eu sei, mãe.

Virei o iPad. Não gostei de ver meu rosto refletido no vidro enquanto conversava ao telefone. Eu estava realmente ficando irritada com minha mãe por causa do meu gato mesmo estando sentada em um trem a caminho de Amsterdã? Isso era meio insano. Por sorte, Amy veio me salvar, levantando e passando por mim. Ela balançou as sobrancelhas com um pequeno sinal. Vi que Victor a seguiu pelo corredor até Deus sabe onde. A Polônia estava prestes a ser conquistada.

— Escuta, mãe, estamos nos preparando para descer em Amsterdã — falei. — Preciso pegar minhas coisas. Diga ao meu pai que vou cuidar da papelada assim que chegar em casa. Prometo. Diga também para não se preocupar. Mandei um e-mail para o pessoal do escritório e estou pronta para começar em setembro. Está tudo bem. Eles realmente parecem felizes com a minha contratação e satisfeitos por eu fazer essa viagem. Eles me encorajaram porque sabem que vou me empenhar muito quando começar.

— Tudo bem, querida. Faça como quiser. Se cuide, está bem? Promete? Eu te amo. Dê um beijo e um abraço nas meninas.

— Certo, mãe, prometo. Te amo.

Desligamos. A mamãe dinossauro entrou na era jurássica, os pés fazendo entalhes nas rochas enquanto caminhava. Fechei os olhos e tentei dormir.

3

— O que você está lendo?

Estava tarde. Não consegui dormir no fim das contas. Amy não voltou e Constance pareceu dormir bem o suficiente por todas nós. Fui levada para a Espanha com Hemingway, bebendo demais e observando os touros. *Fiesta*. Os cardumes de trutas da montanha. Estava tão envolvida em meus pensamentos que não percebi quando Jack se acomodou no assento ao meu lado.

— O quê? — perguntei e virei o iPad de encontro ao peito.

— Minhas pernas ficaram dormentes lá em cima. Não no começo, mas depois de um tempo. Pelo menos dormi um pouco. Quer tentar? Posso te levantar.

— Eu poderia escalar se quisesse.

— Foi só uma sugestão, não quis ofender.

— Você vai ter que sair daí se a minha amiga voltar. Esse lugar está ocupado.

Ele sorriu, e eu me perguntei por que estava sendo malvada. Provavelmente era um mecanismo de defesa. Ele era tão bonito — e sabia disso — que eu não podia deixar de tentar abalar sua autoconfiança. Meu pescoço ficou corado. Ele sempre me entrega. Sempre enrubesce quando estou nervosa, animada ou sob pressão. Quando fazia provas na Amherst, meu pescoço ficava da cor do peito de um faisão. Costumava usar gola alta para cobri-lo, embora o calor só piorasse.

— Você estava lendo, certo? — ele perguntou. — Vi quando virou as páginas. Você gosta de e-books? Não sou um grande fã.

— Posso levar muitos livros em um pequeno dispositivo.

— Ãhã — ele disse, num tom de zombaria, mas flertando.

— É útil quando você está viajando.

— Mas um livro é um companheiro. Você pode lê-lo em um lugar especial, como em um trem para Amsterdã, e depois você o leva para casa e o coloca em uma estante. Anos depois, você se lembra da sensação que teve no trem quando era jovem. É como uma pequena ilha no tempo. Se você ama um livro, pode dá-lo a outra pessoa. E pode descobri-lo várias vezes, é como rever um velho amigo. Não se pode fazer isso com um arquivo digital.

— Acho que você é mais convencional do que eu. Você também pode jogar um livro em uma prateleira e depois encaixotá-lo na próxima vez que se mudar, depois desencaixotá-lo e, em seguida, encaixotá-lo novamente. E assim por diante. Um iPad tem mais livros do que qualquer estante, em qualquer apartamento.

— Eu não confio muito nos dispositivos. Me parecem um truque.

No entanto, ao dizer isso, ele pegou o iPad e o revirou. Foi tão rápido que não tive tempo de evitar. Estava consciente de toda a experiência: cara fofo, trem em movimento, luzes, aromas de comida vindos do bar no fundo dos vagões, idiomas diferentes, aventuras. Além disso, ele sorria. Tinha um sorriso incrível, do tipo conspiratório, daqueles que diziam que o mal andava por perto, como se me convidasse a ter momentos melhores do que se eu ficasse sozinha.

— Hemingway? — ele perguntou, lendo uma página. — *O sol também se levanta*. Uau, você caiu direitinho.

— Caiu direitinho no quê?

— Ah, você sabe, a coisa toda do Hemmy. Paris, beijar mulheres maduras em bordéis, vinhos, impressionistas, tudo isso. O romance normal da experiência dos exilados na Europa. Talvez até a coisa do quero-ser-escritor-e-morar-num-sótão. Você pode até ter ficado caidinha por isso. Achei que as mulheres não gostassem mais de Hemingway.

— Eu gosto da tristeza dele.

Ele me olhou. Podia apostar que não esperava por isso. Ainda se curvou um pouco para me ver melhor. Estava me avaliando.

— Costa Leste — ele tentou, como se fosse um homem dividido entre diversos sabores de sorvete. — Jersey, talvez Connecticut. O papai trabalha em Nova York. Poderia ser Cleveland, talvez no Heights. Posso estar errado, mas acho que não. Estou perto?

— De onde você é?

— Vermont. Mas você não me disse se eu estava certo ou errado.

— Continue. Quero que trace meu perfil inteiro.

Ele me olhou de novo. Com delicadeza, colocou a mão no meu queixo. Isso me pareceu uma boa tática de conquista, independentemente do quão preciso ele pudesse ser. Virou meu rosto de um lado para o outro, me olhando com seriedade. Ele tinha olhos maravilhosos. Meu pescoço parecia uma flanela vermelha. Olhei rapidamente para ver se Constance tinha acordado com o barulho da nossa conversa, mas ela ainda dormia. Eu sabia que ela conseguia dormir até diante de um terremoto.

— É recém-formada. Está na Europa com suas amigas agora... da fraternidade? Não, provavelmente não são de lá. Você é inteligente demais para isso. Talvez vocês tenham trabalhado juntas no jornal. Boa faculdade, também estou certo? Costa Leste, então, talvez St. Lawrence, Smith, algo assim.

— Amherst — falei.

— Ahhhhhh, muito inteligente também. É difícil entrar na Amherst nos dias de hoje. Ou é bem relacionada... Qual das duas opções? Humm, deixe-me pensar... Mas você está lendo Hemingway na Europa, então isso é muito impressionante ou terrivelmente padrão.

— Você está sendo um idiota, sabia? E bem condescendente. Esse é o pior tipo.

— Estou fazendo uma exibição masculina para te conhecer. Mas gosto de você. Gostei desde o início. Se eu fosse um pavão, abriria minha cauda e dançaria ao seu redor para demonstrar meu interesse. Mas como estou me saindo até agora? Está funcionando? Sentiu o coração acelerar?

— Você era melhor antes de abrir a boca. Muito melhor, na verdade.

— *Touché*. Vamos ver. Mãe envolvida com instituições de caridade, trabalho voluntário. O pai lida com coisa grande. Mundo corporativo, mas não é um grande empreendedor. Mas isso é só um palpite. Tem bastante dinheiro de qualquer maneira. Você está lendo Hemingway, então tem sensibilidade artística, mas não confia nela porque, bem, não é prático. Hemingway faz parte da lista dos escritores muito lidos, certo?

Respirei fundo, assenti para aceitar o que ele disse e então comecei a falar com calma.

— E você é um babaca de Vermont que se acha o dono da verdade, fala demais, provavelmente lê, vou te dar esse crédito, tem um daqueles fundos fiduciários que te permite passear pelo mundo, escolhendo garotas e deixando-as deslumbradas com sua inteligência, sabedoria e cultura. O problema é que você não faz questão de que o sexo venha com esse pacote, embora fosse um bônus, caso acontecesse. Você quer que as garotas se apaixonem por você, que fiquem maravilhadas com a sua grandiosidade, porque essa é meio que uma doença. E assim você pode repetir todo o discurso do Hemmy como se vocês dois fossem velhos amigos de bebedeira, mas o Hemingway fez isso tudo de verdade, afinal ele estava *atrás* de algo que você nunca vai entender, e você só está brincando. E agora é melhor você ir porque a Amy já está voltando.

Ele sorriu. Se eu o magoei, seus olhos não entregaram. Então ele estremeceu de brincadeira.

— Só tire a faca de mim antes que eu vá.

— Sinto muito, Jack — falei e não pude deixar de usar seu nome em tom de zombaria. — Alguém já disse que você parece uma versão ruim do Hugh Jackman?

— O Wolverine?

Assenti.

— Tudo bem. Você venceu. Misericórdia.

Ele começou a se levantar, então pegou o calendário que eu tinha embaixo do iPad.

— Me diz que isso não é uma agenda Smythson. A Smythson, da Bond Street? Ah, meu Deus, a agenda mais cara que alguém já viu. Me diz que você não tem uma dessas.

— Foi um presente de formatura. E não custou o preço cheio, pode acreditar. Era uma promoção, foi praticamente de graça.

— Estou tentando imaginar que tipo de pessoa precisa de um calendário chique para lembrá-la de que está indo bem.

— Pessoas pontuais. Do tipo que desejam se lembrar dos compromissos. Que estão tentando realizar algo neste mundo.

— Ah, e você é uma dessas?

— Estou tentando ser.

— De qualquer jeito, quanto custa isso?

— Não é da sua conta. Vá incomodar outra pessoa, está bem?

— Ah, meu Deus — ele disse, colocando a agenda Smythson de volta no meu colo. — Você realmente acha que se conseguir todas as estrelas dadas pelo professor vai ter uma geladeira enorme no céu para você prender na porta todos os seus lembretes importantes? Que alguma supermãe em algum lugar vai anotar no quadro de incentivo as suas realizações e todos vão te aplaudir?

Quis socá-lo. Quase fiz isso.

— E você realmente acha, Jack, que vagar por toda a Europa e tentar ser uma alma perdida e romântica vai te transformar em alguma coisa diferente de um bêbado cínico sentado em um bar que aborrece todo mundo ao seu redor?

— Uau! — ele exclamou. — Você só está viajando para melhorar o seu currículo? Assim vai poder dizer em um coquetel, algum dia, que esteve em Paris? Por que se incomodou em vir para cá se vai ver a sua viagem dessa forma?

— Não vejo isso de forma alguma, Jack. Mas carinhas hipster que estão, tipo, atrasados cem anos para a festa, para Paris e tudo isso entre romance de guerra, bem, eles são lamentáveis. Alguns de nós acreditam em fazer acontecer. Em realizações. Então, sim, às vezes temos calendários da Bond Street que nos ajudam a organizar o nosso dia. Isso se chama *progredir*. Temos carros, aviões e, sim, iPads e iPhones. Entenda isso, garoto de Vermont.

Ele sorriu. Quase sorri de volta. Tinha que admitir que ele era divertido. Não pensei que ele levaria muito a sério o que dissemos. A única coisa que ele parecia levar a sério era a forma como nossos olhos continuavam a se encarar.

— Boa jogada. Eu admito. Gosto da sua paixão. Não é preciso muito para sua língua ficar afiada, não é?

— Isso é o melhor que você pode fazer? Está me chamando de megera de língua afiada, Jack? Garanto que conheço a maioria das referências que você me lançar. Tenho uma boa educação e sou bem esperta. Vá embora, Jack Vermont. Volte a contemplar o grande significado da sua vida ou, talvez, planeje o próximo livro que você nunca vai escrever. Vá encontrar um café onde você possa se sentar e fingir conversas mentirosas sobre se importar com outros falsos exilados que gostam de acreditar que veem um pouco mais profundamente a experiência humana do que nós, pobres e maliciosos empresários. Isso fará com que você se sinta extraordinariamente superior. Você pode olhar para baixo aí do seu altar e jogar os seus trovões.

— Falsos exilados? — ele perguntou, sorrindo de novo, como que para me fazer sorrir, e tive de lutar para não ceder.

— Quer que eu continue? Ou você entendeu?

— Entendi — ele disse, e lentamente se levantou. — Acho que isso foi muito bom. E quanto a você?

— Foi ótimo.

Jack se exibiu, passando por mim até o corredor — ele tinha um belo corpo —, e então voltou a entrar em seu saco de dormir. Quando se acomodou, esperou até eu olhar para ele. Mostrou a língua e eu retribuí o gesto.

4

As coisas ficaram assim por um tempo. Meu pescoço ficou muito vermelho e tive problemas para controlar a respiração. Contando até dez, me sentei com o rosto apoiado nas mãos, tentando me controlar. Não gostava de pensar que eu era reconhecida com tanta facilidade, porque eu realmente era de Nova Jersey, meu pai era um alto executivo e minha mãe, voluntária de obras sociais. Odiava pensar que eu era um tipo comum, uma pessoa que alguém como Jack poderia identificar em poucos minutos. Também não gostei do veneno que destilei quando falei com ele. Mas ele passou dos limites. Eu o observei enquanto as luzes continuavam a aparecer do lado de fora. Estava sozinha havia meses, desde que terminei com Brian, o cara com quem fiquei por mais tempo na faculdade. Ainda não tinha me conformado com o fato de ter levado Brian para casa e até mesmo decorado a árvore de Natal da família com ele e depois descoberto que ele tinha ficado com uma garota em uma aposta na semana anterior. A garota era uma garçonete que usava sutiã de alças largas e tinha os cabelos tingidos de loiro. Brian estava bêbado e foi desafiado por seus amigos a ficar com ela. "Desafio de bar, desafio de bar, desafio de bar, hahaha, diversão, diversão, diversão, outra rodada", eles cantavam. Então, ele entrou no carro, não sei se dele ou dela, ou mesmo em um beco, pelo que eu sabia, para se encontrarem. E, com certeza, isso não significava nada, o mundo concordava com isso, mas tudo o que eu podia lembrar era que eu estava olhando para sua calça de couro no momento em que ele estava na escada e tirou os enfeites da minha mão enquanto meu pai preparava os drinques no bar da sala de estar, e a minha mãe, a *Tiranossauro Rex*, atravessava a casa com um suéter fino jogado sobre os ombros como uma capa e calças de trezentos dólares da Eileen Fisher que subiam até a parte de baixo de sua costela. A porcaria do Bing Crosby tocando no Spotify. Eu confesso: fiquei sonhando com toda a coisa do romance — Natal no campo, neve caindo, hotel e toda essa baboseira — até que seu amigo, Ronnie Evers, mostrou uma foto do Brian com a mão no traseiro da calça skinny da Brenda, a garçonete, a língua esticada como a de um guitarrista de uma banda de acid rock enquanto ela envolvia as pernas grossas como as de um búfalo ao redor dele e se inclinava para trás, como se fosse uma vaqueira.

O que se seguiu quando vi tudo no Twitter e no Facebook, além de marcações em algumas fotos, foi uma ceninha tranquila entre mim e o Brian na antiga sala de recreação, nossa voz tensa e controlada, sibilando como radiadores antigos.

— *Como você pôde? Com ela? Vocês ficaram?*
— *Foi só uma brincadeira. Uma aposta! Eu estava bêbado!*
— *Ah, por favor, Brian. Vá à merda.*
— *Está tudo bem. Meu Deus, qual é, Heather? Não estamos noivos, sabia?*
— *Vá se foder, Brian.*

Mas tínhamos caído do nosso pequeno paraíso particular. Nós nos separamos no dia seguinte, sua bolsa batendo no porta-malas do antigo Volvo sedã antes de Brian partir, as luzes de Natal o levando para longe.

Quando voltei para casa, vi o sr. Periwinkle, nosso gato, olhando pela janela do andar de cima.

⁂

E então o Jack. A Constance ainda estava dormindo. A Amy ainda estava desaparecida. O trem ficou naquele tipo de calma inquieta de quando as pessoas tentam dormir, mas não conseguem. Senti o cheiro de café vindo do vagão do bar atrás de nós. De vez em quando, como um filme noir, ouvíamos o som do trem que surgia quando ele passava por uma estação ou um tapume: *duhhhhh-de-de-de-dealllllllh-hhhhhhh*. O efeito Doppler, eu sabia, pois tive aula de física no primeiro ano.

Decidi tomar café. E decidi a meio caminho de onde o Jack estava, de modo que, quando passei por ele, tirei uma foto com o meu iPhone. Ele não acordou. Mas me senti culpada pelo que tinha dito e por ter sido tão dura; então, quando pedi meu latte, também pedi um para ele, achando que alguém o beberia se ele não quisesse. Enquanto o funcionário fazia o café, olhei para a foto.

Jack estava lindo, mas dormia profundamente — um sono meio zumbi — e me perguntei sobre isso. O Brian sempre teve sono leve, parecia que estava sempre querendo acordar. O Jack se entregava, apagando quando dormia.

Levei os cafés comigo, um em cada mão, o que se mostrou uma tarefa mais difícil do que eu podia imaginar. Parei ao lado dele e o olhei por um segundo, encarando-o daquela forma que sempre acordava as pessoas. Funcionou. Talvez tenha percebido a presença de alguém, não sei, mas ele olhou para mim e sorriu, um sorriso doce e inocente, que poderia ter dado à sua mãe em seu décimo aniversário.

— Trouxe café — falei. — Era o mínimo que eu poderia fazer dada a sua vida lamentável.

— Vou levantar.

Fiquei de pé e esperei. Ele desceu devagar. Era a primeira vez que eu ficava em pé ao lado dele, e gostei da maneira como ele parecia se enrolar ao meu redor. Ombros largos, músculos grandes, um homem de aparência protetora.

— Poderíamos beber isso entre os vagões — ele disse, arrumando a bolsa para que pudesse deixá-la ali. — Eu poderia bancar o garoto covarde e alienado de Vermont, beneficiário de um fundo fiduciário.

Assenti.

— É mesmo — concordei. — É triste, mas é verdade.

Ele ajeitou a bolsa e pegou o café. Enquanto o seguia para o espaço entre os dois vagões, me perguntei se o que fiz poderia ser chamado de "paquera".

5

— Me desculpe se agi como um idiota mais cedo — ele falou. — Às vezes, eu exagero.

— Com as mulheres?

— Acho que sim.

— Você é sempre tão exibido?

— Só quando estou perto de mulheres bonitas como você.

— Essa cantada é velha, não?

— Não é muito. Talvez eu esteja falando sério que você é linda. Qual é a sua altura?

— Tenho quase um e setenta.

— É a altura perfeita, sabia? Trapezistas sempre têm mais ou menos um e setenta. Assim como aquelas pessoas que são atiradas dos canhões... Elas também têm um metro e setenta.

— Você está inventando isso.

— É um fato conhecido e aceito em todos os lugares. É a primeira pergunta que fazem se você for trabalhar em um circo. Até domadores de leão têm, em média, um metro e setenta.

— Você já trabalhou em circo?

— Claro.

— Mas você tem mais que um metro e setenta.

— As mulheres têm que ter essa altura. Os homens, se trabalharem nos bastidores, não precisam. Era o que eu fazia. Geralmente eu convencia as pessoas a lançar bolas de softball em uma pilha de garrafas. Eu era o cara que cuidava dessa barraca.

— Não acredito em nada do que você diz.

— E um leão me mordeu uma vez. Provavelmente você também não vai acreditar nisso. Bem na parte carnuda da coxa. Eu estava dormindo e, de repente, ela estava lá, uma fêmea chamada Sugar. Ela tinha um péssimo temperamento, mas eu nunca tive problemas com ela. Enquanto me mordia, a leoa me olhava como se quisesse dizer que estava arrependida, mas era a natureza dela. Eu era só um lanchinho.

— Você é tão cheio de si, mas eu até que suportaria te ouvir por um tempo. — Ele deu de ombros e tomou um gole do latte. Ficamos entre os dois vagões, de frente um para o outro, encostados em lados opostos. O trilho parecia voar abaixo de nós. Era possível sentir o aroma das coisas sem vê-las: campos de feno, cinzas, chuva, talvez, e um cheiro diferente que provinha de um motor, mas que se dissolvia em um movimento simples.

— Muitas vezes eu me perguntei por que a Sugar me deixou vivo. Isso me assusta, de verdade.

— Talvez você tenha um gosto ruim. Isso aconteceu em Vermont?

— Em Istambul. É uma longa história. Sinto muito. Fico nervoso e acabo falando demais. Ou tento falar demais. Foi o que fiz com você mais cedo. Um erro fatal, eu acho.

— Eu não chamaria de erro fatal. Só de erro.

— Estava esperando que você me achasse meio Lord Byron.

— Bom, se você espera que alguém te ache parecido com ele, então você não faz esse tipo. *Ipso facto.*

Ele olhou para mim e tomou um gole do café. Não estava muito bom.

— *Ipso facto?* — ele perguntou. — Latim para "pretensiosos"?

— Quer dizer "por isso mesmo". O inimigo do meu inimigo é *ipso facto* meu amigo.

— Você é uma aluna nota A, não é?

— E o problema disso é...?

— Só que você é CDF. É por isso que você tem uma agenda Smythson. Qual é a pior nota que já tirou? Sem contar educação física.

— Você acha que eu não conseguiria um A em educação física?

— Acho que você foi uma das primeiras escolhidas para o time de queimada, assim todos da outra equipe tentaram atingir a sua cabeça, porque você é uma aluna nota A. *Ipso facto.*

— Você sempre sabe tudo a respeito das pessoas assim que as conhece ou é só comigo?

— Ah, eu te conheço. Você faz o tipo representante da classe. O tipo que pendura o papel crepom no baile. A garota vencedora. A garota que sempre chega em primeiro lugar.

— E você é o garoto legal e preguiçoso que se esconde em seu próprio mito.

— Gostei dessa frase. "Que se esconde em seu próprio mito." Viu? Você tem potencial.

— Ah, graças a Deus. Eu me sentiria um nada sem a sua aprovação. — Ele me olhou e sorriu ao tomar café.

— Qual é o seu defeito? — ele perguntou. — Fatal ou não.

— Por que eu deveria te dizer?

— Porque estamos em um trem indo para Amsterdã e precisamos conversar sobre alguma coisa. E você está extremamente atraída por mim, então é um jeito de flertar que você está desejando secretamente, mas não quer admitir.

— Você não sofre de falta de confiança, não é?

— Estou presumindo que, como eu estou atraído por você, você provavelmente também está atraída por mim. Além disso, quando nossos olhos se encontram, eles não conseguem se desviar. Você sabe o que eu quero dizer, não é, Heather de North Woods?

Balancei a cabeça. Ele estava certo sobre tudo. E o fato de ele saber daquilo me deixava nervosa.

— Seu defeito, lembra? — perguntou. — Vou continuar perguntando. Esse é outro defeito meu. Às vezes sou excessivamente teimoso.

— O meu defeito é difícil de expressar em palavras.

— Tente.

Respirei fundo, me perguntando por que, às vezes, nos dispomos a contar segredos a estranhos em trens que nunca contaríamos a ninguém. Então continuei:

— Sempre que olho para um avião, espero que ele caia. Não sei se realmente quero ou se simplesmente tenho um impulso perverso, mas é o que espero. Tenho uma fantasia de correr por um campo, encontrar um avião caído e salvar pessoas.

— Isso não é um defeito, é uma paranoia. Você precisa de ajuda. Precisa de um tratamento.

Tomei um gole de café. O trem bateu em algum tipo de cavalete.

— E quando uma noiva caminha em direção ao altar — continuei — sempre quero que ela tropece. A minha mãe não me deixa sentar no corredor, caso eu vá a um casamento, com medo de que eu coloque o pé para fora.

— Você já fez isso?

Balancei a cabeça.

— Ainda não, mas vou fazer. Pode ser em qualquer ocasião formal, na verdade. Qualquer evento em que todos estejam bem-vestidos. Sempre espero que aconteça uma guerra de comida ou que alguém caia de cara no bolo. Não posso evitar. O mundo sempre parece estar à beira de se tornar uma festa de fraternidade ruim.

— Você é uma anarquista, é por isso. Provavelmente será uma cidadã perfeita até que tenha uns quarenta anos, então se juntará a algum tipo de exército marginal e andará a passos largos de uniforme com um facão pendurado no pescoço. Você gosta de facas?

— Mais do que você imagina.

— América do Sul, então.

— Ah, acho que não tem uma grande generalização por lá. Todos na América do Sul têm facões?

— É claro que sim. Você não sabia?

— Que tipo de arma te atrai?

— Tesouras de jardim.

— Tesouras de jardim, hein? Por quê?

— Porque eu acho que elas são subestimadas.

— Você é quase irritante, sabia? Muitas vezes se salva e nem sabe disso.

— Algumas pessoas consideram isso "elegante". Ou "destemido". Depende.

Jack tomou um gole de café e olhou pela borda do copo. Parte de mim queria beijá-lo, e outra, jogar café naquela cara de satisfação. Mas nada sobre ele me pareceu neutro.

— Quantos anos você tem? — perguntei. — Você devia ter um emprego. Devia estar trabalhando.

— Quantos anos você acha que eu tenho?

— Dez.

Ele me olhou.

— Tenho vinte e sete — ele disse. — E você?

— Um cavalheiro nunca pergunta a idade de uma mulher.

— Você acha que eu sou cavalheiro?

— Acho que você está muito longe de ser elegante.

— Você não está respondendo as minhas perguntas.

— Vinte e dois — falei. — Logo faço vinte e três.

— Você repetiu alguma série?

— Não!

— Provavelmente você repetiu e seus pais não te disseram. Isso acontece, sabia?

— Eu era boa aluna. Você mesmo disse.

— Você era boa aluna porque seus pais te repetiram de ano e você se beneficiou com um ano a mais em relação aos seus colegas de classe. Já conheci seu tipo antes. É realmente muito injusto. Você teve vantagem ao longo dos anos escolares.

— E você se sentava no fundo da sala, não é? E fingia ser o poeta incompreendido. É um padrão que faz meus dentes doerem.

— O que eu vestia?

— Ah, por onde eu começo? Jeans, claro. Camiseta com nomes de lugares... não, não, estou pensando em algo mais rústico. Camiseta John Deere, talvez, ou de algo como a Ace Hardware. Algo no estilo utilitário ou proletariado. E você usava o cabelo comprido, como agora, só que, provavelmente, deixava uma mecha solta na testa de propósito porque, bem, porque você ficava muito atrapalhado com seus pensamentos profundos de poeta. Acertei? Então você era um cara comum, um garoto do campo com uma alma profunda. Você veio em partes como um kit? Ou já veio montado?

— Já vim montado.

— Com relação às notas, você costumava tirar B. Talvez B-. Nota boa, mas não excelente. Perdeu alguns trabalhos, poderia ter feito melhor, mas estava lendo e os professores aceitavam isso bem. Namorada? Humm... Essa é difícil. Provavelmente uma garota que criava ovelhas. Ou cabras; cabras são melhores. Ela cheirava a perfume e esterco, mas milagrosamente também gostava de ler e adorava poesia. Fazia o tipo Sharon Olds.

— Você acertou em cheio. Estou impressionado com a sua visão.

— Provavelmente ela recebeu o nome de uma planta ou de uma estação. Summer. Talvez Hazel ou Olive. Quem sabe June Bug.

Não conversamos por um tempo, e eu me perguntei se tinha ido longe demais. Então nossos olhos se encontraram novamente. O trem balançou, e ele ergueu o copo e bebeu tudo. Era possível que estivéssemos caminhando em direção a um beijo. Um beijo de verdade. Percebi que gostei muito dele. Então um cara saiu e acendeu um cigarro, o que era totalmente proibido, mas ele o fez de qualquer maneira. Ele nos falou algo em inglês, mas não consegui ouvi-lo por causa do barulho do trem. Ele parecia um ciclista, com as pernas finas e um boné de beisebol com a aba virada. Eu não conseguia entendê-lo.

Então, mais dois amigos dele apareceram com o mesmo tipo de roupa, e imaginei que era uma espécie de time ou grupo de turismo. Jack olhou para mim. Nossos olhos se prenderam um ao outro por um bom tempo. Ele sorriu, parecendo cansado. Isso significava que o momento havia terminado, que o capturamos enquanto existia, então desapareceu. Ou algo parecido com isso.

— Pronta? — ele perguntou, balançando o queixo em direção ao trem. Assenti. E foi isso.

6

A Amy voltou sem o Victor quando estávamos a quase meia hora de Amsterdã. Jack tinha ido até o vagão do restaurante.

— Onde está o conde Chócula? — perguntei.

— Ah, meu Deus! — ela falou e se sentou ao meu lado.

— A Polônia foi conquistada?

— Digamos que as nações da Europa voltaram a dar a sua recompensa.

— Você é uma vagabunda.

— Abrace sua vadia interior, Heather.

Ela fez uma dancinha e cantou algo ridículo. A música acordou Constance, que se sentou rapidamente e olhou ao redor, meio desorientada. Uma linha do travesseiro de viagem em forma de U havia marcado sua bochecha. Quando se lembrou que estava em um trem e que Amy estava se remexendo ao lado dela, gemeu e apoiou a cabeça nos joelhos.

— Não me diga que temos outro — resmungou, grogue.

— O conde Chócula é bom — Amy falou. — Ele é adorável mesmo.

— Você está ficando com o Drácula? — Constance perguntou, esfregando lentamente o rosto. — Alguém tem água?

— Aqui — Amy disse, alcançando a mochila que estava no chão e pegando uma garrafa d'água. — Mais alguém está morrendo de fome?

— Tenho queijo e maçãs — falei, porque eu era mais ou menos a responsável por esta viagem. Eu sempre tinha comida. Às vezes, como contei a Jack, eu era um pouco organizada demais, algo que puxei da mamãe dinossauro.

— Consegue pegar isso?

Vasculhei a mochila. Amy pegou a tábua de corte em forma de pera que compramos após uma semana de viagem. Ela se encaixava na mochila e servia como mesa improvisada. Nós três pegamos canivetes suíços enquanto eu colocava as maçãs, um pedaço de cheddar francês, dois talos de aipo e creme de amendoim na tábua. Tive de procurar um pouco mais para encontrar a baguete que eu havia partido ao meio para caber na mochila. Coloquei o pão ao lado das maçãs.

— Por quanto tempo eu dormi? — Constance perguntou. Ela espalhou creme de amendoim em uma fatia de maçã e comeu.

— Acho que umas três, quatro horas — respondi.

— E o que eu perdi? Quem é esse tal de conde Chócula?

— O cara polonês que estava sentado atrás de nós — Amy falou. — O nome dele é Victor. E o sobrenome é parecido com um espirro. A propósito, ele nos convidou para uma festa em Amsterdã. Peguei o endereço.

— Onde ele está? — perguntei, inclinando-me e olhando para o lugar onde ele ficava. — Vocês transaram até ele morrer?

— Foi uma luta justa — Amy disse.

— Tenho que ver esse cara — Constance falou. — Não reparei nele quando nos sentamos.

Comi uns dois pedaços de pão. Em seguida, cortei o queijo e comi mais pão. Amy dividiu a primeira maçã em três partes. Eu a comi também. Por um minuto ou mais, comemos sem falar nada, e eu me senti feliz. Olhei para Constance. Seu rosto estava sério e concentrado, o cabelo loiro, que ficava lindo sob a luz fraca do compartimento do trem. Ela era a mais linda de nós e a que menos se interessava por relacionamentos. Ela adorava ler, mas não literatura no estilo de Hemmy. Gostava de pesquisa, imaginava os santos como uma enorme família que ela podia visitar quando a vida cotidiana se tornava muito chata, e era a quem procurávamos quando precisávamos do nome de uma imagem ou estátua. Ela comia com delicadeza, cortando as coisas com precisão e em partes perfeitas, enquanto Amy, morena e um pouco mais exuberante, colocava creme de amendoim em qualquer coisa e comia com um entusiasmo que refletia seu modo de encarar a vida. Eu as conhecia desde a orientação do primeiro ano na Amherst, frequentava a casa delas, tinha visto as duas chorarem por namorados, ficarem bêbadas, tirarem nota A, serem barradas em bares por causa da idade e dançarem até não aguentar mais. Vi Amy jogar lacrosse como se estivesse possuída, observei Constance cruzar o campus em sua bicicleta azul-clara, os livros organizados na cestinha da frente, o olhar ligeiramente míope encontrando a beleza nos carvalhos do campus e os arcos dos edifícios. Vê-las à luz suave do trem barulhento, observá-las comer, sorrir e se sentirem em boa companhia deixou meu coração repleto de carinho por elas.

— Amo vocês, garotas — falei, porque, naquele momento, senti aquilo com todas as minhas forças. — Obrigada por estarmos fazendo esta viagem juntas, obrigada por tudo. Prometem que nunca vamos deixar de fazer parte da história uma da outra?

— Por que isso agora? — Amy perguntou com a boca cheia. Constance assentiu, estendeu a mão e pegou a minha. Amy deu de ombros e colocou a mão sobre a nossa. As mosqueteiras. Fazíamos esse gesto desde uma noite em que ficamos bêbadas, no primeiro ano, quando nos hospedamos no hotel Lord Jeffery Inn e percebemos que éramos amigas de verdade.

— Uma por todas e todas por uma — dissemos, como se fosse nosso código secreto. — *Un pour tous, et tous pour un.* — Quando terminamos, o trem começou a desacelerar. Estávamos chegando a Amsterdã.

7

— Vocês sabem onde vão ficar? — Jack perguntou.

Ficamos de pé no corredor, esperando que o trem esvaziasse. Amy e Constance já estavam no meio do vagão, mas um homem na frente do Jack teve problemas para tirar a bagagem do compartimento. Meu pescoço já estava vermelho só de ficar de pé ao lado dele.

— Temos reservas em um hostel — falei. — Se chama Cocomama. Gostei do nome.

— Você arranjou tudo para a viagem?

— Nem tudo. É que gosto das coisas organizadas.

— Falou a garota com a agenda Smythson.

Dei de ombros. Ele não estava errado.

— Acho que vamos a uma festa que o Victor falou para a Amy. É em algum lugar no centro de Amsterdã, com vista para o canal.

— Meu amigo Raef é australiano, mas conhece pessoas aqui. Ele conhece pessoas em todos os lugares. Eu me considero bem viajado, mas o Raef é como o Marco Polo ou algo assim. Você vai gostar dele. Na maior parte do tempo, ele cria ovelhas no interior, economiza todo o seu dinheiro e depois viaja. Se você me disser onde vai ser a festa, talvez a gente apareça. Gostaria de te ver de novo.

— Seu amigo parece bem exótico. Não sei ao certo onde vai ser a festa, mas a Amy anotou o endereço. Peço a ela quando sairmos do trem.

Ficamos em silêncio por um momento. Finalmente, o homem na frente do Jack conseguiu puxar a bagagem. As pessoas que estavam atrás de nós aplaudiram. Amy e Constance já haviam desaparecido na plataforma.

— Escuta — Jack falou com a voz profunda, agradável e suave o suficiente para que só eu pudesse ouvi-lo. — Acho que devemos fazer o seguinte. Se sairmos do trem e tiver muita névoa, você sabe, como em um filme antigo, então devemos dar nosso primeiro beijo aqui mesmo. Nós dois estamos querendo nos beijar, então não devemos perder a oportunidade.

Tive de sorrir. Fiquei olhando ao longe e segui lentamente enquanto as pessoas começavam a se mover. Meu pescoço estava muito vermelho.

— Devemos, é? — perguntei. — E você realmente acha que eu quero te beijar?

— Vamos lá. Vai ser uma história para contar para os nossos netos. E, se não funcionar, se não nos encontrarmos na festa hoje à noite, o que temos a perder? É só um beijo.

— Que tipo de beijo?

— Ah, um beijo inesquecível.

— Você tem o seu charme, embora seja difícil para mim admitir.

— Eu não queria te ensinar sobre Hemingway. Mais cedo, quero dizer — ele falou, a voz diminuindo de tom e se tornando mais sincera. — Acho importante ler Hemingway na Europa. Eu leio. Gostei de saber que você leu e que acha a tristeza dele interessante. Só estava tentando conversar com você.

— E se o beijo for uma decepção? Nem todo primeiro beijo é ótimo.

— O nosso vai ser, mas acho que você sabe disso. Então, concorda em me beijar?

— Pelo bem dos nossos netos.

— Espero que tenha neblina e, se tivermos sorte, vai estar até chovendo.

— Eu comi creme de amendoim, só para você saber.

— Devidamente anotado.

É incrível o tempo que se leva para sair de um trem. Não ousei me virar para olhar para ele. Minha mochila pesava nos ombros. Eu me inclinei um pouco e vi Amy e Constance me esperando, as duas olhando para o vagão, à minha procura. Acenei. Elas acenaram de volta. Jack seguiu atrás de mim e me senti sufocada e estranha. Eu não era esse tipo de garota, seja lá o que isso significasse. Não era impulsiva, nem alguém que costumava beijar um cara que havia acabado de conhecer em um trem para Amsterdã.

Mas aconteceu. Quando saí do trem, me virei para ele, que oscilou de leve, grande, musculoso, e me pegou em seus braços. Eu não estava preparada para sua solidez, para a força do seu corpo inteiro enquanto ele me puxava para perto. Primeiro, foi ridículo, nós dois como tartarugas, com nossas mochilas estúpidas balançando nas costas, mas depois se tornou outra coisa. Tive uma vaga sensação de que Amy e Constance estavam olhando, as duas com o cenho franzido se divertindo e admirando, até que seus lábios colaram nos meus, e eu fechei os olhos.

Era para ter sido só uma brincadeira. Uma brincadeira que devia durar só um segundo. Mas foi um beijo incrível, talvez o melhor beijo da minha vida, e não sei por que nem o que ele fez, mas, quando nos separamos, eu não queria mais soltá-lo.

Terminado nosso beijo, virei para ver as meninas. As duas estavam tirando fotos com os celulares e, quando elas baixaram os aparelhos, ri do espanto no rosto delas.

— O que foi isso? — Amy perguntou.

— Quando isso aconteceu? — Constance a seguiu.

Jack simplesmente sorriu. Amy se recuperou o suficiente para lhe dar o endereço da festa. Trocamos números de telefone.

— Talvez a gente se encontre esta noite — Constance falou, educada como sempre, suavizando as coisas.

— Não é bom pensar assim? — ele disse, citando a última fala de *O sol também se levanta* e deixando seus olhos descansarem nos meus por um instante antes de ir.

8

> Docinho, não se esqueça de preencher TODOS os formulários que o banco te enviou. Imediatamente!

> Está tudo certo, pai. Fala pra minha mãe te servir uma dose dupla de uísque e relaxa.

> Não preciso de uísque. Preciso que a minha filha faça o que prometeu.

> Vou fazer. Sempre faço.

> Quando?

> Quando a lua estiver na sétima casa. E Júpiter se alinhar com Marte.

> Pare de brincar comigo, Heather. Não gosto disso.

> Desculpa, pai. Vou cuidar disso o mais rápido possível.

> Isso é tudo que você tem para dizer?

> Pai, prometo que vou resolver isso. É meio difícil daqui, mas estou de olho nas coisas. Juro.

> Tenha dó do seu pai. Tudo bem. Te amo. Chega de cobranças por enquanto. Agora eu preciso de uma bebida.

Há sempre um momento quando você entra em uma festa e pensa: *dentro ou fora?* Uma parte de você quer parar com o barulho e a bagunça, as luzes piscando, as pessoas — estranhos — gritando no ouvido umas das outras para serem ouvidas. No mesmo instante, você sabe que os banheiros estarão cheios ou impossíveis de usar, que as pistas de dança ficarão grudentas de cerveja, que algum garoto convencido virá dançando na sua direção tentando se esfregar em você, mordendo o lábio inferior e te olhando como se você fosse sua próxima presa. Por um instante, é possível ver a festa pelo que ela é — um ritual de acasalamento, uma celebração do sexo —, e você começa a se afastar, porque é mais inteligente, mais racional e bem mais quieta do que isso.

Mas a outra parte entra também.

E você pensa: *uma bebida.* Ou *por que não?* E talvez, se a música for decente, você se sinta um pouco animada, queira dançar e olhe para suas amigas, que estão olhando, dando de ombros e tentando ver algum motivo para se encaixar, então você arqueia as sobrancelhas. Normalmente, elas retribuem o gesto — porque vocês fazem isso juntas há anos —, e você se move devagar em direção à multidão, virando de lado para se espremer ao passar pelas pessoas. De vez em quando, você acena para manter contato com suas amigas e depois aponta para o bar. Com bastante frequência, algum sujeito passa a mão na sua bunda enquanto você se desloca, e às vezes é pior — os caras colocam as mãos para o alto como se houvesse armas apontadas para eles, as virilhas se aproximando de você, a respiração embriagada e terrível — e você começa a andar com movimentos de quadril e acelera tentando chegar ao bar e pedir uma bebida. De uma ponta a outra do bar, os rapazes te olham de cima a baixo e você tenta ignorá-los, tenta fingir que pegar uma bebida é a coisa mais importante do mundo, porque você não quer correr o risco de olhar de volta para eles, e, mais cedo ou mais tarde, uma de vocês faz contato visual com o barman. Então você grita, ele acena, e você coloca algumas notas no balcão e pega as bebidas para você e para as suas amigas, colocando o canudo na boca para tomar um grande gole, porque vocês vão precisar.

Era assim que estávamos cinco minutos depois de chegarmos à festa para a qual Victor nos convidou.

❧❦❧

Pelo menos a sala era bem bacana. Acho que foi isso que nos fez querer ficar. Era um enorme loft industrial com tijolos à vista e grandes acessórios de iluminação de metal, com amplas janelas que davam para um canal. A música era um saco — tecnopop europeu, com uma batida repetitiva e uma transmissão direta e implacável, mas também irresistível. Entreguei gin e tônica para Constance e Amy. Elas assentiram e começaram a beber. Paguei o barman. Ele tocou a testa com a nota em uma pequena saudação e saiu.

— Algum sinal dele? Do Jack? — Amy gritou no meu ouvido quando fiquei a alguns metros do bar.

Balancei a cabeça. Não tive notícias dele e nem tinha certeza de que ele iria aparecer. Seria horrível se ele não viesse, mas eu não queria pensar muito no assunto. Estava pensando demais nele e já tinha olhado muitas vezes sua foto dormindo. Eu me lembrei do beijo e do olhar que trocamos na plataforma. Meu corpo inteiro se lembrou. Do olhar, da sensação e até do tamanho do homem que eu tinha imaginado para mim. Era estranho pensar nisso, mas era verdade. Se eu fosse comprar um cara que se encaixasse em mim, e todos os homens da minha história estivessem pendurados em uma arara de uma loja superiluminada, eu sempre escolheria o Jack. Eu poderia segurá-lo, olhar em frente a um espelho e saberia que ele seria perfeito para mim.

Eu também adorei falar com ele. Eu me senti completamente tonta enquanto conversávamos.

— Que lugar incrível! — Constance gritou para nós duas. — Isso é um bar ou uma casa?

Amy estendeu a mão para dizer que não sabia e nem se importava.

— Ainda é cedo — Amy falou.

— São quase onze horas — respondi.

Ela deu de ombros.

❧❦❧

Então fizemos uma coisa de garotas, que é meio boba e muito triste. Dançamos juntas enquanto bebíamos. Percebi que fazia muito tempo que não saíamos para dançar. Era bom. O gim começou a fazer efeito e fizemos nossos movimentos característicos: Amy balançando a bunda como um inseto iluminado, e Constance, como se quisesse alcançar algo em uma prateleira alta, mas sem levantar os braços. Observá-las me fez sorrir. É impossível escapar da personalidade quando se dança.

Alguns caras apareceram e nos rodearam. Olhamos umas para as outras e nos questionamos se devíamos ou não. Eles não eram muito gatos. Quando Amy baixou o canudo e balançou minimamente a cabeça, sabíamos que não. Continuamos a dançar e a beber. A bebida era fraca. O primeiro grupo de caras se afastou, e dançamos um pouco mais. Então Amy começou a fazer uns movimentos ridículos, do mesmo tipo que um cara chamado Leonard fez quando estávamos no primeiro ano da Amherst. O cara era um megageek, mas também era encantador, e dançava com uma coragem absurda, que imitamos durante quatro anos. Fazíamos uma dança chamada "repelente de caras", na qual você podia se jogar se alguém viesse dançar junto e você quisesse que a pessoa fosse embora. Leonard nos ensinou e foi essa a dança que Amy começou para nos fazer rir. Ela dominava a técnica e nos fez um favor, mas Constance e eu assistíamos a sua performance e as pessoas em volta tentavam não notar. Ela fazia isso com perfeição.

Até que Constance a segurou pela mão para ela parar, e fomos até as janelas. Era uma vista bonita. As luzes brilhavam no canal e transformavam a água em uma multidão de estrelas.

— O que você acha? — Constance perguntou em meu ouvido. — Será que ele vem?

— Não sei — gritei de volta.

— Você não pegou o telefone dele? Podia ligar e perguntar o que ele está fazendo — Amy sugeriu.

— Isso parece desespero.

— É desespero, mas e daí? Você pede pizza ou comida chinesa quando quer, não é? — Amy perguntou.

Constance balançou a cabeça. Eu não tinha certeza de que ela tinha ouvido a conversa.

— Bem, se vamos ficar, precisamos de mais bebidas — Amy falou.

— Você quer ficar? — perguntei. — Não precisamos ficar só por causa do Jack. Não queria que essa saída fosse para isso.

Mas eu estava mentindo e todas nós sabíamos.

— Mais uma bebida — Constance disse. — Depois vamos embora.

— Viu o Victor em algum lugar? — perguntei a Amy.

Amy balançou a cabeça. Minha garganta estava doendo de tanto gritar. Tomei o último gole do meu gim-tônica e estava prestes a me virar quando, de repente, soube que Jack tinha chegado. Não sabia como, mas tinha certeza disso.

Amy baixou o canudo e fez um pequeno movimento com a cabeça para indicar. *Ali, logo atrás de você.*

9

Não me virei. Não fiz nada, a não ser mexer a bebida com o canudo. O olhar de Amy foi de mim até alguém que estava nas minhas costas. Ela até inclinou um pouco a cabeça, como quem diz: "Vamos lá, ele está ali, vamos, o que você está esperando?"

Meu pescoço começou a queimar. Dei o último gole no gim-tônica. Fiquei de olho nas outras garotas e fingi que estávamos tendo uma ótima conversa. Não queria que ele pensasse que a noite tinha ficado muito mais interessante só porque ele havia chegado.

Mas realmente ficou e meu pescoço era prova disso.

Jack veio ao nosso encontro e sorriu. O barulho tomava conta do ambiente e era impossível falar qualquer coisa. Abri um sorriso e assenti. Não sabíamos como agir. Em algumas festas, era possível esperar uma pausa na música, mas não ali, naquele apartamento. A música continuava tocando e as pessoas dançavam em todos os lugares. Jack pareceu um pouco desambientado. Ele não parecia gostar de dançar.

— Este é o Raef! — Jack gritou para nós, colocando as mãos ao redor da boca.

Ele gritou bem alto, e eu mal consegui ouvi-lo, mas todas assentimos mesmo assim.

— Ele cria ovelhas na Austrália — Jack continuou, suspirando uma segunda vez. — É um cara ótimo. Viajamos juntos há um tempo.

— Oi, garotas — Raef disse com a voz mais clara e mais fácil de ouvir através da música.

Olhei para Raef. Ele era um cara bonito, embora um pouco rouco e não tão alto quanto Jack, com cabelos loiros e um sorriso radiante e feliz. Seu sotaque, mesmo só com as duas palavras que falou, era delicioso. Ele usava uma espécie de jaqueta de lã australiana, quente demais para o ambiente, mas achei que ele *sempre* a usava. Com uma grande lata de cerveja na mão, sorriu e ofereceu um brinde.

Demorei um segundo e nem tenho certeza de que entendi isso de primeira, mas seus olhos não estavam em Amy, como sempre esperávamos que acontecesse, mas em Constance. E os olhos dela estavam colados nos dele. Até Amy percebeu e olhou rapidamente para mim, arqueando as sobrancelhas novamente, como se quisesse perguntar: "Sério?" Era difícil de imaginar Constance com um cara tão improvável quanto um criador de ovelhas do interior da Austrália.

— Nossos netos vão adorar essa história — Jack falou no meu ouvido.

— É mesmo?

— Com certeza. O Raef vai ser o padrinho do nosso casamento. Na verdade, a festa inteira de casamento está aqui.

— Esta cantada já funcionou? Essa coisa do casamento?

— Está funcionando agora, não é?

Balancei a cabeça, mas meu estômago disse outra coisa.

— Hora de beber — falei e, em seguida, gritei alto o suficiente para os outros três. — Ei, Jack Vermont vai pagar a próxima rodada!

Voltamos para o bar. Havíamos cruzado metade do caminho quando, de repente, várias pessoas começaram a gritar e se afastar. Algo estava acontecendo ali no meio. Uma garota escorregou e caiu de joelhos, e ninguém a ajudou a se levantar. Então outra pessoa saiu em disparada. Não consegui entender o que ela disse, mas o rapaz estava rindo, balançando a cabeça e dizendo algo em holandês. Jack me puxou em sua direção para evitar que alguém me derrubasse, e tive um rápido vislumbre de Raef segurando Constance. Perdi Amy de vista, embora suspeitasse de que ela estivesse atrás de nós, e eu sabia, seja lá o que estivesse acontecendo, que ela podia se cuidar. Eu me virei para procurá-la quando vi o motivo da confusão.

Dois skinheads completamente bêbados dançavam no meio da pista com o pinto de fora. Eles urinavam para todos os lados, o pinto balançando e as mãos para cima, exaltados. Pareciam dizer que era bom fazer xixi e dançavam sem se importar com nada. Eles cambaleavam, mas, vez ou outra, conseguiam manter o equilíbrio. Quando se firmavam, faziam tudo de novo. Sempre que se aproximavam das pessoas, a multidão recuava, gritando e protestando enquanto os dois batiam na mão um do outro e bancavam os idiotas.

— Que imbecis — Amy disse atrás de mim. — Dois babacas imbecis.

Então os caras vieram dançando na nossa direção.

Todos se afastaram, mas não tínhamos para onde ir. O bar bloqueou uma extremidade e a quantidade de pessoas tornava impossível se mexer. Tive um vislumbre do rosto dos idiotas enquanto eles giravam para a frente. Eles pareciam convencidos e felizes, alheios a quase tudo ao redor, exceto à batida da música e aos pintos de fora. Um jato de urina escorria a cada passo, e a multidão se afastou, irritada e hipnotizada ao mesmo tempo.

— Eles estão vindo pra cá! — Constance gritou, tentando ao máximo ultrapassar as pessoas atrás dela. — Ah, meu Deus!

— Que nojo! — Amy esbravejou.

Alguns homens tentaram se aproximar e segurar os dois, mas eles conseguiam se virar, ameaçando-os com xixi antes que os caras pudessem pegá-los. Os arruaceiros tinham o tipo de sorte idiota e divertida que, às vezes, acontece com os bêbados. Eles riam e continuavam vindo em nossa direção, segurando o pinto sempre que se sentiam ameaçados.

Eles estavam muito bêbados e eram muito bons no que estavam fazendo.

✦

Talvez ele não tivesse saído de um raio de luar, nem viesse montado em um cavalo branco, mas Jack deu um passo à frente. De alguma forma, ele conseguiu pegar uma tampa de lixo de plástico e encaixá-la no antebraço como um escudo. Assim que as pessoas perceberam sua estratégia, começaram a rir e se animaram. Raef o chamou e lhe entregou um sapato. Levei um segundo para perceber que era a sandália de salto da Constance. Jack precisava disso como uma segunda arma, para bater no pinto dos caras, caso eles chegassem muito perto. Ele o segurou e o sacudiu para testar. Os dançarinos não pareciam se importar com o que Jack havia planejado. Beberam de duas enormes latas de cerveja, e era quase possível ver o líquido deslizando pelo corpo deles até chegar à bexiga.

Olhei para Constance e Amy. As duas observavam tudo com a boca aberta de surpresa e prazer. Raef entrelaçou o braço ao de Constance.

Outra coisa que preciso dizer: a situação era estranha e estúpida, sem sombra de dúvida, aqueles skinheads e tudo o mais, mas o Jack, divertindo-se com a multidão, a desarticulou. Ele caminhou lentamente em volta dos dois, como um gladiador romano saudando a plateia, e as pessoas começaram a rir e a zombar. Por duas vezes, ele fingiu ir em direção aos bagunceiros, como se fosse colocá-los para correr, mas os dois recuaram, segurando o pinto. Então, como se tivessem uma estranha estratégia, começaram a rodear o Jack, tentando se esgueirar por trás dele.

Observei o Jack e pensei em nosso beijo e como seus braços envolveram meu corpo.

Finalmente, ele se virou para os skinheads. Segurou o escudo à frente, pronto para se desviar da urina. Em seguida deu uma grande pancada no pinto de um deles com a sandália da Constance, e o cara cambaleou e começou a enfiá-lo de volta na calça. O outro cara veio com tudo na direção do Jack, que bateu o escudo contra o idiota. O cara deu três passos gigantes para o lado, tentou se endireitar e depois caiu no chão como uma tábua. A lata de cerveja deslizou em direção às pessoas, e o Jack, saltando sobre o babaca, segurou os pés dele e começou a usá-lo para esfregar o chão. O público adorou ver a cena e mais dois avançaram e começaram a girar o idiota no chão como um aspirador de pó. O segundo skinhead — aquele que escapou — se esforçou para intervir, mas um grupo de pessoas começou a vaiá-lo e ele fugiu, deixando seu amigo sozinho.

Triunfante, Jack se posicionou em círculo, levantando o escudo em sinal de vitória. Encarei seus olhos e me perguntei se seria possível existir um príncipe que usasse uma tampa de lixo como escudo, um sapato como espada e garantisse sua nobreza vencendo dragões que esguichavam xixi nas pessoas.

10

> Seu pai sendo seu pai. Você sabe como ele é, querida. Divirta-se.

> Estou me divertindo. Mas meu pai está sendo um mala.

> Não era a intenção dele. Ele só está sendo seu pai. Só isso.

> Em todo caso, estou MUITO acima de tudo isso.

> Ele também sabe disso. Divirta-se. A propósito, limpei o armário dos fundos e dei alguns dos seus vestidos velhos.

> Que vestidos velhos? Temos mesmo que fazer isso agora?

> Só o azul de mangas. Você não o usa há anos. Quero meus armários de volta!

> Ah, mãe, meus pêsames. Como está o sr. Periwinkle?

> Tem ficado muito lá fora. Bem, tenho que correr. Beijo nas meninas...

> Saudades.

> Eu também.

Raef viajou por causa do jazz. Foi isso o que ele nos contou, e é por isso que o seguimos às três da manhã para um lugar chamado Smarty's, que ficava em uma ruazinha muito estreita, junto a um canal na parte baixa de Amsterdã. Ele nos prometeu que valeria a pena, e depois de vários shots e meia dúzia de gins-tônicas, depois de um baseado holandês do tamanho de uma espiga de milho, não estávamos em posição de recusar. Ele nos levou por um conjunto de escadas de cimento para um bar no porão. Eu me perguntei como era possível haver bares em porões em Amsterdã, já que todo o lugar ficava no nível do mar, mas não estava em condições de discutir sobre engenharia civil. Eu me apoiei em Jack, Constance, em Raef, e Amy, em Alfred, um holandês cujos dedos me lembraram teclas de máquina de escrever.

Victor, o conde Chócula da Amy, não apareceu na festa. De alguma forma, o conde Chócula e Alfred se conheciam, mas não consegui traçar uma linha mental para conectá-los.

Uma garçonete musculosa e com um olhar que dizia que ela era capaz de cuspir em sua bebida ou levá-lo para casa apontou para uma mesa perto do banheiro. Tivemos de virar de lado para atravessar o local, e a música nos envolveu. Um homem negro tocava saxofone, distorcendo o som e fazendo-o zunir, curvando-se e puxando o ar. Assim que nos sentamos, Raef se inclinou sobre a mesa e nos falou sobre o que estávamos ouvindo.

— Esse é o Johnn P. — Sua voz soou viva e divertida, carregada de sotaque australiano. — Ele é da Nigéria, mas mora aqui. Não acho que os outros caras são muito conhecidos, são só um grupo de pessoas bebendo.

Foi tudo o que escutei. E ainda assim, foi difícil de ouvir. A garçonete apareceu e pedimos bebidas — conhaque com gelo —, e ela assentiu e saiu como uma mulher que atravessava um prado de cadeiras. Eu me senti confusa e um pouco desorientada, mas feliz também. Eu não era o Hemingway, e ali não era a Espanha depois da Primeira Guerra Mundial, mas era o mais perto que fui em minha curta existência.

— Eu diria que o nosso beijo na estação foi mais ou menos nota sete. E você? — Jack perguntou, aproximando-se de mim.

— Tanto assim? Estava pensando em seis, talvez cinco e meio.

— Você beija bem. Eu sabia que seria assim.

— Como?

— A maioria das pessoas sabe. Se você conhecer alguém que quando beija se enclina para o lado esquerdo, é provável que ele tenha uma pequena barbatana na nuca. É muito difícil de notar, mas ela estará lá.

— Uma barbatana?

Ele assentiu.

— Um fato pouco conhecido — falou.

— O problema é que eu nunca tirei nota abaixo de nove. Meus beijos podem estragar um homem para todas as outras mulheres. Só estou relatando o que as pessoas dizem.

— Foi por isso que eu me afastei — ele considerou. — Eu podia ter levado o beijo para nota dez, mas não queria que você desmaiasse.

— Para que serve a barbatana?

— Que barbatana?

— A que você acabou de falar. Na nuca das pessoas.

— Pessoas de Atlântida. Todos se inclinam para o lado esquerdo.

— E é assim que você as reconhece?

— Além disso, elas não comem atum. Ou qualquer peixe, na verdade. É uma questão de canibalismo.

— Entendi. Uma pessoa comum pode beijar se inclinando para o lado esquerdo?

— Pela minha experiência, não.

— É perigoso beijar um cidadão de Atlântida?

— Muito. Você sempre deve levar um pacotinho de molho tártaro em um primeiro encontro, só por segurança. É óbvio que molho tártaro é criptonita para qualquer pessoa de Atlântida.

— Você sempre age assim?

— Assim como?

— Contando grandes histórias.

— Você não acha que tenho um pacote de molho tártaro no bolso enquanto falamos?

— Não, acho que não.

Ele se recostou. Fez um som com a língua e balançou a cabeça.

— Motorista, cozinheira ou faxineira? — perguntei a ele.

— O quê? — ele retornou, então colocou a mão na minha coxa e olhou intensamente nos meus olhos. O que foi quase demais.

— Motorista, cozinheira ou faxineira? — repeti, tentando ignorar sua mão e seus olhos.

— Se eu pudesse escolher só um?

Assenti. Devia ter afastado a mão dele. Minha coluna se arrepiou.

— Faxineira. Gosto de cozinhar e sou um motorista melhor que o James Bond.

— Mas você se parece mais com o Wolverine.

— Quer que eu mova a minha mão?

— Em que direção?

Ele sorriu e a afastou. Por um tempo, ficamos olhando os caras tocando música.

A garçonete retornou quase na hora em que outros músicos voltaram a tocar sax, e Raef assentiu e aplaudiu, assim como nós, porque era legal ver os músicos se juntarem e se encontrarem na melodia. Era legal pensar que Johnny P. era um nigeriano que tocava saxofone em um bar europeu, e que viemos dos Estados Unidos e encontramos com ele ali. Talvez esse pensamento também fosse um efeito do baseado fumado antes — como saber? —, mas, quando tomei um gole do conhaque, deixei queimar o céu da boca e a língua, então olhei e sorri para Amy e Constance, as duas com os olhos semicerrados, assentindo lentamente para a música.

Meu telefone tocou. Demorei um instante para perceber o que era, mas, quando o tirei do bolso, vi o número do Brian na tela. Meu ex-namorado. Não tive notícias dele durante todo o verão e suspeitava de que ele estivesse com insônia. Rapidinhas tarde da noite. Nostalgia por algo que não era muito parecido com o que você se lembrava. Ou talvez ele realmente sentia minha falta. Por hábito ou curiosidade, quase apertei o botão verde, mas pensei melhor. Jack não olhou nem pareceu se importar.

Decidi não falar mais com Brian. Coloquei o telefone no bolso e o deixei em modo silencioso.

— Te encontro no hostel — Amy sussurrou no meu ouvido quando a banda fez uma pausa.

— Você nem conhece esse cara — protestei.

— Nenhuma de nós conhece esses caras — ela retrucou. — Não se preocupe, eu te ligo. Vamos encontrar outras pessoas para tomar uns drinques. Acho que um cara é mágico. Com que frequência se conhece um mágico em Amsterdã? Além disso, o trem é só à tarde, certo?

— Duas e cinquenta.

Olhei para a tela do celular para confirmar o que eu havia dito sobre o horário do trem.

— Duas e cinquenta — repeti.

— Vou voltar para o hostel muito antes disso, então não se preocupe. Vamos ver como as coisas vão rolar com o *Holandês Voador*. Podemos computar tudo amanhã. Vai ficar aqui e ouvir mais música?

— Não sei ainda. Estou ficando cansada.

— Carpe Jack. Ele está a fim de você. E é lindo demais.

— E quanto à Constance?

Nós duas olhamos para nossa amiga. Ela estava sentada com Raef e John p., aparentemente ouvindo uma conversa sobre jazz. Parecia atenta e feliz, e estava até com a mão nas costas do Raef. Olhamos uma para a outra, então Amy balançou a cabeça.

— Ela vai ganhar de nós — ela constatou. — Nunca a vi tão atraída por alguém.

— Ele é fofo.

— Ele é muito fofo. Adoro aquele sotaque.

— Tudo bem, então está combinado — falei, tentando resumir, e porque eu sempre resumia. Era meu talento singular. — Te encontro no hostel. Me liga se acontecer alguma coisa. Se cuida.

Queria me concentrar e me certificar de que havia entendido tudo corretamente, mas estava meio aérea, bêbada e cansada. Sabia que tínhamos um motivo para partir de Amsterdã rapidamente, mas não conseguia lembrar qual era. Tinha algo a ver com uma baldeação de trem e com encontrar um primo da Amy em Munique ou Budapeste, mas não conseguia lembrar direito. Além disso, o cenário me fez recordar *A fonte dos desejos*, um filme antigo em preto e branco sobre três garotas que visitam Roma. Cada uma joga uma moeda na fonte, uma música toca e então uma voz pergunta: "Qual moeda a fonte vai abençoar?" A mamãe dinossauro me fez ver esse filme com ela na Netflix antes da viagem. Era um dos seus filmes favoritos.

Muita coisa aconteceu rapidamente, e não confiei na nossa embriaguez. Também não confiava no Alfred, o *Holandês Voador* com dedos de máquina de escrever. Decidi que ele era alto e desajeitado, como um aspargo que cresceu demais, e não gostei dele. Mas a Amy gostou ou, pelo menos, queria ficar com ele, e tentei não julgar quando se tratava das suas preferências, então concordei, beijei sua bochecha e pedi que ela tomasse cuidado. Ela disse que tomaria, então pegou Alfred e saiu.

Isso me deixou com Jack.

— Quer ir embora? — ele perguntou quando Amy subiu as escadas e saiu. — Conheço um lugar que você deveria ver.

— Estou cansada, Jack.

— De mim ou só cansada?

— De você não.

— Então, o lugar que tenho para te mostrar... O Raef me ajudou a localizar em um mapa. Vamos encontrá-lo juntos.

Tudo ficou mais suave. A manhã chegaria em breve, e a rua ficaria movimentada com cafés e pães. Era a minha primeira vez em Amsterdá, mas dificilmente conseguiria manter os olhos abertos. Eu não sabia o que queria fazer, embora soubesse que queria estar com Jack.

— Logo, logo vai amanhecer — falei, paralisando.

— Isso deixa tudo melhor.

— Vou avisar a Constance que estamos indo — falei me levantando em seguida.

Tomei a decisão sem perceber. Jack chamou a garçonete e pagou a conta com o dinheiro da vaquinha que fizemos. Enquanto isso contei a Constance o plano que tínhamos em mente.

11

— Depois da Segunda Guerra Mundial, meu avô voltou para casa, mas demorou um pouco. Levou uns três meses, talvez um pouco mais. Em parte, acho que foi por causa da destruição na Europa e da falta de transporte confiável, mas ele continuou sua jornada. Pelo menos foi assim que o Raef chamou quando eu contei essa história para ele. Meu avô nunca falou muito a respeito. Parecia se sentir culpado de alguma forma ou, talvez, tudo isso fosse segredo. Mas ele manteve um diário e agora o estou seguindo. Você perguntou o que estou fazendo, e é isso — Jack contou, virando-se em minha direção. — Provavelmente não parece muito, mas é algo que preciso fazer. Prometi a mim mesmo que faria e estou cumprindo.

Caminhamos por cerca de meia hora. As ruas cheiravam a café e pão. O céu ainda não estava claro, mas a escuridão havia recuado e já estava mais amena. As janelas e os canais começaram a brilhar num tom meio rosado, mas ainda não era possível distinguir todas as coisas. Vimos um gato sentado na janela de um apartamento, logo abaixo de uma lâmpada acesa, e ele nos olhou por um instante, antes de se encolher e inclinar a cabeça para lamber a pata.

— O que você fazia antes de começar a seguir o diário dele?

— Jornalismo. Mudando o mundo para sempre. Não é o que costumam dizer? Eu me formei em comunicação na Universidade de Vermont. Nem sei se o jornalismo ainda existe na era da internet, mas era o que eu estava fazendo. Quando saí da faculdade, trabalhei em um pequeno jornal em Wyoming, perto da cordilheira Wind River. Eu sei, eu sei, um pouco fora da linha de frente do jornalismo, mas achei que seria capaz de influenciar uma comunidade de menor tamanho, preferi isso a ser um repórter sem influência em uma cidade grande. Cheguei a pensar que os jornais de cidades pequenas são a linha de frente do jornalismo, mas essa é outra história. Acabou por ser um excelente jornal, e eu escrevi de tudo, o que foi um ótimo exercício. Meu chefe se chamava Walter Goodnow, e era um desses jornalistas antigos que não se encontram mais. Ele me deu muitas tarefas, mas também me deixou escrever colunas e trabalhou comigo fechando edições. Também escrevi muitos editoriais e descobri que tinha uma tendência a ser insistente quando se tratava de assuntos nos quais acredito. O Walter me chamou de dramático, mas isso não era ruim. Fiquei lá durante quase três anos.

— Por que saiu?

— Ah, achei que estava na hora. O Walter falava muito isso. Depois, algumas coisas aconteceram, coisas não muito boas, e decidi dar um tempo. Interromper minha marcha para o domínio do mundo jornalístico.

— Então você criou o plano de seguir o diário?

— Eu tinha alguns dilemas para resolver. Precisava de um guia, de alguém para me ajudar a recomeçar minha vida. Meu avô teve que fazer isso depois da guerra.

— Mas você vai voltar para o jornalismo?

— Sim, eu pretendo. O Walter chamava isso de "fantasia de Clark Kent". Você é um jornalista, mas também é o Super-Homem. Uma vez viciado em notícias, sempre viciado em notícias. Não tem como evitar.

— Acho legal que você esteja seguindo o diário do seu avô.

— Estou indo aos pontos mais importantes sem uma ordem especial, mas acho que isso não tem muita relevância. E aqui estou, falando sem parar, e você quer comer, não é?

— Você não está falando sem parar, mas quero tomar um bom café da manhã. Foi uma noite longa.

— Vamos parar na próxima padaria — ele falou.

Mas nada estava aberto. Havíamos tido uma noite divertida, que se transformou em uma marcha para o inferno. Ainda me sentia bêbada e relaxada. Meus pés doíam, e eu estava começando a ficar preocupada com Amy e Constance. Já havíamos nos separado durante a viagem, mas normalmente só depois de alguns dias em uma cidade. Parecia que tudo estava acontecendo muito rápido, de uma forma muito imprudente, e eu estava prestes a dizer a Jack que ia pegar um táxi para voltar ao hostel quando ele, finalmente, encontrou uma padaria aberta. Era só um buraco na parede, um lugar para entrar, pedir e ir embora, mas uma senhora abriu a porta quando nos viu olhando para dentro e assentiu quando fizemos o pedido.

Pedimos muita coisa. Compramos três baguetes, que vieram em um saco de papel, dois croissants, uma bomba, uma barra de chocolate e dois cafés bem quentes. Jack falou com a mulher em inglês, mas ela respondeu em holandês. Ele tentou alemão, o que funcionou muito bem, e falou por um minuto ou dois, pedindo informações. Depois acenou com a cabeça, segurou meu cotovelo e me levou para fora.

— Tome o seu café, mas tenho um lugar onde podemos comer — ele disse com um sorriso contagiante e uma óbvia excitação. — Ela me contou como chegar lá. Estamos perto.

O café estava fresco. Segurei o copo e percebi que eu tinha ficado gelada. Talvez estivesse com fome, ou ainda estivesse bêbada, talvez ainda tivesse um resquício da maconha que fumamos, mas senti um arrepio na coluna. Jack segurou o saco de papel e disse para eu respirar lá dentro, que talvez assim nos lembrássemos desse único minuto enquanto vivêssemos.

— Não achei que você fosse tão romântico — falei quando ele afastou o saco. — Você disse que eu estava mal com Hemingway, mas você está muito pior.

— Qual é o contrário de romântico? Sempre me perguntei isso.

— Um contador, eu acho. Uma pessoa que sabe o preço de tudo e o valor de nada.

— Uau — Jack soltou. — Você chutou meu traseiro com Platão às quatro da manhã?

— Não é tão difícil de conseguir, Jack Vermont.

— Você nem sabe o meu sobrenome, não é?

— Você sabe o meu?

— Merriweather.

— Errado.

— Albuquerque. Postlewaite. Smith-Higginbothom. Provavelmente tem hífen. Estou perto?

— Me diz o seu primeiro que eu te conto o meu.

— Agora você está jogando Rumpelstiltskin na minha cara.

— Sua conversa nunca segue uma linha reta?

— Sim e não.

Ele sorriu. E tinha um belo sorriso.

— Vamos guardar nossos sobrenomes para nós mesmos — sugeri. — Isso vai tornar as coisas mais difíceis para você quando quiser me encontrar depois de se apaixonar perdidamente por mim. Vai transformar isso em uma missão.

— Como você sabe se já não estou realmente apaixonado por você?

— É muito cedo. Normalmente os homens levam um dia e meio para deixar a vida deles ao meu dispor.

— Heather Postlewaite, com certeza.

— Você não ia me levar para algum lugar?

— Você está dificultando as coisas. Jack e Heather ou Heather e Jack? Qual a forma mais natural?

— Heather e Jack.

— Você está inventando qualquer coisa agora.

— Jack e Heather parece nome de loja de velas.

— O que há de errado com as lojas de velas? Jack e Heather é a ordem mais eufônica e você sabe disso.

— Eufônica? Por acaso "eufonia" vem do latim e serve para dizer "estou tentando pegar minha amiga inteligente, então vou falar a palavra mais difícil que consigo pensar"?

Estávamos caminhando devagar. Antes que Jack pudesse responder, um cheiro diferente nos atingiu. Não vinha dos canais ou dos croissants, mas de algo familiar e amigável, algo que reconheci, mas não sabia o que era. Jack sorriu enquanto eu lutava para reconhecer.

— Vamos — ele disse, e eu fui.

12

A placa da rua pendurada na lateral do edifício indicava Nieuwe Kalfjeslaan 25, 1182 AA Amstelveen. O cheiro vinha de algum lugar atrás de uma porta que lembrava a de uma masmorra, um grande semicírculo de madeira preta, com ferragens tão pesadas quanto ela. Não fazia muito sentido para mim, mas Jack começou a sorrir, puxando as ferragens, o que causou um estrondo. A porta se abriu e as dobradiças rangeram, exatamente como em um filme de Frankenstein. Ele colocou o dedo sobre os lábios e sorriu.

Tive o ímpeto de lhe dizer que ele já havia feito barulho, que possivelmente já tínhamos acordado alguém lá dentro, mas Jack passou pela porta antes que eu pudesse falar. Olhei ao redor, tentando entender onde estávamos, mas depois dei de ombros e o segui. Além disso, ele estava com o saco de papel com a nossa comida.

Sorri quando percebi que lugar era aquele.

Era uma academia de equitação. A De Amsterdamse Manege. E era linda. Antiga e meticulosamente preservada. As paredes eram de estuque branco, e aparas de pinheiro cobriam os pedregulhos que forravam o chão. Havia uma dezena de brasões pendurados nas paredes. Os cavalos descansavam em antigas baias ao longo de um grande pátio. A cabeça deles pendia sobre as portas, e eles pareciam sonolentos e pacíficos, como casacos pendurados ao lado de uma lareira. Jack segurou minha mão e me levou até a primeira baia.

— O nome do cavalo é Apple — ele disse, lendo em holandês.

— Olá, Apple — falei.

Acariciei sua crina e sua cabeça. Era um belo cavalo, não daqueles ruins que você encontra em escolas de equitação em algumas cidades americanas. Coloquei os braços ao redor dele. Seu cheiro me remetia a coisas boas.

— O meu avô veio aqui depois da guerra — Jack sussurrou, com os olhos um pouco úmidos enquanto acariciava Apple. — Ele escreveu sobre esse lugar, mas eu não tinha certeza que ainda existia. Ele disse que os cavalos lhe deram esperança depois de tudo o que tinha visto na guerra. Meu avô sempre fazia anotações especiais sobre crianças e animais. Deu três estrelas a este lugar. É a classificação mais alta.

— Como você sabia que era aqui?

— Para ser sincero, eu não sabia. Estava no diário dele. Li suas anotações inúmeras vezes, mas sempre me perguntei se os cavalos ainda existiam. O estábulo, quero dizer. Eu conhecia um pouco da cidade e o Raef me disse que se lembrava de algo sobre uma escola de equitação aqui nos arredores. Procuramos o lugar quando chegamos, e aquela senhora do café me deu a informação que faltava.

— Montei um pouco quando eu era menina.

— Fico feliz que você goste de cavalos — ele disse.

— Eu amo animais — falei, soltei Apple e caminhei até a segunda baia. — Sempre amei. Qual é o nome deste aqui?

— Acho que é Cygnet. Bebê cisne.

Peguei o celular para tirar uma foto, mas Jack me deteve.

— Você se importaria se não tirássemos fotos? — ele perguntou.

Abaixei o telefone.

— Por que não?

Ele moveu a mão lentamente pela fronte de Cygnet. Sua voz era séria, mas doce.

— Não quero reduzir a experiência — disse. — Ou transformá-la em uma foto impressa. Quero estar aqui com os cavalos, só isso. E com você. Odeio tirar fotos de tudo. Significa que o que está acontecendo agora é algo que fazemos só para registrar e olhar mais tarde. Postar no Facebook. É o que eu acho.

— Você não tira fotos de nada?

Ele deu de ombros e balançou a cabeça.

— Quero lembrar de estar aqui com você — ele falou. — Quero lembrar de Cygnet, do cheiro de café, estrume e cavalo. Quero pensar que meu avô esteve aqui, no prazer e no alívio que sentiu ao ver esses animais. Não sei. Acho que é meio bobo.

— Não acho que seja bobo, Jack.

Eu o olhei. Ali estava um lado diferente dele, e eu gostei. Depois de acariciar os cavalos, subimos em uma pilha de feno, no meio do pátio. Uma chuva leve começou a cair. O feno estava empilhado sob um celeiro. Subimos no topo dos fardos e encontramos um lugar para nos sentarmos. O feno tinha um cheiro magnífico, como campos abertos, e, misturado ao cheiro da chuva e aos movimentos gentis dos cavalos, não poderia ter sido mais adorável. Comemos as baguetes, as bombas e tudo o mais que havíamos comprado. Eu não podia acreditar como o sabor da comida era perfeito, como era estar com Jack na escola de equitação.

E ele pareceu ler minha mente.

— Um primeiro encontro maravilhoso — falou.

— Está no topo da lista. Você está chamando isso de *encontro*?

— Do que você chamaria?

— A Amy diria que é um relacionamento.

— Acho que é meio que um encontro.

— Certo.

— Quanto tempo você vai ficar na Europa? — ele perguntou, mudando de assunto.

— Mais duas ou três semanas. Tenho que voltar para trabalhar no outono. Estou começando em um novo emprego.

— Onde?

— No Bank of America.

Ele me olhou.

— Podemos consertar isso — observou.

— Não precisa de conserto.

— Tem certeza? Não te vejo como uma executiva.

— Julgando muito?

— As coisas são o que são.

Nossas conexões se cruzaram um pouco. Eu não tinha certeza do motivo ou o que aquilo significava exatamente, mas, por um instante, senti um lampejo de nós dois reavaliando as coisas. Então me lembrei do que ele havia dito sobre o seu editor tê-lo chamado de "dramático".

Ele me deu uma olhada, empurrou um dos fardos de feno para trás e arrumou mais dois, lado a lado, até que tivéssemos um pequeno sofá. Ele se deitou e depois me puxou para perto, passando os braços ao meu redor. Coloquei a cabeça em seu ombro e me perguntei o que ele faria em seguida, se agora seria o momento da grande sedução, mas ele era melhor e mais esperto do que isso. Ele virou o meu rosto e me beijou com tudo, depois me puxou para mais perto ainda, se é que isso era possível.

— Fica aqui pertinho — ele sussurrou.
— Você quer dormir aqui?
— Bem, podemos dormir na cama, algo que nós dois já fizemos mil vezes, ou podemos dormir aqui, abraçados, em Amsterdã, ao lado desses cavalos, e lembrar disso pelo resto da nossa vida. Existe mesmo uma opção?
— Essa é a sua regra?
— Mais ou menos.
— Tesouros brutos?
— Suponho que devemos experimentar de tudo. Aproveitar ao máximo. Isso é muito clichê?

Eu ainda estava estremecida pelos seus comentários sobre o Bank of America, mas passei a entendê-lo um pouco mais.

— Ainda estou decidindo — respondi.

Mais tarde, nossa respiração combinou e o cheiro de feno cobriu tudo.

13

Acordei com o cheiro de fumaça de cigarro. Por um momento, eu não tinha ideia de onde estava. Jack ainda dormia ao meu lado. A chuva ficou mais pesada. Pouco a pouco, as cenas da noite anterior retornaram. Eu me sentei, levemente em pânico. Não tinha noção da hora, nem de nada, exceto que acariciamos os cavalos na noite passada. Com a chuva que nublava o sol, podia ser qualquer hora. A questão da fumaça me intrigou até que percebi que alguém fumava abaixo de nós, sob a cobertura do celeiro, provavelmente no intervalo dos afazeres com os cavalos. Em seguida, ouvi uma conversa. Jack se sentou ao meu lado lentamente, o dedo novamente sobre os lábios, um sorriso se espalhando pelo rosto.

— Estamos presos — ele sussurrou e quase começou a rir.

— Que horas são?

Ele deu de ombros.

Dez ou um milhão de pensamentos surgiram na minha cabeça. A primeira coisa era que eu tinha que fazer xixi. Quer dizer, fazer xixi mesmo. E imaginei que o feno me fez parecer muito com uma maluca. Coloquei a mão no cabelo e o senti bagunçado em todas as direções. Meus lábios e a garganta estavam com sabor de chocolate, e meus dedos pareciam gordurosos, sujos e cheirando a cavalo.

Então pensei em Amy e Constance. Olhei para o telefone, mas nenhuma delas tinha entrado em contato.

Eram 6h48. Essa era a outra coisa que a tela do celular dizia. Brian deixou uma mensagem, mas não tive estômago para ouvir.

— Como vamos sair daqui? — perguntei a Jack.

— Vamos simplesmente descer. Não fizemos nada de errado.

— O que acha de invasão?

— Vamos agir como se tivéssemos acabado de transar — ele disse, sorridente, revirando o saco de papel e fiscalizando a área. — Todo mundo adora um casal apaixonado. Além disso, o que eles podem fazer?

— Chamar a polícia.

— Por causa de duas pessoas que transaram em cima de alguns fardos de feno?

— Nós não transamos.

— Mas você queria.

Empurrei seu ombro. Ele riu. Ouvimos sons de passos, e alguém chamou com a voz repleta de nervosismo:

— Quem está aí?

Pelo menos acho que foi o que ele disse, pois falou em holandês.

— Nós pegamos no sono — Jack gritou. Em seguida, ele pronunciou a palavra alemã para *dormir*.

Então outra voz se juntou à primeira, e eu sabia que tínhamos que descer e encarar o problema. Talvez eles achassem que éramos vagabundos. Ou ladrões. Jack foi primeiro. Ele se virou para mim e me ajudou a descer. Dois homens — um jovem e um mais velho — se afastaram dos fardos de feno, o rosto virado para nos olhar.

— Entramos para ver os cavalos e acabamos dormindo — Jack explicou.

O mais velho balançou a cabeça. Obviamente não estava feliz conosco. Mas o jovem, que estava com o cigarro e provavelmente quebrou uma regra fumando ao lado dos fardos de feno, falou em um inglês aceitável:

— O que vocês fizeram não foi certo.

Ele tinha o rosto fino e um punhado de cabelo crescia em sua cabeça, caindo nas laterais. Franziu os lábios.

— Sinto muito — Jack falou. — Saímos tarde. Não machucamos nenhum deles.

O velho falou rapidamente com o mais novo, que respondeu. Então o homem mais velho correu.

— Ele vai chamar a polícia. Melhor se apressarem. Tem uma delegacia aqui perto, então eles não vão demorar.

Só que ele inverteu a ordem das palavras, dizendo "demorar, eles não vão". Parecia o Yoda de *Star Wars*.

Jack segurou a minha mão e corremos porta afora.

⁂

No meio do caminho, depois de entrarmos em um restaurante, irmos ao banheiro e pegarmos mais café, Jack me fez parar para olhar um cisne debaixo de uma ponte de paralelepípedos.

— O meu avô escreveu sobre os cisnes em seu diário. Acho que ele se surpreendeu por encontrá-los aqui. Acho que ele adorava apreciar os sinais da natureza, porque isso significava que eles tinham sobrevivido, que as coisas teriam continuidade.

— Você pode encontrar uma passagem sobre os cisnes?

— Sei uma quase de cor, mas espera um pouco.

Ele enfiou a mão no bolso e pegou o diário, que era pequeno e envolto por um elástico. Apoiou as costas na grade ao lado do rio e abriu a encadernação bem devagar. Não sei por que, mas o imaginei como um caderno grande e grosso, uma espécie de scrapbook, mas, quando vi suas dimensões, fez mais sentido. Era isso que um homem podia carregar durante uma guerra. Algo que ele pudesse guardar no bolso, como Jack havia feito, e pegar quando quisesse anotar algo. Não era muito diferente da minha agenda.

— Achei que fosse maior — comentei, inclinando-me para ver o diário.

— Uma mulher nunca deve dizer isso a um homem.

Ele manteve os olhos no diário, virando as páginas com cuidado. Adorei ver a ternura com que ele tratava aquilo. Ele não se apressou para encontrar a passagem; ao contrário, demorou-se em cada pequena parte. Por duas vezes parou para me mostrar fotos do avô que estavam presas entre as páginas: um homem de uniforme alto e bonito, as imagens esmaecidas e desgastadas pelo tempo. Os olhos do avô, em cada foto que Jack me mostrou, pareciam cansados, vazios e tristes. O que tornou a expressão dele mais melancólica e pungente foi a tentativa, nos cantos do rosto, nas linhas da testa, de sorrir para a câmera. Mas ele não conseguiu esconder a tristeza e os sentimentos ao passar pelo horror da Segunda Guerra Mundial.

Apoiei a bochecha no ombro de Jack. Queria ver suas mãos se moverem lentamente sobre as páginas muito finas do diário. Finalmente, ele encontrou a seleção e a inclinou para que eu pudesse ver. Em seguida a leu, com uma voz solene, grave e repleta de amor.

O cisne nadou em uma pequena porção de água, o pescoço inclinado em uma curva perfeita. A luz da manhã lançou um reflexo do animal na superfície, de tal modo que ele parecia se mover com um companheiro, a cada sutil movimento.

Embaixo do trecho, o avô dele fez um pequeno esboço de um cisne nadando entre os nenúfares.

— Que lindo, Jack. É realmente poético.

— Acho que no fundo ele queria ser escritor. Falamos sobre isso algumas vezes. Meu avô lia muito, principalmente romances do século XIX. Ele compartilhou livros comigo, e todos os anos líamos *Ivanhoé* juntos. Líamos na varanda à noite, antes de dormir, e adorei essa história e essa lembrança. Acho que é por isso que impliquei com o seu iPad. Já ouviu dizer que livros são lugares que visitamos e que quando nos encontramos com pessoas que leram os mesmos livros que nós é como se tivéssemos viajado para os mesmos lugares? Conhecemos algo sobre a pessoa, porque ela viveu no mesmo mundo que nós. Sabemos pelo que elas viveram.

Jack corou. Foi a primeira vez que o vi corar, e gostei dele por isso.

— Gosto de saber que você tem esse sentimento pela literatura.

— Bem, pelo menos pelo diário do meu avô.

— É a única cópia? Você se importaria se eu o segurasse?

— Fiz uma transcrição. Digitei tudo para conhecer cada palavra. É até engraçado. Para falar a verdade, a maior parte eu sei de cor.

— Não é engraçado — falei, recebendo o diário das mãos de Jack.

O diário tinha um bom peso. Abri e vi a inscrição. Simplesmente dizia o nome do seu avô — Vernon e o número de identificação militar — e seu endereço em Bradford, Vermont, EUA. Além disso, havia um esboço de um tanque feito à caneta. Se o tanque era alemão ou aliado, eu não sabia.

— Ele era fazendeiro. Ficou deslumbrado com o que viu e escrevia muito bem. Mas acho que se sentia meio vazio, e essa viagem deu um novo propósito para a vida dele. Imagino que eu estivesse esperando que ela fizesse o mesmo para mim. Esta viagem.

— Gostaria de ler o diário dele, se você não se importar.

— Você seria a quinta pessoa do mundo a lê-lo. Só eu, minha mãe, meu pai e minha avó o lemos.

Devolvi o diário para ele. Jack o pegou de volta com cuidado, prendeu-o com o elástico e o enfiou no bolso. Em seguida, pegou minha mão enquanto olhávamos os cisnes nadarem graciosamente. Ele me disse para procurar a iridescência em suas penas. Explicou-me que a lenda dizia que os cisnes já haviam vivido de luz, mas os deuses achavam a beleza deles ameaçadora e tentaram matá-los de fome. No entanto, como eles haviam absorvido luz, ela ainda podia ser vista dentro deles.

Não havia necessidade de fotos.

Não havia necessidade de nada.

14

De volta ao hostel, tomei o que talvez fosse o melhor banho da minha vida. Lavei cada centímetro do meu corpo e esfreguei o cabelo com shampoo e condicionador. Às vezes, debaixo do chuveiro, pensava em Jack. Cada vez que ele me vinha à cabeça, meu corpo estremecia. *Jack Vermont*. Eu nem sabia seu sobrenome, embora agora soubesse o primeiro nome do seu avô e que sua família era de Bradford, Vermont. Por enquanto, Jack era só Jack, meu cavaleiro com seu escudo de tampa de lixo, meu especialista em cavalos da madrugada. Ele já havia tomado muitos dos meus pensamentos.

Quando saí do banho, vi que Constance havia me enviado mensagens de texto. Ela chegou à mesma conclusão que eu: era estranho passar por Amsterdã tão rápido. Na verdade, não tínhamos visto nada, exceto uma festa, e ela tinha meia dúzia de lugares que queria visitar. Lembrei que estávamos indo embora por causa da Amy. Tínhamos um compromisso em Praga, e não consegui recordar todos os detalhes, mas o plano permitia só uma noite e uma parte do dia em Amsterdã. Era um plano ruim, mas, como não conversamos com a Amy, não podíamos mudar nada. Enviei uma resposta a Constance, recomendando que mantivéssemos o combinado. Ela respondeu concordando, ainda que relutante, e contou que Raef disse que ela era *a garota dos sonhos* dele.

De volta ao quarto, me sentei na cama e liguei para o meu pai. Demorou muito para ele atender. Quando o fez, percebi que estava em algum tipo de reunião ou num lugar onde não era possível falar. Ele sempre estava em alguma reunião. Nós nos falamos rapidamente, até que ouvi copos tilintando e outras pessoas conversando ao fundo.

— Oi, querida — ele começou. — Como vai o tour pela Europa?

— Está ótimo, pai. Estamos em Amsterdã. É uma cidade deslumbrante.

— Quanto tempo vai ficar aí?

— Acho que partimos hoje. Estamos só de passagem. Temos que chegar em Praga para nos encontrar com os primos da Amy.

— Que bom — ele disse, cobrindo o telefone e falando com outra pessoa. Era sempre difícil ter toda a sua atenção quando ele estava em um ambiente de negócios, mesmo estando tão longe. Em casa, ele era um fofo.

— Escuta — ele disse quando voltou —, falei com Ed Belmont, e ele está muito animado por você se juntar à equipe dele. Vai ser cansativo, mas vai valer a pena. Você não poderia aprender com ninguém melhor. Não existem limites nessa posição. Mas ele comentou que você não completou a documentação ainda. Você não pode deixar as coisas assim, Heather. Sabe disso.

— Tenho tudo sob controle, pai. Vou cuidar de tudo, prometo.

— Perdi essa última parte — ele falou.

— Eu disse que vou cuidar de toda a papelada — respondi. — Palavra de escoteiro.

— Tudo bem. Isso me colocou numa posição estranha com o Ed. Achei que você já tinha cuidado disso. Nos negócios, as primeiras impressões são as que valem.

— Sei disso, pai.

— Se soubesse, não estaríamos tendo essa conversa, não é?

Ali estava. A velha dança que fazíamos juntos. Eu não tinha certeza do que ele queria que eu dissesse nem se ele sabia o que queria dessa conversa. Eu sabia que ele tinha muitas coisas com que lidar, e, em termos de negócios, eu era mais uma delas. Ele havia se entendido com Ed Belmont para me contratar e agora, na opinião dele, eu não estava me esforçando por não ter entregue a documentação antes. Eu não estava animada e ansiosa o suficiente, e isso ia contra a cultura empresarial. Se eu ia entrar no seu mundo, tinha que jogar de acordo com as suas regras.

Ao mesmo tempo, ele estava feliz em me ver viajando pela Europa. Suas atitudes eram contraditórias e complicadas. Provavelmente ele não sabia que estava me mandando mensagens incoerentes.

— Pai, estou ciente das minhas obrigações e das expectativas da equipe de Ed Belmont. Mas essa cebola não é sua.

— O quê?

— É uma expressão francesa. Significa que esse problema não é seu.

Outra coisa fez barulho além do seu telefone. Ele estava no meio de algo e disse isso quando voltou a falar comigo.

— É claro que o problema é meu, Heather! O que eu sempre digo? Ou a pessoa sabe qual a sua obrigação ou não sabe. Não existe meio-termo.

— Eu sei as minhas obrigações, pai — repeti, sentindo o pescoço ficar vermelho e o sangue começar a se espalhar. — Esse problema não é seu. Já me entendi com a equipe do Ed. Vai dar tudo certo.

— Ligue para eles, tá? Faça isso.

— Vou fazer, pai.

— Lembre-se, o Ed é um velho cretino como eu. Nos sentimos melhor sabendo onde estamos pisando.

— Pai, você não é um velho cretino. É um cretino muito velho.

Ele riu, clareando um pouco as nuvens de tempestade que pairavam sobre sua cabeça.

— Querida, preciso ir. Fico feliz em saber que você está bem. Como estão as meninas?

— Estão bem. Estamos nos divertindo muito.

— Muito bom. Então, só se é jovem uma vez, certo? Não é o que dizem? Bom, querida, vou ver...

Sua voz sumiu, interrompida por algum problema transcontinental sem explicação. Não liguei de volta. Não se liga de volta para o meu pai. Não quando ele está em uma reunião de negócios.

15

— Perdi todas as minhas coisas! Celular, passaporte, cartão de crédito, tudo! Sou a turista americana mais idiota desse mundo! — Amy disse quando conseguiu se controlar na cafeteria do hostel. Depois de não aparecer durante a maior parte da manhã, ela finalmente conseguiu um celular emprestado de um pedestre para ligar e nos avisar para não a encontrar na estação de trem, mas para ficarmos onde estávamos. Ela não havia explicado muito, só disse que estava numa situação terrível, da qual era a única culpada. Agora, sentada na salinha de café da manhã do hostel, ela parecia uma maluca. O cabelo repicado se levantava feito o chapéu de um soldado inglês, e ela estava com raiva suficiente para matar alguém. — Devo ter perdido quando coloquei o casaco no sofá naquela festa. Estava tudo na bolsinha de maquiagem de sapinhos... Vocês sabem qual é! Acho que escorregou quando eu levantei o casaco ou talvez antes. Isso é tão idiota que estou morrendo de vergonha. Amy, a incrível e maravilhosa Amy, a mulher superindependente que pode ir a qualquer lugar e fazer o que quiser, agora não pode sair daqui.

— Você estava com essa bolsinha no clube de jazz onde o Raef nos levou? — perguntei.

— Sim, sim, já repassei isso na cabeça mil vezes. Até voltei para o apartamento onde tirei o casaco, mas não estava lá. O dono foi muito legal. Disse que ligaria se alguém achasse. Ele me pediu um contato e eu peguei os dele.

— Será que alguém a roubou?

— É possível, mas acho que não. Acho que eu perdi aquela porcaria. Como eu sou burra!

Constance se sentou ao lado dela e segurou sua mão. Eu nunca tinha visto a Amy tão abalada, mas não podia culpá-la. A história não fazia muito sentido, pelo menos não de início, porque ela teve problemas para contá-la. Estávamos todas muito chapadas na noite anterior para ter certeza de qualquer detalhe. Mas alguma coisa, pelo menos, nós lembramos.

Agora ela estava sem passaporte, sem dinheiro, sem celular e sem condições de repor tudo.

— Estou tão, tão, tão, tão, tão chateada — ela desabafou. — Sou uma completa imbecil! Que idiota!

— Tudo bem, vai com calma, Amy — falei. — As coisas acontecem. Podemos resolver. É só um pequeno contratempo.

Não me atrevi a olhar para Constance, porque estava certa de que ela tinha chegado à mesma conclusão. Amy tinha acabado de atrapalhar a nossa viagem. Não tínhamos tempo de passar pela dor de cabeça de tirar um novo passaporte, pedir novos cartões de crédito e assim por diante. Foi o que deixou Amy tão furiosa. Ela também sabia disso.

— Está tudo bem, amiga — Constance falou. — Foi só um contratempo. A Heather tem razão.

— Não, não foi. Quase nem consegui voltar pra cá! Não posso viajar sem passaporte. Os meus cartões de crédito desapareceram também. Preciso cancelar todos e ligar para os meus pais. Eles vão ficar loucos da vida, tenho certeza. Eles me *avisaram* sobre esse tipo de coisa.

— Todos os pais avisaram — eu comentei.

— Sim, mas eu sempre perco tudo. Odeio isso. Quando eu estava na segunda série, perdia as minhas luvas todos os dias. Juro! Minha mãe ficou tão cansada que me obrigou a usar as meias do meu irmão no lugar das luvas!

O comentário nos fez rir. Demorou um instante, mas Amy finalmente viu graça na situação. Ela enterrou a cabeça nas mãos e riu também. Uma risada frustrada, mas pelo menos era uma risada.

⁂

Amy usou meu celular para fazer cerca de mil chamadas. Ela ligou para os pais e disse o que havia acontecido, chorou de novo, brigou, explicou tudo, depois anotou um monte de números e assentiu enquanto o fazia. Ligamos de um café não muito longe da estação de trem. Chamava-se Café Van Gogh.

Sentamos do lado de fora, bebemos água, tomamos café e comemos bolachas e queijo. Pouco a pouco, Amy repassou os acontecimentos da noite, mas as memórias não trouxeram luz ao desaparecimento da bolsinha de maquiagem. Em última análise, já era.

No fim da tarde, entramos em um quarto do Hotel Hollander. Amy disse que não aguentaria lidar com o hostel, então Constance e eu nos dividimos e conseguimos um quarto charmoso com uma varandinha com vista para um canal. Foi uma extravagância e prejudicou o escasso orçamento que tínhamos montado com tanto cuidado durante a primavera, mas era necessário. Assim que entramos, Amy tomou um banho tão longo que Constance e eu entramos no banheiro para ver se estava tudo bem. Ela sempre dizia que estava bem. Na verdade, não acreditamos.

Os pais dela ligaram algumas vezes, preocupados e tentando controlar as coisas dos Estados Unidos. Eles sugeriram que ela voltasse para casa. No início, pensei que isso não era realmente necessário e perguntei a mim mesma: *Será que não podemos fazer alguma coisa?* Mas toda vez que eu me perguntava isso não conseguia encontrar uma solução. No entanto, à medida que a tarde virava noite e Amy surgiu enrolada em uma toalha, o rosto tenso com uma expressão que eu nunca tinha visto, tudo ficou mais incerto ainda. Embora os cartões de crédito já tivessem sido cancelados, o passaporte não seria fácil de substituir. Levaria tempo e implicaria custos, e nós só teríamos mais duas, talvez três semanas sobrando. Ela havia perdido todo o dinheiro, cerca de setecentos dólares. Vi Amy calculando os prós e os contras enquanto conversava com seus pais. Que bela confusão.

Encontramos com Raef e Jack para um fondue noturno, todos espremidos ao redor de uma mesinha, um pote de queijo no centro, pedaços de pão e salsicha espalhados em um prato. Era um lugar engraçado chamado Touro de Pedra, pelo que conseguimos traduzir, longe da rota turística mais conhecida. Raef conhecia o lugar. Ele parecia conhecer tudo. Mas a tolice do pote de queijo e a mesmice de comer ao redor de uma mesa cheia foram exatamente aquilo de que Amy precisava.

É impossível prever essas noites. Não se pode esperar o tipo de diversão espontânea que tivemos. É possível organizar e planejar uma festa, acertar em todos os detalhes, servir uma comida deliciosa e excelentes bebidas, e, ainda assim, a festa não ser boa. Não tínhamos motivo para estarmos felizes e bobos nem para estarmos rindo de tudo. As rodadas de cerveja pontuaram cada nova explosão de energia e o fondue de queijo acabou lentamente, o gosto do pão, do queijo e da salsicha ficando mais delicioso à medida que o tempo passava, e pensei em como eu gostava de estar ali, como eu amava meus amigos, como Jack combinava comigo e Raef com Constance, e como Amy foi corajosa em recuperar suas forças. Centenas de vezes olhei para Jack ou o peguei olhando para mim, e não pude deixar de pensar que eu nunca havia conhecido alguém como ele. Eu nunca havia me sentido tão *confortável*, tão *compatível* com um cara e, quando ele me perguntou se eu queria tomar a saideira, falei que precisava ver com a Amy para saber se ela ficaria bem, então sim, sim, é claro, ela ficaria bem.

16

— Filme favorito? — Jack perguntou.
— *Babe, o porquinho atrapalhado.*
— Você está brincando. O filme sobre o porco pastor de ovelhas?
— Eu amo o *Babe*. Filme favorito sério? É isso o que você quer? — perguntei, com meus joelhos entre os dele, as banquetas perto uma da outra. — *Vida de cão.*
— Nunca ouvi falar.
— É escandinavo. Sueco, eu acho. E o seu? — perguntei a ele.
— *Lawrence da Arábia* ou *Gladiador.*
— Boas escolhas. Se tiver que escolher um?
— *Gladiador* — ele disse. — Estação do ano favorita?
— Outono. Clichê, eu sei, mas é. E a sua?
— Primavera — ele respondeu. — Era uma época boa para estar na fazenda do meu avô. Parecia que tudo estava dormindo há muito tempo, e então a manhã chegava e as coisas lentamente iam acordando.
— A fazenda de Vermont — eu disse, começando a entender algo de sua vida. — Com seus avós quando seus pais se separaram.

Ele assentiu. Eu não tinha ideia de que horas eram. Quase meia-noite, imaginei, embora eu não me importasse. O bar onde nos sentamos parecia não ter hora para fechar nem planos para nos mandar embora. O barman era um homem alto e magro, com uma enorme barba grisalha que, obviamente, passava a noite jogando no computador e mal olhava para cima quando as pessoas entravam. Um motorista de táxi recomendou o lugar. Ele se chamava Abraham's.

— Está cansada, Heather Postlewaite? — Jack perguntou depois de um tempo. — Quer que te leve para casa?

— Sim, claro. E não, ainda não.

— Me conte sobre o seu trabalho. Vai trabalhar para o Bank of America? Nova York, a coisa toda?

Assenti. Essa conversa não parecia se encaixar ao clima, mas ele esperou e finalmente tive de falar.

— Banco de investimentos, na verdade — falei com cuidado. — Vou trabalhar com os negócios do lado do Pacífico... Japão, principalmente. Falo um pouco de japonês. Bem, isso não é verdade. Sou fluente. Isso é o que me tornou valiosa para algumas empresas. Começo em quinze de setembro. Vou viajar muito e pelo jeito trabalhar bastante. É uma ótima oportunidade.

— E uma posição bem recompensada.

— Sim, melhor do que eu mereço. Provavelmente melhor do que qualquer um merece. Tem esse tipo de potencial.

— Isso é importante para você?

— O quê?

— Dinheiro. Riqueza. Acho que o equilíbrio entre o trabalho e a vida.

Eu o observei de perto. Queria estar com a cabeça mais clara, porque senti uma lista de questionamentos se esgueirando em suas perguntas, um leve julgamento, e não gostei. Não precisava disso. Tomei um gole da minha bebida e olhei para a rua. Um único poste de luz afastou a escuridão em volta dos edifícios.

— Me desculpe — ele falou. — Foi só uma reação, só isso. Você parece tão... viva para o mundo que eu não consigo te ver num perfil de executiva, assim de cara. Com alguém que trabalhe em um banco de investimentos.

— Quem trabalha em bancos de investimento vive no mundo — observei, tentando manter o tom de voz —, e eles até gostam e admiram isso.

— Certo — ele concordou. — Entendi.

Mas não achei que ele acreditou. Ele segurou minha mão, a virou e beijou minha palma. Em seguida me encarou.

— Sinto muito pelo que aconteceu com a Amy. Você acha que ela vai voltar para casa?

— Acho que sim. Ela vai enfrentar tudo isso, mas do ponto de vista prático, se ela não conseguir um passaporte e toda a papelada em um tempo razoável, ela deve voltar para casa amanhã.

— Provavelmente é a melhor escolha. É uma pena, mas é

— Mas é triste. Planejamos esta viagem desde sempre. Falamos nisso durante toda a primavera para acabar desse jeito. É estranho pensar na rapidez com que as coisas mudam.

— Você não parece uma grande fã de mudanças.

— Acho que não sou. Não sei.

— Gosta de planejar?

— Acho que sim. Você não gosta?

— Sou meio preguiçoso com planejamentos. Gosto que as coisas me surpreendam.

— Eu sou o tipo de garota que faz planos com uma agenda Smythson.

— É o que estou descobrindo. E eu tenho um diário antigo preso por um elástico. Gavetas de armários arrumadas?

— Armário organizado. Sapatos em fila. Temperos organizados em ordem alfabética.

— Sou mais o tipo visto-o-que-está-no-cesto.

— Como você lida com o amassado?

— Eu os deixo viver. Permito que eles saiam e encontrem seu caminho.

— Nossa, não suporto isso. É como passar pela vida como um bassê.

— Eu amo bassês. O que há de errado com eles?

— Mas não sei se você quer ser um bassê. Meio amassado e cheio de papada. Você não é um bassê, Jack.

— O que eu sou, então?

— Ah, talvez um daqueles cães que puxam trenós. Não sei ao certo. Ainda não te conheço bem o suficiente.

— Você é um daqueles poodles tosados?

— Espero que não. Sempre me vi como um labrador.

— Definitivamente você não é um labrador. Eles são descontraídos e ficam felizes com uma bola de tênis suja na boca.

— Sou descontraída também, mas lavo as bolas de tênis.

Um pouco mais tarde, um homem entrou carregando uma caixa com uma estátua da Virgem Maria. Ele tinha dentes estragados e um rosto severo. As mãos pareciam mais pesadas do que qualquer uma que já vi, com dedos escuros e grossos ligados a uma palma tão espessa e determinada quanto um martelo. Ele usava um lenço vermelho no pescoço, mas não era padre. Colocou a caixa nos fundos do bar e perguntou para todos que estavam ali se queríamos fazer uma oração. Eu nunca tinha visto nada como aquilo: era uma caixa coberta com arame de galinheiro, e ele colocou um pequeno holofote por trás da moldura mais alta, de modo que parecia que a Santíssima Mãe estava presa a um feixe de luz celestial. Sabia que Constance teria se debruçado naquilo. Mas, se o dono do bar ou qualquer um dos fregueses achou algo incomum na caixa e na cena da Virgem Maria, as palmas das mãos dela viradas para receber o mundo, o calcanhar fixado a uma serpente no chão, eles não demonstraram.

— Precisamos pagar alguma coisa? — Jack perguntou ao homem, em inglês.

Ele fez que sim com a cabeça.

— Quanto? — Jack perguntou.

— Quanto quiser — o homem respondeu.

Jack enfiou a mão no bolso e lhe deu algumas moedas. Então se virou para mim.

— Você reza? — ele quis saber.

— Faz muito tempo que não.

— Não costumo rezar, mas esta noite sinto que deveria. Não é todo dia que a Virgem Maria entra em um bar.

— Isso parece o começo de uma piada de mau gosto.

— Eu me preocupo que Deus possa estar solitário.

Mas então, para minha surpresa, ele fechou os olhos e rezou. Examinei seu lindo perfil, sua expressão solene e tentei me juntar a ele, mas não consegui. Quando terminou, fez o sinal da cruz e acenou para o homem, que assentiu mais uma vez. Era tarde da noite, e o homem parecia entender a necessidade de orações.

17

Deitei na cama com Amy ao amanhecer. Era bom estar em um lugar quente. Ela se virou quando me deitei, murmurou algo enquanto dormia e depois voltou para aquilo que estava sonhando. Seus pés se moveram por um momento, depois ela parou e começou a respirar de forma constante. Eu a observei por algum tempo e tentei imaginar pelo que ela havia passado. Mas eu estava cansada demais para fazer um bom trabalho.

Constance nos acordou perto do meio-dia, aparecendo ao pé da cama com cafés, pães e croissants em uma bandeja. Ela trouxe pratos minúsculos e guardanapos brancos e engomados, e os colocou sobre a colcha. Eu me recostei nos travesseiros e tentei despertar. O cheiro do café era incrível. Os croissants estavam apoiados entre potes de geleia de framboesa e manteiga e lembraram meu estômago que ele estava com fome.

— Sua mãe me ligou duas vezes, Amy — Constance anunciou, servindo café nas xícaras e acrescentando creme. Era a cara da Constance transformar o café da manhã em um serviço de chá. — Eu falei para ela que te deixaria dormir até o meio-dia, depois te acordaria. Já passou da hora.

— Tenho que fazer xixi — Amy falou. — Me dá mais meia hora antes de pensar na minha mãe e tudo o mais.

Ela saiu da cama, mas voltou em poucos minutos. Penteou o cabelo e escovou os dentes. Acomodou-se de volta na cama e afofou os travesseiros atrás de si.

— Não consigo pensar em nada que eu queira mais agora do que uma xícara de café e um delicioso croissant — Amy confessou. — Obrigada, Constance. Você é uma salva-vidas.

— Peguei da sala de jantar no andar de baixo. É muito chique, sabia? A sala de jantar, quero dizer. Acho que esse hotel é melhor do que a gente pensa.

Esperei que Constance terminasse de me servir. Ela me entregou a xícara de café. Eu a peguei com as duas mãos e a aconcheguei contra o peito.

— Tudo bem — Amy disse, a voz se tornando divertida como costumava ser antes de perder seus cartões e documentos —, vamos ver o placar. Quem está apaixonada?

Constance corou, mas não olhou para cima. Continuou mexendo o café e adicionando creme. Senti meu pescoço ficar vermelho como sempre acontecia nesses momentos.

— Uau — Amy se manifestou diante de nosso silêncio. — Isso significa que vocês duas estão. Jesus, está acontecendo mesmo. Vocês não estão brincando comigo, não é?

— Me apaixonando, talvez — Constance declarou com voz suave. — Talvez. É muito cedo para dizer. Mas eu gosto muito dele. Pra caramba.

Ela terminou de preparar seu próprio café e levou a xícara aos lábios. Seus olhos brilhavam. Ela estava feliz e apaixonada, ou se apaixonando, exatamente como ela disse, e era visível.

— Não acredito que você vai acabar em uma fazenda de ovelhas na Austrália! — Amy gritou, com os olhos arregalados. — Você é a garota da vida dele. Que sonho! Que sonho ridículo! Como eles chamam aquilo? Não as fazendas, as estações... Estações de ovelhas, não é assim que chamam?

— Não faço ideia — Constance falou.

— Ah, faz, sim, sua danadinha. Você já sonhou com tudo isso. O vento soprando e os cangurus passando, tudo que se vê é poeira vermelha e ovelhas, mas você tem toalhas de mesa brancas. Ela não vai ter, Heather?

— Se alguém vai ter isso é a Constance — concordei.

— E você está tão mal quanto. Jack, Jack, o lenhador! Tudo bem, então vou precisar de dois vestidos de madrinha, a menos que vocês descubram uma forma de se casarem ao mesmo tempo. Um casamento duplo! É isso que vamos fazer. Vai ser mais econômico para todo mundo. Alguém pode me dizer por que estou destinada a ser a madrinha? Sempre a madrinha e nunca a noiva?

— Acho que você está apressando um pouco as coisas. O Jack às vezes é meio esnobe e um pouco crítico. Relatório adiantado.

— Ele é isso agora, por exemplo? — Amy perguntou, olhando para Constance com um brilho nos olhos.

— Ele é muito boêmio. Pelo menos, ele acha que é. Quer ser, eu acho. Ele está criticando meus planos de trabalhar para o Bank of America. Diz que executivos não estão vivos para o mundo.

— Ah, foi só um comentário. Ele está fingindo — Constance argumentou. — Ele está louco por você. Qualquer um pode ver isso.

— Num minuto ele é muito fofo e sincero e no minuto seguinte está em seu palanque discursando sobre como a vida deveria ser. Ele é todo *carpe diem*, vamos explorar, não vamos nos preocupar com o amanhã...

— Você está apaixonada — Amy disse e riu. — Não se importaria com o que ele fala se não tivesse tesão nele.

— Você está enganada — acusei.

— É muito cedo para levar isso a sério — Constance falou, tentando me proteger. — Por enquanto é só diversão.

— Garotas, vocês estão se divertindo — Amy afirmou. — Vocês duas são muito safadas.

Era fofo e engraçado, mas, no fundo, eu sabia que a Amy estava forçando a barra. Ela sabia disso também, mas tinha que continuar. O resto — as ligações telefônicas para os pais, a ida ao consulado para resolver a questão do passaporte, a vergonha de voltar para casa antes que a viagem terminasse —, tudo estava na frente dela. Ela sabia disso, e nós também, mas precisávamos fingir e ser corajosas.

Tomamos o café, comemos os croissants e a geleia vermelha. A certa altura, Constance se levantou da cama e abriu as cortinas, e sentimos a brisa que entrava pela janela. O vento levantava as cortinas brancas e imaginei que todas nós pensávamos a mesma coisa: que estávamos na Europa, que as cortinas que se elevavam com a brisa do meio-dia era algo que valia a pena ver e lembrar.

Então o telefone tocou novamente ao longe, mas sabíamos que era a mãe da Amy, o consulado ou algum assunto cotidiano que exigia sua atenção. A magia acabou, e levantamos a bandeja, limpando as migalhas. Constance pegou uma única colherada de geleia e colocou na boca como se quisesse lembrar, a cortina branca se elevando suavemente. E o dia começou.

— A questão toda é a luz, não é? — Jack perguntou.

Não havíamos saído de Amsterdã. Não poderíamos partir até que os documentos de Amy estivessem em ordem ou ela tivesse tomado a decisão de voltar para casa. Além disso, não queríamos deixar Jack e Raef. Agora estávamos diante de *A leiteira*, de Johannes Vermeer. Era estranho, pensei, finalmente ver um quadro que alguém havia estudado em livros de arte todos os dias na aula. Ali estava, enfim, o retrato de uma humilde ajudante de cozinha esvaziando um jarro em uma tigela. Um facho de luz — *suave luz da manhã*, pensei — entrava pela janela à direita do balde e cobria tudo com calma. Pelo material que eles deram no balcão de entrada do Museu Nacional dos Países Baixos, eu soube que a maioria dos críticos de arte acreditava que Vermeer havia usado uma câmera escura para capturar a imagem da empregada e refletir os pontos de luz sobre a mobília da pintura. Era possível ver os borrões de luz no avental dela e na borda do jarro. Mas Vermeer havia transcendido a câmera escura para fornecer um momento de tranquila solidão doméstica. A questão era a luz, como Jack disse, e fiquei paralisada pela beleza do quadro. De todas as obras de arte que vi na Europa, era, de longe, a minha favorita.

— Quando eu vi a Mona Lisa em Paris não fiquei muito impressionada. Mas isso? — falei.

Minha garganta fechou.

— Sim — Jack respondeu.

— Ela podia estar viva em algum lugar e a luz ainda estaria lá, esperando que qualquer um de nós a descobrisse.

— Concordo. É assim que vejo também.

— É real, mas é mais do que isso. Parece que é a essência de tudo. Desculpe, sei que parece arrogante ou simplesmente estúpido, mas não se trata só da luz comum, é algo sobre o mundo inteiro, não é?

Jack pegou minha mão. Eu não sabia por que me sentia tão emocionada. Foi um dia confuso, com Amy telefonando e brigando com os pais e minha própria sensação de que, muito em breve, eu teria que entrar em um avião para voltar a Nova York para começar uma carreira que se mostrava — ao lado da bela simplicidade do trabalho de Vermeer — ruidosa e difícil. Nada parecia resolvido e nada se combinava da forma que eu esperava. A pintura — na verdade, a tarde inteira no museu, com a mão de Jack encontrando a minha, depois a soltando e então a segurando de novo — quase machucava com sua beleza. Não era a Paris de Hemingway, mas era a mesma coisa, a mesma busca do simples e do sublime, e deixar isso dentro de mim fazia meu coração doer um pouco.

— Sei o que precisamos fazer — Jack falou. — É o antídoto perfeito para um dia em um museu.

— Não tenho certeza se estou com o humor muito aventureiro.

— Você vai ficar. Juro. Vamos. Precisamos nos afastar do passado e ir em direção ao futuro.

— Se fosse tão fácil assim.

— O que é isso, Heather?

— *Weltschmerz* — falei, sentindo o peso da palavra quando passou pelos meus lábios. — Palavra alemã para cansaço e dor no mundo. É a ideia de que a realidade física nunca pode atender às demandas da mente. Pesquisei para um trabalho no segundo ano. Me lembrei disso, porque meio que descreve esses humores que eu tenho às vezes.

— *Welt...?* — ele perguntou.

— *Weltschmerz*. Temor indefinido e fadiga do mundo. Essa é a definição.

— Argh — ele fez. — Os museus de arte sempre têm esse efeito em você? Se for assim, vamos ter que evitá-los.

— Me desculpe. Não gosto de ser assim.

— Não se desculpe. Vamos. Fica perto daqui. Encontrei esse lugar na última vez que passei por Amsterdã.

Eu não estava em posição de resistir. Jack manteve minha mão na sua e me levou para fora. Cinco minutos depois, paramos em um estúdio de esgrima, ao lado dos jardins do museu. A ideia, o conceito de que você poderia simplesmente trocar a vida cotidiana por um florete, uma espada ou seja lá como diabos aquilo se chamasse, parecia tão absurda que senti o coração se elevar um pouco. Jack falou com o atendente e assentiu para o que quer que ele estivesse dizendo. Era um rapaz jovem, de cavanhaque. Ele parecia o Zorro, só não tão escandalosamente bonito quanto o personagem deveria ser.

— Vamos praticar esgrima — Jack falou, empurrando o cartão de crédito para o Zorro e olhando para mim. — Vamos lutar até a morte. Quando se está sentindo pavor existencial, você precisa forçar os limites. Precisa enfrentar a morte.

— Jack — comecei, mas percebi que não tinha ideia do que queria dizer. Eu não tinha postura para lutar esgrima. Quase ninguém no mundo tinha. E ainda me sentia confusa e nervosa.

— Você vai se sentir melhor, eu prometo. É a melhor maneira de sair do... como você chamou?

— *Weltschmerz*.

— Certo, do *Weltschmerz*, então — Jack falou, pegando o cartão de crédito da mão do Zorro. — Confie em mim quanto a isso. É impossível se sentir cansado do mundo se você estiver praticando esgrima para defender sua vida.

— Não sei nada sobre esgrima, Jack. Eu nunca pensei nisso.

— Perfeito — ele disse, aceitando uma série de equipamentos do Zorro. Dois uniformes brancos vieram enrolados de forma engenhosa em um par de floretes. Jack empurrou um para mim. Zorro empurrou um chapéu de apicultor na minha direção. Era um capacete com a frente coberta de malha. Aparentemente, também poderíamos nos conectar a um dispositivo de detecção para gravar os golpes. Zorro passou alguns minutos explicando a conexão para Jack.

— Consegue vestir isso, não é? — Jack me perguntou quando Zorro terminou. — É só um macacão, na verdade.

— Vamos praticar esgrima? Agora? É isso o que você está me dizendo?

— Você não vai pensar em nada além do combate. Confie em mim. Isto vai fazer seu sangue esquentar da melhor maneira.

— Isso é loucura.

— Claro que é loucura. Tudo é loucura. O mundo inteiro é uma loucura. Você não sabia disso, Heather? Não sabia que todo mundo é impostor e que não há adultos de verdade na sala ao lado?

— Sou muito competitiva, Jack. Você precisa saber. Precisa saber que, se quiser lutar comigo, não vou poupar ninguém.

— Esgrima — ele me corrigiu. — Agora, vá para o vestiário feminino e se vista. Tranque sua roupa no armário. E prepare-se para morrer na ponta da minha espada.

Olhei diretamente nos olhos dele.

— Muito freudiana, essa coisa toda de esgrima — observei. — Muito fálica.

— Exatamente.

— Este pode ser seu último momento na terra, Jack. Aproveite.

— Vamos ver.

Zorro riu. Ele estava acompanhando a nossa conversa.

— Americanos — ele disse e balançou a cabeça.

— Com certeza — falei, virando-me para ele e tirando o uniforme do balcão.

É possível aprender várias coisas quando, na frente de um homem por quem você se sente atraída, você usa uma roupa de esgrima e carrega uma espada na mão. Você aprende muito rápido que é impossível não parecer gordinha em um traje assim. Aprende também, se tiver sorte, que o homem por quem você está apaixonada parece bem incrível de pé à sua frente, o corpo dele se virando para oferecer o ângulo mais difícil para potenciais perfurações, enquanto exibe um sorriso sólido e divertido. Irritantemente, você também percebe que seu desconforto de alguma forma alimenta o prazer dele, de modo que, quando ele abaixa a viseira e lhe sorri, sugerindo um pequeno rearranjo em seu cotovelo para golpeá-lo, você quer beijá-lo e matá-lo e, acima de tudo, dar uma forte punhalada no peito dele para poder se exaltar por um instante, da mesma forma como ele se exaltou durante quase uma hora, enquanto a transformava em uma almofada de alfinetes.

— Você é mesmo um cachorro louco — Jack soltou depois da nossa vigésima, quinquagésima, centésima troca de golpes. — Quem diria, hein? Eu não fazia ideia. A verdadeira Heather é meio sociopata.

— *En garde* — eu disse, porque eu gostava de dizer isso.

— Me deixa colocar o visor.

Senti meu braço e meu corpo tremerem. O que quer que significasse o sentimento expresso na palavra *Weltschmerz*, ele tinha desaparecido. Jack estava certo sobre isso. Agora eu sentia meu sangue fervendo, meu instinto competitivo borbulhando enquanto Jack lentamente abaixava a viseira. Ele sorriu e a viseira cobriu o sorriso.

Então eu ataquei.

Se alguém tivesse me dito que, ao atravessar a porta do estúdio de esgrima, eu me transformaria em uma selvagem sedenta de sangue com um florete na mão, eu teria chamado essa pessoa de louca. Mas eu era uma selvagem. Uma louca selvagem. E amei a sensação de ter a espada na mão, o perigo que eu incorporava. Esse era o melhor tipo de esporte um contra um. Meu corpo estava exausto, mas não resisti a atacar.

Assim que me lancei, Jack golpeou meu florete de lado, deslizou sua lâmina pelo comprimento da minha espada e empurrou suavemente meu peito com a ponta de sua arma.

— *Touché* — ele falou.

— *Touché* — concordei.

Mas continuei avançando. Ficamos na posição *en garde*.

Qualquer instrução que Jack tivesse me dado era difícil de manter na cabeça. Eu queria sangue. Queria pegá-lo. Queria sentir o prazer de enterrar minha espada dentro dele e acertar *um golpe, um golpe muito palpável*, como o professor de esgrima de Hamlet disse na cena final da morte. Até imaginei ser atingida se eu pudesse atingi-lo de volta. Que insano.

Mas isso não importava. Não fiz muito progresso. Jack rebateu meus fracos impulsos e girou para o lado. Ele me golpeou por um instante e, antes que eu pudesse fazer alguma coisa, me atingiu de novo com a ponta do florete.

— Droga! — gritei.

— Leva tempo.

— Tricotar leva tempo. Eu quero sangue.

— Fale sobre uma diaba freudiana.

— Você pediu por isso, Jack. Você causou todos esses problemas. Eu te avisei.

— Tudo bem, mas vamos parar. Só reservei o espaço por uma hora.

— Não posso acreditar no que isso me fez sentir.

— É bom, hein?

Eu assenti. Então assumi uma posição para indicar que estava pronta. Jack assentiu e disse:

— *En garde.*

Desta vez, no entanto, antes que ele pudesse desviar do meu ataque, eu me afastei. Virei o pulso mais rápido e bati com a espada por baixo. Ele era forte demais para que a minha defesa me desse muita abertura, mas deslizei a lâmina rapidamente para a frente e peguei o lado de dentro do seu antebraço. Não foi um golpe espetacular, mas foi o mais perto que cheguei em uma hora de tentativas. Jack recuou e empurrou o visor para cima.

— Acho que isso foi um golpe — ele falou.

Também levantei meu visor. Ficamos parados nos olhando, respirando, ofegantes, e nunca me senti mais viva e consciente da minha sexualidade. Tirei o capacete, corri para ele, pulei em seus braços e o beijei com tanta força como jamais havia beijado alguém. Ele largou a espada e seu corpo se avolumou para pegar o meu peso, e então, em dois passos, ele me colocou contra a parede acolchoada do nosso minúsculo estúdio, os lábios colados nos meus, a sensação de suor, sangue, raiva e calor, tudo isso misturado de maneira sofrida e gloriosa.

Não falamos nada. Não tínhamos necessidade de falar. Ele continuou me beijando cada vez mais profundamente e, de repente, senti nossos corpos se moverem, mudarem para uma segunda velocidade, aquela engrenagem antiga, então a violência se tornou gentileza, ele parou, me segurou e me olhou nos olhos.

— Esta é uma Heather diferente — ele sussurrou.
— A mesma Heather — falei, achando difícil recuperar o fôlego.
— Você é incrível.
— Cala a boca.

Ele me beijou de novo. Desta vez com tanta força que senti minhas costelas flexionadas contra a parede. Jack era forte. Incrivelmente forte. Mantive as pernas ao redor da cintura dele e, sim, era uma brincadeira sexual, com certeza, mas era outra coisa também, algo além do *Weltschmerz*, algo que aniquilava quaisquer pensamentos falsos ou emoções baratas. Eu queria o corpo dele, eu o queria inteiro, mas também queria algo mais profundo, algo que tivesse a ver com a luz na pintura de Vermeer, na névoa suave de uma manhã e na cor de uma tigela, plena nas mãos da empregada, mas também queria seu suor, sua arrogância e seus golpes de espada. Claro que isso era insanamente freudiano, era óbvio, mas e daí? Se ele tivesse me empurrado através da parede, se fôssemos uma sombra escura como um personagem de desenho animado explodindo à beira de um precipício, eu teria continuado a beijá-lo. Mas alguém começou a bater ao longe, então Jack se virou devagar, tirando os lábios dos meus. Zorro estava parado à porta, parecendo envergonhado, a mão direita carregando uma prancheta.

— Seu tempo acabou — ele anunciou, corando. — Desculpe.

Jack assentiu e eu apoiei os pés no chão. O sangue que havia permanecido em meu corpo se transformou em cobre e tive de colocar uma mão na parede para não cair. Durante muito tempo, permanecemos de pé, um ao lado do outro, ambos conscientes de que qualquer um de nós poderia começar tudo de novo num piscar de olhos.

18

— O Raef me chamou para ir com ele para a Espanha. Nossa viagem está chegando ao fim — Constance falou. — Está tendo um festival de jazz em Málaga, e ele quer que eu vá com ele.

Ela não disse mais nada. Ficamos no banheiro escovando os dentes e olhando para o reflexo uma da outra no grande espelho em cima da pia.

Eu sorri. Mas tinha muito creme dental na boca para fazê-lo corretamente, então cuspi um pouco, depois a encarei de volta.

Ela parou e olhou para mim, os olhos começando a lacrimejar.

— Será que tudo isso é verdade? — perguntou. — Será que está mesmo acontecendo? Ou só estamos imaginando tudo?

Ela falou isso tão baixinho que partiu meu coração. As palavras continham tanta ternura e desejo que pareceram surpreendê-la.

— Você e o Raef? Sim — falei —, acho que sim. Acho que você encontrou a sua verdade.

Verdade era uma palavra antiga cujo significado nós três havíamos encaixado para indicar coisas que pareciam indivisíveis. Amy, Constance e eu éramos verdade. Cerveja gelada num jogo de bola, uma lareira acesa em um bar pequeno e aconchegante, o cheiro de grama numa manhã de primavera, lilases, o som de uma abelha batendo na porta de tela — isso tudo era verdade.

— Parece que sim, mas é loucura, não é? Não sei o que pensar. Não sei mesmo. Eu o conheço há um dia, talvez um pouco mais. E prometi aos meus pais ficar com vocês.

— Não pense. Vá em frente. Siga sua vontade e veja o que acontece. Não viemos para a Europa para sermos adultas, não é?

Ela olhou nos meus olhos por um tempo. Em seguida cuspiu a pasta e voltou à realidade.

— Bom, eu não vou sem você — ela falou, com o rosto inclinado para a torneira. — Eu nunca faria isso, mas eu não sabia como as coisas entre você e o Jack estavam... Talvez se a gente puder viajar todos juntos, não sei. Juro que sinto que fui drogada. Nunca me senti assim.

— Quando é o festival de jazz?

— Provavelmente na última semana que vamos estar aqui.

— Você devia ir com ele. Eu não sei quais são os planos do Jack. Mas mesmo que eu tenha que viajar sozinha por um tempo...

Constance balançou a cabeça.

— Não. É claro que não. Nem vou considerar isso. Não vou te deixar sozinha aqui na Europa.

— De qualquer forma, acho que quero voltar a Paris — falei, sentindo que era a coisa certa a falar naquele momento. — Talvez eu converse sobre isso com o Jack. Vamos sair do Charles de Gaulle, então eu poderia ir alguns dias antes. Vamos ver. Ele tem um amigo que tem um apartamento em Viena. Tem planos de ir para lá. Tudo vai dar certo. Tem muitas pessoas da nossa idade viajando por aí.

— Ele é a sua verdade — ela falou, endireitando-se e encontrando meus olhos novamente. Enxugou a boca. — Tenho certeza. Você é como uma foto que de repente entra no foco quando ele está por perto. É lindo. Ele está louco por você também. O Raef disse isso.

— Não sei o que fazer com ele. Sou como um cara que vai pescar e, de repente, pega um peixe enorme — comentei. — É ridículo, não é? Primeira viagem à Europa e ficamos loucas por dois garotos.

— Eles não parecem garotos, não é?

Constance não deixaria meus olhos se desviarem. Ela não nos deixaria dispensar Jack e Raef com tanta facilidade. Nem me permitiria relegá-los a romances de faculdade, brincadeiras bobas e volúveis. Colocou a toalha de lado.

— Não, eles não parecem garotos — falei, meus olhos ainda nos dela. — Mas acho que o Jack tem um segredo. Não sei o que é, mas existe algo por trás dessa viagem dele pela Europa. Não sei dizer se ele está viajando para encontrar alguma coisa ou para fugir de alguma coisa. Mas tem algo aí. Algo que não sei o que é.

— Você perguntou para ele?

Balancei a cabeça.

— Não diretamente. É um sentimento que tenho. Uma sensação de que tem alguma peça nesse quebra-cabeça que está faltando. Ele me desafiou um pouco sobre o fato de que vou trabalhar no Bank of America, meio que implicando que isso ia matar a minha alma. Já te falei sobre isso.

— Você podia pesquisar sobre ele no Google. Fiz isso com o Raef e descobri que ele está em todas as mensagens de fóruns de discussão sobre jazz. Ver isso me tranquilizou de alguma forma.

— Ah, meu Deus, nem sei o sobrenome dele. Ele é só Jack Vermont. Que absurdo, não é? Pode me lembrar de perguntar para ele a droga do sobrenome, por favor?

Ela assentiu enquanto enxaguava a escova. Em seguida, estendeu a mão e apertou a minha.

19

Tivemos nossa primeira briga, bate-boca ou o sentimento de quem-é-esse-
-cara-e-por-que-de-todos-os-caras-do-mundo-estou-perdendo-meu-tempo-
-com-ele? em um café — um daqueles lindos e irritantes cafés que borbulham
por toda a Europa —, ao lado de um canal nos arredores da cidade. Constance
e eu tínhamos que pegar um trem para Berlim mais tarde, então eu e o Jack
decidimos alugar duas bicicletas pretas — as onipresentes bicicletas pretas
que andavam por toda parte em Amsterdã (o Jack até tinha feito uma bela
metáfora citando as ciclovias como trilhas de formigas, os holandeses fazendo as vezes das formigas negras, trazendo comida de volta para o ninho) —
para passar a manhã passeando pela cidade. Naturalmente — porque era o
Jack — o clima colaborou. Um sol perfeito, não muito quente, nem muito
frio, desceu sobre a cidade, e os canais cintilavam. Jack riu, segurando minha mão sempre que parávamos. Flertamos e nos beijamos duas vezes em
cenários absurdamente lindos, a água brilhando, a cidade limpa e fresca, as
flores gloriosas imperando em todos os lugares.

Então o Lobo Jack apareceu.

Ele não veio para soprar e derrubar a minha casa. Veio com um sorriso,
com o almoço e uma cerveja que esquentava ao sol. Ele parecia mais bonito
do que qualquer homem tinha o direito de parecer e veio com a bicicleta en-
costada na minha, em um pequeno restaurante, em uma ruazinha calçada
de malditos paralelepípedos, que vou guardar para sempre na memória.

— Tem certeza que realmente quer ouvir isso? — ele perguntou de forma inocente. — Não é grande coisa. É só uma teoria, mas provavelmente você não vai gostar.

— Claro que quero. Estou sempre aberta a teorias. Pode mandar!

— É algo que eu li, só isso. Quando você começou a falar sobre Nova York, me veio à mente. Li em algum lugar que Nova York é uma prisão que as pessoas construíram para si mesmas. Só isso. Um conceito que alguém criou.

— Continue.

— Tem certeza que quer ouvir isso? É só uma ideia.

— Ideias são boas.

Ele respirou fundo e ergueu as sobrancelhas como se tivesse que traçar a posição mesmo que não fosse dele. Ele repetiu a proposta, mas não queria ser dono dela.

— Bem, se você seguir a linha de raciocínio, é assim: os moradores de Manhattan vivem em uma pequena área, aglomerados uns ao lado dos outros, e, para fazer tudo valer a pena, compartilham a ilusão de que estão fazendo algo importante. Se você pode fazer isso aqui, pode fazer em qualquer lugar... toda aquela baboseira de sistema. Então eles têm arte e filmes de vanguarda, e isso na verdade é parte do pagamento da prisão. É preciso fornecer esse tipo de coisa, caso contrário as pessoas vão se revoltar. Mas, se você andar pelas ruas e realmente olhar, tirar a venda dos olhos, por assim dizer, vai ver a sujeira, o lixo e a falta de moradia. Parte disso é verdade em qualquer lugar, concordo, mas em Nova York tem um elemento que acena para você, dizendo que somos os melhores do mundo. Enquanto isso, a maior parte do esforço vai para manter o regime diário no lugar. Nova York tem total relação com o *status quo*. Às vezes parece novo, como um circo que chega à cidade ou um filme que estreia, mas nada realmente muda. Os museus trocam de exposição e todo mundo fala sobre isso, depois há bailes de caridade e todos falam sobre os vestidos, as tendências, a moda, sei lá, Heather. Provavelmente não estou falando coisa com coisa. Como eu disse, foi só algo que eu li.

Mas ele estava falando coisa com coisa, sim. Mais até do que imaginava, mas não da maneira que pretendia. Não respondi por um instante. Não sabia de onde tudo aquilo tinha vindo, mas uma parte perversa de mim queria ouvir mais, queria ouvir todos os lados do seu julgamento. Eu queria saber por que ele tinha que detonar o meu mundo para fazer dele uma pessoa melhor. Às vezes, os homens faziam isso. Não foi a primeira vez que vi algo assim.

— Você não pode dizer mais ou menos isso de qualquer cidade do mundo? — perguntei calmamente. — Isso não acontece simplesmente porque muitas pessoas vivem perto umas das outras?

Jack bebeu um gole de cerveja. Ele era incrível bebendo. Os músculos do seu antebraço flexionaram e apareceram de um jeito interessante.

— Acho que sim. Mas parece que é isso que as pessoas desejam em Nova York. Todo mundo quer subir, mas não tenho certeza aonde querem chegar. Mesmo as pessoas mais ricas de Nova York têm menos terras do que meu avô, em Vermont, e ele era um homem pobre pelos padrões financeiros. As pessoas vivem em apartamentos minúsculos e têm porteiros, babás, contadores e serviços de coaching particular. Têm que se preocupar onde Johnny e Jill vão estudar, porque tem que ser a escola certa, e se vão para Hamptons no verão ou para Nantucket, e tudo parece uma grande esteira rolante. Não parece real, pelo menos não para mim, então quando você fala em ir para Nova York, não sei o que isso significa. Não de verdade.

— Entendo — falei, refletindo sobre o assunto. — A imagem que você pinta não é muito inspiradora. E percebo que você mudou do geral para o particular. Não é mais uma teoria, não é? Parece ser mais a meu respeito agora.

— Eu sabia que tinha te magoado e não era isso que eu pretendia. Essa era a última coisa que eu queria fazer. Eu devia ter mantido minha boca fechada.

Sim, pensei, *devia mesmo*.

— Preciso de um tempo para absorver isso — eu disse, sentando e tentando estabilizar a respiração. — Foi meio inesperado.

— Você está com raiva — ele falou. — Eu te magoei. Vamos lá, me desculpe.

— O que eu não entendo é por que você queria me magoar.

— Eu não queria isso.

— É claro que queria, Jack. Estou planejando ir para Nova York daqui a algumas semanas para começar uma vida nova e você vem me falar que estou entrando numa prisão que eu própria escolhi? Por que esse assunto agora? Você acha que isso faria eu me sentir bem de alguma forma?

— Sinto muito, Heather. De verdade. Às vezes, acho que ideias são só coisas para brincar. Pequenas experiências de pensamento. Desculpe. Sou mesmo um idiota.

— Você não é idiota, Jack. Se fosse, eu não tomaria isso de maneira pessoal. Mas você escolheu falar desse assunto em um dia maravilhoso. Não entendo. É no mínimo uma atitude sadomasoquista. Mesmo aquela noite em que dormimos no feno, você fez um comentário sobre como poderíamos consertar isso. Me consertar. Isso é condescendente.

— Eu não quis dizer isso.

— Essa é a definição de sadomasoquista, não é? Estou tentando imaginar outro motivo que você poderia ter para tocar nesse assunto, mas não consigo pensar em nada. Você queria falar algo sobre a minha escolha de emprego há algum tempo e agora você falou. Mas você chegou de mansinho, não é? "Não que eu pense assim, ah, Deus me livre, é só uma teoria que eu li."

— Por que eu iria querer te magoar?

— Porque a minha vida é diferente da sua. Porque tenho um emprego e uma carreira que vão me proporcionar uma vida boa. Talvez você esteja com inveja.

— Agora quem está tentando magoar quem?

— Você escolheu brigar. Eu estava feliz em me sentar ao sol e beber minha cerveja. Além disso, sua teoria é tão absurda que mal posso suportar. As pessoas têm que morar em algum lugar, Jack. Alguns moram em Vermont, alguns na cidade de Nova York. Todos nós fazemos concessões. Estou surpresa que alguém da sua idade não saiba disso. Você está me dizendo que todos em Vermont, em pleno mês de janeiro, estão simplesmente felizes? Você já ouviu falar da "febre da cabana"? As pessoas enlouquecem lá com toda aquela neve, frio e escuridão. Quem está em uma prisão, então?

— Você tem razão, mas, se Nova York é um lugar tão bom, então uma pequena teoria social não deveria te abalar. Durante todo esse tempo, temos jogado um jogo de adivinhação sobre nossos planos... Quem éramos, o que isso significava... Mas eu sei quem você é. É por isso que você está reagindo, porque tem medo de viver um clichê, um banco de investimentos, pelo amor de Deus, sua agenda Smythson já conhece seu futuro, e ele já está todo escrito!

— Não estou abalada, seu idiota arrogante. Desculpe, mas é isso o que você é. Você está sendo babaca. Eu devia ter visto isso antes, certo? Não sou uma tonta que você vai impressionar com suas teorias de justiça social. Nova York não é uma prisão mais do que qualquer outro lugar do mundo. É uma ilha com um monte de coisas. Algumas são boas, outras, nem tanto. Mas é vida do mesmo jeito.

— Foi só algo que eu li, Heather. Algo que achei interessante passar adiante. É você que está dando um significado maior para isso.

— Não dou a mínima para o que você leu, Jack. Sinceramente, não dou mesmo. O que eu queria saber é por que você me disse tudo isso e por que quis criticar o meu mundo só para... O que foi que você disse? Só para brincar com as ideias? Isso é tão encantador. Não é nem justo tanta educação.

— Ah, pelo amor de Deus, Heather, você está exagerando!

— A culpa é minha de novo, não é? Nunca é culpa do grande Jack Vermont. É tudo culpa minha.

— Caramba, esse é o outro lado da moeda da Heather.

— É? Bem, então escreva em seu livrinho de anotações contra mim. Você é tão idiota que nem sabe. Sério. Você acha que tudo se resume a ser um *bon vivant*. Por que precisa julgar? Você só está vagando por aí.

— Agora você está tornando as coisas muito pessoais.

— E você não tornou pessoal quando me disse que eu estava prestes a me trancar em uma prisão? Que você pode consertar isso? Me consertar? O que eu devia dizer? "Nossa, Jack, que questão ótima e interessante"? Vou pensar nisso enquanto me enterro naquela cidade horrível.

— Acho que você está vendo isso de forma insensível.

— Então é a minha percepção que está fora de sintonia? É isso?

Foi nesse momento que percebi que não precisava daquilo.

Eu não precisava vencer. Não precisava discutir. Nem convencer ninguém de nada. Não tinha que passar mais um minuto sequer com ele. Jack era fofo à beça, era um homem lindo e tinha seus encantos, mas, realmente, por que eu precisava passar por tudo aquilo? Eu tinha um trabalho prestes a começar. Uma carreira se iniciando. Era inútil brigar. Se estivéssemos namorando há meses, tudo bem, eu tentaria examinar a situação a fundo, mas não era esse o caso. Foi ótimo perceber que eu poderia simplesmente me levantar, sorrir, ser graciosa e dizer adeus.

E foi o que eu fiz.

— Sabe de uma coisa, Jack? Sinto muito. Sinto mesmo. Não quero brigar. Tenho certeza que você é um cara ótimo, mas talvez, não sei, talvez a gente não tenha combinado. Provavelmente não desejamos as mesmas coisas da vida. Quem sabe? Não preciso da sua bênção para ir a Nova York e começar uma carreira, e você não precisa da minha permissão para passar algum tempo vagando pela Europa. Então vou contar isso como um lance maravilhoso que poderia ter sido ótimo e deixar para lá. Se você aparecer em Nova York, me visite na prisão.

— Você está falando sério? Está indo embora? Achei que tivemos uma manhã ótima.

— Tivemos uma manhã mágica, Jack. Obrigada por isso. Mas quando alguém te diz duas vezes que tem um plano melhor para a sua vida do que você mesmo, bem, esses são sinais de alerta. Você precisa prestar atenção a isso. Então, sem ressentimentos, tudo bem? Vou me trancar na miserável ilha de Nova York e contar os dias até que eu possa respirar em paz.

— Ah, vamos lá, Heather.

— Não, eu juro, sinceramente, sem problemas. Além disso, só estou brincando. Juro que provavelmente é melhor assim. Tenho que voltar a Nova York daqui a algumas semanas e vou ficar ocupada. Vou para o oeste e você vai para o leste, Jack. Sem ressentimentos, sem estragos para ambas as partes.

— Heather, me desculpe. Você está certa. Sinto muito.

De pé na frente dele, ocorreu-me um pensamento.

Algo que eu havia lido muito tempo atrás. Dizia: "Obrigue-se a completar um gesto uma vez iniciado". Se for sair, não pare. Se começar a se afastar, continue. Não retire as gavetas da cômoda, a menos que pretenda esvaziá-las.

Então fiquei dividida. Parte de mim disse: *Saia daí, garota, fique bem longe desse idiota.*

E outra parte de mim pensou: *Ele está certo, estou exagerando. Por que estou de pé, me afastando de alguém de quem eu gosto, que pode ser importante na minha vida, que parece gostar de mim também e que é tão lindo quanto a droga de um lenhador de cinema?*

Obrigue-se a completar um gesto uma vez iniciado, pensei novamente.

Deixei a conta com Jack. Ele não me seguiu até as bicicletas — *eu queria que ele me seguisse?* —, mas eu não podia me virar para ver o que ele estava fazendo. Assim que cheguei até elas, percebi algumas coisas para acompanhar minha necessidade de completar o gesto.

Para pegar minha bicicleta, tive de mover a dele. O destino desempenhou seu papel. Quando afastei a bicicleta dele da minha, percebi que, sem muito esforço, poderia empurrá-la em direção ao canal. Ele ficava ligeiramente abaixo de onde havíamos deixado as bicicletas, e aconteceu que a cerca que dava para o canal deu lugar a um pequeno ponto de aterrissagem. Minha cabeça fez novamente um cálculo rápido, e percebi que poderia rolar a bicicleta naquela direção, embora as chances de mantê-la em pé, se movendo em linha reta rumo ao ponto vazio no corrimão, eram bem escassas.

Então eu a empurrei.

Queria empurrar Jack. Ele tinha mexido muito comigo.

A bicicleta dele cambaleou para a frente, descendo preguiçosamente em direção ao canal, e, quando passei a perna por cima da minha e abaixei o pedal, vi a dele bater uma vez contra o corrimão e cair. Parte de mim queria gritar, e outra parte queria pará-la e entregá-la a Jack, mas o sangue fervia em meu pescoço, braços e pernas.

Comecei a pedalar quando a bicicleta pousou com a roda dianteira girando lentamente na água do canal. Não seria difícil recuperá-la, o que eu achei que era uma coisa boa, e, quando peguei o embalo, lágrimas rolaram pelo meu rosto e não pararam mais.

BERLIM

20

> Divirtam-se, suas vadias!

> Eu te amo, Amy.

> Amo vocês também. Não se preocupem. Está tudo bem. Indo para casa esta noite.

> Boa viagem.

> Pode deixar.

> Queria que você estivesse aqui!

> Você digitou isso mesmo? Mandem muitas fotos.

> Pode deixar. Aqui está uma da Constance.

> Já estou com saudades.

— Preciso de um homem na minha vida tanto quanto de um buraco na cabeça. Tanto quanto um peixe precisa de uma bicicleta — falei para Constance, embora ela mantivesse os olhos no quadro à nossa frente. — Ele estava atrapalhando a minha programação, complicando as coisas. Sério, de longe, posso ver isso com mais clareza. Não sei no que eu estava pensando. Na verdade, eu não estava raciocinando, acho que o problema é esse. Eu estava pensando com o meu cérebro de Barbie.

— Cérebro de Barbie?

— Ah, você sabe, o Ken e a Barbie na casa de Malibu. O casalzinho indo ao baile. Cérebro de Barbie. Toda aquela baboseira romântica.

Ela assentiu.

O sol já havia se posto atrás da linha de prédios em algum lugar da cidade e já estava escuro havia muito tempo. Estávamos na Ilha dos Museus, em Berlim, às quatro horas da tarde. A chuva era esperada, e as nuvens já cobriam a maior parte do céu. Constance e eu estávamos no Museu Antigo. Também fomos ao Museu Novo, no Museu Bode, no Museu Pergamon e na Galeria Nacional Antiga. Dizer que as imagens, estátuas e peças têxteis, lascas de pedra, pontas de lança, cacos de cerâmica e arames farpados corriam juntos era eufemismo. Eu adorava museus e amava ver arte e exposições culturais, mas era uma completa preguiçosa comparada a Constance. Ela transformou minhas pernas em borracha, me fez cair como uma massa de gelatina chorosa. Passamos três dias e meio em Berlim sendo as melhores turistas que poderíamos ser. Vimos tudo. Fizemos tudo. Era impossível encontrar um local importante em Berlim onde não posamos para uma foto. Comemos comidas típicas e compramos lembrancinhas para comprovar e comemorar a nossa visita. Se o Michelin ou a Lonely Planet distribuíssem prêmios pelo "exame minucioso de uma grande cidade europeia", Constance e eu teríamos vencido.

Cinco estrelas.

Ameaçava chover, e eu estava cansada e mal-humorada.

— Você não precisa vê-lo de novo — Constance respondeu finalmente, os passos se movendo lentamente para a próxima pintura. — Isso resolve tudo. Ignore o cérebro de Barbie.

— Certo. Simples assim.

— Em todo caso, o Raef pode aparecer. O Jack está fazendo algo com o diário do avô.

— Tenho que começar a trabalhar daqui a um mês.

— Providenciou sua documentação?

Ela não me olhou. Continuou observando os quadros. Constance nunca era malvada, mas também não perdia nada. Ela sabia que eu não tinha mexido na papelada que precisava enviar ao Bank of America.

— A maior parte — falei. — Mas não tudo.

— Você, a garota da agenda, não está com tudo pronto? A pessoa que consulta mais sua Smythson do que as pessoas consultam a Bíblia? Chocante.

— Vou providenciar tudo. Meu Deus, você é tão chata quanto o meu pai.

— Tem certeza que o Jack não fez você repensar suas escolhas? Não é do seu feitio perder prazos. Talvez ele tenha feito você questionar algumas coisas. Isso é saudável.

— Ah, ele é ridículo. Tudo isso é ridículo. O Jack é um navio de passagem na madrugada. Posso ver isso agora.

— Sério? — ela perguntou e ergueu as sobrancelhas. — Bem, se você diz...

— Você acha que ele não é?

— Acho que o que eu penso não importa.

— Ele é um navio de turismo grande e feio, em péssimas condições, que serve comida demais e tem música de tambor de péssima qualidade tocando o dia todo. Ele é encantador, admito, mas vamos lá. Não tenho tempo para ele agora.

— Claro que não.

— Se eu estivesse em outro lugar, psicologicamente, não sei, talvez tivesse. Talvez valesse a pena explorar. Mas ele era bem desagradável.

— Então você checa suas mensagens mil vezes por dia para ter certeza que ele não mandou nada? Essa é a sua tática? É um bom plano para afastá-lo. Isso não é agir com o cérebro de Barbie.

— Está tentando me matar, Constance? Primeiro você me faz olhar para cada obra de arte em Berlim, depois me provoca a respeito do Jack.

— Achei que você o odiava.

— Não o odeio. Simplesmente não combinamos como eu pensava.

— Você está reclamando demais.

— Preciso de uma bebida. Talvez eu esteja um pouco confusa.

— Vamos tomar alguma coisa logo mais. Eu prometo.

— Talvez muitas. Você acha que Nova York é uma prisão que construímos para nós mesmos?

— Acho que não, amiga.

— Isso é uma coisa muito desagradável de se dizer para alguém que está indo para lá daqui a algumas semanas. No mínimo, é falta de educação.

— Sim. É mesmo.

— Não me importo com a ideia que está por trás disso, mas por que ser tão malvado?

— Um imponderável do universo.

— Os homens são mesmo uns idiotas.

— Com certeza. Sempre serão.

— Então por que nos incomodamos com eles?

Constance deu de ombros e entrelaçou o braço no meu. Era agradável no museu, e a brisa batendo contra a lateral do prédio finalmente trouxe chuva. Endireitei os ombros e percebi que precisava parar de perseverar — boa palavra para o vestibular — sobre o Jack. Era infantil, mas eu não conseguia me livrar da sensação de que talvez eu tivesse exagerado. Talvez eu tivesse deixado algo muito bom ir embora. Talvez eu devesse ter levado isso mais adiante. Era como procurar roupas em uma loja por um longo tempo, então, quando finalmente se encontra algo adequado ou bonito, você decide não comprar. Não é que não se consiga viver sem isso, mas mexe com você o fato de ter ido embora. Você se pergunta se aquilo ainda está lá, se foi tão agradável quanto você se lembra, e percebe que se tivesse simplesmente comprado aquela porcaria poderia deixar sua mente descansar. Jack era o pior tipo de ponto de interrogação: um cara bonito e elegante que cometeu o erro de dizer exatamente a coisa errada na hora errada.

Qual era o truque mental? Se eu te dissesse para não pensar em um elefante cor-de-rosa usando um tutu, você só conseguiria imaginar isso. O Jack ficaria bem de tutu.

Depois do museu, fomos ao Checkpoint Charlie. Foi um dos raros momentos com a Constance em que não sabíamos realmente o nosso destino, mas chegamos a um lugar imperdível quase por mágica. Caminhamos, conversamos e olhamos vitrines, e de repente Constance me contou que havíamos chegado ao lado de fora do Museu dos Aliados, em Berlim-Zehlendorf. Eu a fiz jurar que ela não tinha nos levado de propósito a outro destino turístico, mas ela fez o sinal da cruz e ergueu dois dedos, em algum tipo de promessa de escoteiro.

— Juro que não — garantiu. — Acho que estou tão cansada quanto você. A última coisa que eu queria era visitar outro museu.

— Você nunca se cansa.

— Esta noite sim.

Ficamos paradas enquanto observávamos o tráfego de pedestres circulando pelos espaços abertos. Sabia o nome do Checkpoint Charlie, mas não sabia muito mais sobre ele. Constance leu no guia Lonely Planet que era o "portão" mais famoso do Muro de Berlim, conhecido como Charlie pela letra c. Não sei por que, mas a visão do muro, a sensação de que pessoas tinham sido mortas ali, tentando fugir em busca de liberdade, me deixou sufocada. *Aqui sim era uma prisão de verdade*, pensei. Entrelacei o braço no de Constance e seguimos o caminho de paralelepípedos que possuía várias placas com a história do posto de controle. Paramos por um bom tempo para ler sobre Peter Fechter, um adolescente da Alemanha Oriental que foi baleado na barriga em 17 de agosto de 1962, enquanto tentava fugir da Berlim Oriental. De acordo com a breve história, seu corpo ficou preso em uma cerca de arame farpado e ele sangrou até a morte diante da imprensa mundial. Soldados americanos não puderam resgatá-lo porque ele estava a poucos metros dentro do lado soviético. Os soldados da Alemanha Oriental também não puderam ajudar o rapaz por medo de provocar os guardas ocidentais. Algo sobre a idiotice da situação, a falta de sentido das fronteiras e suas divisões políticas, me fez sentir inquieta por dentro.

— Acho que esse foi meu lugar favorito de Berlim — eu disse a Constance quando terminamos de percorrer o caminho de paralelepípedos e finalmente fomos tomar um drinque. — Achei fascinante. Não sei exatamente por que, mas achei.

— É um capítulo triste na história.

— As coisas não podem ser cercadas. Não de verdade. Não por muito tempo. Isso é o que o Checkpoint Charlie significa para mim.

— Vamos pegar uma bebida e uma tigela de sopa.

Assenti. Ver o Checkpoint Charlie reafirmou meu desejo de viajar. Para entender o mundo, era preciso vê-lo. Pela primeira vez em um tempo, senti que estava certa ao escolher minha carreira, meu trabalho, o plano que tracei para mim mesma. Por mais clichê que parecesse, eu queria ser uma cidadã do mundo. Eu estava bem. Estava tudo bem. E quando, pouco depois, no café, dois rapazes alemães vieram até nós para perguntar se poderiam nos pagar um drinque — rapazes da idade de Peter Fechter —, eu disse a eles que não, porque Constance e eu éramos amantes e estávamos ali em lua de mel e não precisávamos de companhia masculina. Era a melhor maneira que eu conhecia para fazer um homem me deixar em paz.

⁂

Acordei à 1h37, com sede e ainda um pouquinho bêbada dos dois martínis que tomei na noite anterior. Meu telefone me informou que era 1h37, depois 1h38, em seguida 1h39. Verifiquei se havia mensagens do Jack. Nada. Olhei para ver se tinha mensagens de texto. Nada. A Nancy do RH do Bank of America me enviou um e-mail de contato de emergência. Não li com atenção. Deslizei para uma pasta marcada: Bank of America. Não a examinei quando um novo arquivo tomou seu lugar entre as outras mensagens não respondidas. Culpei Jack por me fazer perder o foco. E por me fazer ignorar os pedidos e as informações vindos do banco. Jack, o idiota.

Ele não era a minha *verdade*. Era só outro cara.

Desliguei o telefone. Ouvi a respiração perto de mim. As exalações constantes de Constance me acalmavam. Duas garotas, ambas da Irlanda, chegaram tarde da noite e adormeceram com murmúrios bêbados.

Pensei na palavra "murmúrio". Pensei nela como uma palavra que soa como ela mesma. Isso não fazia sentido, mas parecia inteligente à 1h41. Sujeira era outra palavra que soava como ela mesma. "Sujeira" e "murmúrio". Sujeira só podia ser sujo. Murmúrio expressava sua essência perfeitamente.

Eu me inclinei para fora da cama e vasculhei minha mochila até encontrar uma garrafa d'água. Abri a tampa e dei um grande gole. Mantive a garrafa ao meu lado e considerei ir fazer xixi. Mas não queria levantar. Não queria acordar completamente. Meu sussurro anterior soou como uma serra ao pé da minha cama, e eu lentamente me movi em direção a ela como se estivesse em uma esteira rolante.

Fiz uma anotação mental para bloquear todos os pensamentos sobre Jack. Trancá-los com força. Não foi difícil, e me senti orgulhosa de minha nova decisão. Eu tinha outras coisas com que me preocupar. Muitas outras coisas. Tinha o Bank of America, um novo apartamento, a cidade de Nova York, contatos, viagens ao Japão, o sr. Periwinkle, o gato mais velho do mundo, Amy, Constance e uma dezena de outros amigos que iniciavam a carreira. Em uma perspectiva realista, Jack era apenas uma pequena preocupação. Ele já era. Não estava na minha lista. Foi banido de lá.

Além disso, percebi que não combinávamos bem. Ele era um espírito mais livre, impulsivo e romântico, enquanto eu era mais firme. Ele estava certo sobre isso. Eu estava mais orientada para a carreira, disse a mim mesma, mais como a tartaruga para a lebre dele, mais como a formiga para o seu gafanhoto. Isso não tornava nenhum de nós certo ou errado, nem superior ou inferior, apenas diferente. Essa era uma maneira confortável de encarar a questão e finalmente me senti feliz por entendê-la.

— Lá — sussurrei em voz alta, minha voz surpreendentemente alta no minúsculo beliche.

Não tem espaço na minha lista. Já tem muita coisa lá.

21

Na manhã seguinte, passei um tempo na banheira prendendo a respiração.

É algo que sempre fiz. Quando eu era menina, passava o verão inteiro indo à piscina com a minha mãe, e o que eu mais gostava de fazer — o que me trazia paz, tranquilidade e uma profunda sensação de calma — era afundar na água azul-clara e olhar para cima. Prendendo a respiração, eu conseguia silenciar o mundo. Eu podia ouvir o sangue circulando no meu corpo. Os batimentos cardíacos se tornavam o som de algo grande e importante, e o mundo e a agitação do cotidiano se desvaneciam ao fundo, como uma mãe preocupada, com café na mão, olhando para a água para verificar seu filho. Eu permanecia lá, serena, respirando devagar, os sulcos cristalinos da água lançando sombras até as linhas escuras do fundo. Era pontual. Parava o mundo. Então, no banheiro do hostel, fechei os olhos e respirei fundo, depois os abri para ver o mundo subindo e descendo.

Funcionou. Sempre funcionava.

Fiquei em baixo d'água. Olhei para o alto e vi o teto retorcido acima da pia, ouvi o gemido de um tubo em algum lugar abaixo de mim, mas essas coisas não me preocupavam. Eu era uma criatura da água, um peixe-boi, até mesmo uma ostra, e observei o mundo salpicar água sobre mim e recuar. Estava tudo bem. O sol mergulhou na água, e senti o impulso de afundar mais, mas soltei a respiração em uma longa expiração quando uma das meninas irlandesas apareceu de repente com o cabelo selvagem, o pijama virado quase de lado no corpo.

— Meditando? Isso requer coragem — ela falou, entrando no banheiro.
— De manhã, só consigo lidar com um bom e longo xixi. Vou sair em um segundo, não se incomode comigo.

Balancei a cabeça e prendi a respiração novamente. *Uma tartaruga*, pensei. Era isso o que eu era.

⁂

Por vinte e sete euros, comprei um vale de um dia para uma academia que uma mulher do hostel havia recomendado. Era a última coisa no mundo que eu queria fazer, mas eu me sentia envenenada por dentro por causa dos martínis e sabia que precisava dar um jeito nisso. Suar. Colocar a cabeça em outro lugar, de preferência em uma hora tediosa e repetitiva de expansão e contração muscular. Ao lado de prender a respiração e fingir estar debaixo d'água, o exercício quase sempre ajudava.

Além disso, Constance tinha ligações para fazer. Por um milagre, ela decidiu tirar uma manhã de folga da leitura e de mais arte, história e santos.

Enquanto eu passava pela recepção e ouvia a explicação de quais máquinas eu podia usar, fiz uma pequena nota cultural: as academias pareciam mais ou menos as mesmas em todo o mundo. Essa, que se chamava Trabalhador — se minha tradução do alemão estiver correta —, tinha amplas janelas de fábrica e duas dúzias de bicicletas ergométricas enfileiradas de frente para a rua. Bicicletas eram bicicletas, percebi, alemãs ou não. Subi na segunda da direita, ajustei o nível para pedalada suave — gradualmente ganhando velocidade para ir *ao infinito e além* — e comecei o penoso trabalho de me movimentar.

Bebi água. Pedalei. Procurei algumas informações do Checkpoint Charlie no celular e li. Mandei uma mensagem para Amy dizendo que estava com saudades. Escrevi para minha mãe e pedi para ela dar um beijo e fazer um carinho no sr. Periwinkle. Pedi também para ela brincar com ele com o ratinho de lá. Li mais sobre o Checkpoint Charlie, incluindo um breve ensaio sobre como era passar por toda a documentação e o interrogatório policial para viajar do leste para o oeste de Berlim.

Em pouco tempo, comecei a suar. Meu rabo de cavalo tocou meus ombros. Uma mulher alemã, loira, sorriu para mim enquanto subia na bicicleta ao meu lado. Retribuí o sorriso. Ela tinha mais ou menos a minha idade. Verifiquei se ela queria se exibir na bicicleta, mostrar sua resistência, mas a moça não parecia desse tipo. Parecia relaxada e disposta a deixar o tempo passar em paz. Ela também estava de rabo de cavalo. O dela estava mais alto na cabeça que o meu.

Ao completar um quilômetro, senti cheiro de álcool no meu suor. Esfreguei uma toalha branca no pescoço e nos braços e continuei.

Quando completei dois quilômetros, tive de forçar os pedais para subir uma colina imaginária. Meu coração começou a acelerar e fiquei imaginando, por um instante, se ele havia decidido explodir. Mas continuei, e o ciclista virtual na tela presa no guidão balançou um pouco, mas manteve um ritmo constante.

Ao atingir três quilômetros, vi o Jack.

Mais ou menos. Tive de ficar de pé nos pedais e forçar o olhar para baixo, em direção à rua. *O Jack não apareceu simplesmente*, pensei comigo mesma. Ele não se materializou do nada. Talvez eu estivesse tendo um derrame ou uma alucinação. Diminuí o ritmo e olhei para a mulher à minha direita. Ela estava com um Kindle aberto no suporte de leitura à sua frente e não prestou atenção em mim, mas eu precisava que ela estivesse lá para ter certeza de que eu não estava vendo coisas.

Contei até três, depois quatro e depois dez, antes de olhar para baixo.

Por alguma razão, pensei em *Mad Max*. Pensei em pessoas surgindo do deserto, as ondas de calor obscurecendo suas imagens por um momento antes que sua crescente proximidade as tornasse visíveis. Foi assim que Jack apareceu. Sua imagem não foi obscurecida pelas ondas de calor, mas pela agitação cotidiana do tráfego nas ruas.

Ele estava com os olhos focados no prédio, observando. Então se recostou no carro mais bonito que eu já vira na vida: um pequeno Mercedes conversível prateado, com o enfeite do capô tão bem polido que brilhava quando o sol batia.

Saí da bicicleta, fiquei ao lado da janela e liguei para ele do celular. Eu o observei clicar em "atender" e aproximar o aparelho da bochecha. Ele sorriu para o prédio, mas não achei que pudesse me ver.

— O que está fazendo aqui? — perguntei. — Que merda é essa, Jack?

— Olá para você também, Heather.

— Você não respondeu.

— Estou aqui para te ver. Para me desculpar.

— Como você sabia onde eu estava?

— A Constance me falou.

— Você está me perseguindo, Jack.

— Não estou, não, Heather.

Eu não disse nada por um momento, apenas me inclinei mais para perto da janela para vê-lo melhor. Encostei a testa no vidro.

Eu o odiei um pouco por ele encontrar um esportivo tão bonito na Alemanha. E amei e odiei a forma como ele parecia recostado no carro, porque era meio injusto ver a sua beleza de tirar o fôlego ao lado de um conversível, o cabelo despenteado, o suéter azul-marinho com buracos nos cotovelos para mantê-lo aquecido.

— O que você quer, Jack?

— Te ver.

— E se eu não quiser?

— É só você me dizer que não quer e eu vou embora. Simples assim.

— Você foi um completo idiota, sabia?

— Sim, eu reconheço. Para fazer as pazes, trouxe um presente.

Ele enfiou a mão dentro no carro e pegou algo do banco do carona. No começo, não entendi o que era. Então, aos poucos, percebi o que estava em sua mão.

— Isso é um Ben e Jerry's? — perguntei.

— De chocolate. Seu favorito. Foi o que você disse uma vez. Viu só? Eu escutei.

— Então você aparece com um Mercedes e um Ben e Jerry's e espera que eu perdoe tudo?

— O que eu espero é que você perceba que estou tentando.

— Tentando o quê?

— Tentando dizer que não quero que a gente termine.

Finalmente ele viu onde eu estava na janela. Meu pai costumava perguntar: "Você está dentro ou fora?". Às vezes, a vida se resumia a escolhas tão simples quanto essa. *Está dentro com Jack ou não?* A resposta não estava no meu iPhone, nem em livros ou manuais para estudar e decorar. Não tinha nada a ver com tendências ou análises de mercado que eu pudesse organizar, calcular ou rabiscar em um bloco de papel, listando os prós e os contras.

Você está dentro ou fora?

Esse era Jack. Ele sempre seria impetuoso, sempre um alvo em movimento, uma surpresa — deliciosa ou não. Ele sempre me deixava maluca, feliz e emocionada, me desafiando e me magoando de maneiras que ele provavelmente não entenderia. Era dele aparecer sem avisar, ocupando muito mais espaço nos meus pensamentos do que deveria. Ele era capaz de me entregar uma espada e me pedir para lutar com ele até a morte. Mas, mesmo enquanto minha mente pensava em tudo isso, outra parte de mim percebeu uma coisa simples: nossos olhos não haviam se desviado nem por um instante.

Levantei o dedo para lhe mostrar que eu sairia em um minuto. Desliguei e me virei para limpar a bicicleta. A mulher alemã me surpreendeu com uma única palavra no meu idioma.

— Homens — ela disse e balançou a cabeça.

※

— Eu estava errado e você estava certa — ele começou, dando a volta no carro. — Me desculpe.

— Sobre o que eu estava certa?

— Isso é um teste?

— Talvez seja. Talvez precise ser por enquanto.

— Não estudei essa parte. Você me pegou de surpresa.

— Acho difícil. Veja o que pode fazer, de qualquer maneira.

Ele era tão bonito que senti meu estômago se apertar. O frio na barriga me incomodou, mas não pude evitar. Ele sorriu. Um sorriso parecido com o que ele tinha quando me atingiu com o florete.

— Tudo bem, Heather. Admito que às vezes ajo de forma insensível. Estava errado em falar essa coisa toda de que Nova York é uma prisão para alguém que está prestes a se mudar para lá. Fui mesmo um idiota. Foi uma coisa estúpida de dizer.

— Sim, você foi um idiota.

※

Algumas pessoas na rua se desviavam de nós como se fôssemos uma pedra no leito do rio e forçássemos a água a nos rodear. Uma velha senhora usando um lenço preto na cabeça e carregando um buquê de flores minúsculas balançou a cabeça quando passou e depois desceu a rua.

Jack se aproximou de mim e senti a nuca esquentar.

— Podemos dirigir este carro aqui a cento e sessenta quilômetros por hora na estrada — ele sussurrou, inclinando-se para a frente apenas o suficiente para eu sentir sua respiração em meu ouvido. — Já andou a cento e sessenta por hora? Vai sentir isso por todo o corpo. Para sempre.

Então ele se afastou. Eu o encarei enquanto contava pelo menos até dez. Ele ainda não havia tirado os olhos dos meus.

— Primeiro, diga que você é um babaca — falei.
— Você é um babaca.
— Não, diga que *você* é um babaca.
— Tudo bem, você é um babaca. — E sorriu. Eu amava o sorriso dele.

Jack sabia que tinha me dobrado. Ele segurou o sorvete de chocolate novamente.

— Vai derreter se não tomar logo — ele avisou. — Isso seria uma tragédia.
— Aonde você quer ir?
— Tenho um lugar em mente.
— Qual?
— Confie em mim, Heather. Você sabe que pode confiar em mim.
— Posso mesmo?
— Acho que na verdade você está se perguntando se deve confiar em mim, não é?
— Gosto de você, Jack, mas foi realmente um saco.
— Eu sei e sinto muito. Não posso dizer que isso nunca mais vai acontecer, mas eu não queria te magoar.
— Mas acho que você magoou. Essa é a parte que me assusta. A parte que dói mais que qualquer coisa.

Ele assentiu.

Eu era louca por ele.

Fiz o cálculo típico de garotas. Não gostei do jeito que eu estava. Não tinha escovado os dentes. Não tinha uma muda de roupa e estava suada.

Meu pescoço ficou vermelho e mais quente. Senti as costas empolando.

Respirei fundo e dei a volta no carro. Quando cheguei à porta do lado do carona, ele me virou rapidamente e me beijou, e então uma fera cresceu entre nós e eu o devorei, me agarrando a ele com todas as forças. A sensação do beijo foi a mesma que sentimos no estúdio de esgrima. Seu corpo se curvou tanto sobre o meu que quase caí de costas. Ergui a mão e a apoiei em seu peito e, de repente, nada mais no mundo importava, exceto seu beijo, seu corpo, seu cheiro de madeira, terra e água.

Então nos beijamos demoradamente. Levei alguns minutos para perceber que minhas costas esfriavam com o sorvete que se derretia contra a minha pele.

22

Olhei para baixo e vi o velocímetro passar de cento e trinta e sete quilômetros por hora. Jack se sentou no banco do carona, segurando o sorvete e a colher.

— Ah, isso é uma delícia — ele elogiou. — Delícia mesmo. Quando eu era criança, costumávamos chamar tudo que era uma delícia de *sing-sing*. Isto aqui com certeza é *sing-sing*.

Ele me deu mais um pouco daquela delícia, daquele *sing-sing*, seja lá o que fosse isso.

Pisei no acelerador e levei o carro até cento e quarenta e cinco.

— Estou indo mais rápido — falei.

Ele assentiu, mergulhando a colher no sorvete e me oferecendo outra colherada de *sing-sing*.

A mais ou menos cento e sessenta quilômetros por hora em um conversível, é possível sentir os cantos da boca serem empurrados para trás. São cento e sessenta quilômetros por hora, o carro é uma bala e você está pilotando.

Você também percebe que qualquer coisa que aconteça pode fazer o carro capotar e te matar, mas tudo bem. Você espera com a boca aberta, o delicioso sabor de chocolate chegando como uma explosão divina na língua, e você acelera mais, e ao olhar de relance vê o Jack, o incrível Jack, que não se segura em nada nem demonstra que está nervoso. Ele está feliz em ir tão rápido e te presenteia pacientemente com porções de chocolate até você não conseguir evitar e dar um grito, se perguntando como nunca pensou em dirigir assim, alugar um Mercedes por um dia na Alemanha ou mandar um homem lhe dar sorvete enquanto os campos passam como um borrão.

Eu cheguei a cento e setenta e dois quilômetros por hora.

Foi o suficiente.

Jack anuiu enquanto eu diminuía a velocidade a um alcance normal. Parecia que estava diminuindo para voltar ao mundo.

— Como foi a sensação? — Jack perguntou, dando-me a última colherada de Ben e Jerry's.

— Foi incrível.

— Você estava linda dirigindo tão rápido. Parecia possuída.

— Foi como eu me senti.

— Não gostei de ficar longe de você, Heather. Não parecia certo.

Respirei fundo. Eu queria ser clara. Meu corpo ainda formigava por causa da velocidade.

— Nova York não é uma prisão que estou construindo para mim. É o começo da minha vida profissional. Vou trabalhar, viajar, me cercar de boas pessoas. Vou tentar fazer um trabalho de caridade e ser gentil com os cachorrinhos, e o que há de tão errado nisso, Jack? Por que isso é uma prisão?

— Não é. E, se eu fosse com você, não poderia ser uma prisão, poderia? Nós estaríamos juntos.

— Você quer ir comigo?

— Não vai dizer que acabamos de nos conhecer? Que precisamos de tempo?

— Você não respondeu se quer ir comigo.

— Você me quer?

— Você ainda não respondeu.

— Eu iria com você. Sim. Talvez, provavelmente. Sim.

Assenti. Não pude evitar. Eu não tinha ideia se tínhamos chegado a um entendimento. Abri a boca para continuar a conversa, mas logo a fechei. Pela primeira vez, não precisei esclarecer tudo. Não parecia justo andar naquela velocidade e depois me preocupar com a precisão da linguagem. Não em um intervalo de tempo tão curto.

Ele pegou minha mão e a segurou. Só a soltou quando precisei mudar a marcha.

Fiz check-in sem nada. Sem bolsa, mala ou saco de viagem. Nada. Estava usando o cabelo preso em um rabo de cavalo e cheirava a suor. Em um hostel, não seria um grande problema. Mas isso não era um hostel. Nem de perto.

Era o Hotel Adlon Kempinski, um hotel cinco estrelas na Unter den Linden, com uma vista incrível do Portão de Brandemburgo. Uma vista maravilhosa. Era um lugar onde meus pais poderiam ter ficado. Era grande e elegante, com cadeiras no saguão e vasos de plantas tão altas quanto árvores de Natal. Um enorme balcão de check-in ocupava um dos lados do saguão, e uma enxurrada de mensageiros e carregadores circulavam por ali, determinados. O piso de porcelanato repicava ocasionalmente, mas, fora isso, o hotel mantinha um silêncio decoroso — do tipo bom e confortável, que garantia que a equipe estava atenta e não se distrairia com as bobagens eletrônicas que se infiltravam nos estabelecimentos mais modernos. O hotel parecia elegante sem ser velho, tranquilo sem parecer uma biblioteca.

— Um quarto para dois — Jack pediu. — Liguei reservando.

— Sim, senhor.

Gostei desse lado do Jack. Gostei do jeito dele com o recepcionista e adorei que ele ficou à vontade naquele ambiente. Eu percebi que Jack podia se sentir confortável em uma fazenda em Vermont também ou em um hotel encantador, e tive de lhe dar pontos por isso. Também fiquei feliz por ele assumir que ficaríamos juntos, que entraríamos em um elevador e nos acomodaríamos em um dos quartos. Não era uma postura particularmente feminista, mas eu admirava que ele assumisse a responsabilidade pelo nosso conforto. Namorei por anos na escola e na faculdade, quando os meninos pareciam nervosos tentando descobrir o que era exigido deles. Jack me proporcionou uma experiência diferente. Estava claro que ele havia viajado o suficiente para assumir esse tipo de controle.

— Antes de subirmos, acho que devemos comprar um vestido para você — ele disse quando já tinha tudo resolvido com o recepcionista. — Podemos subir para o nosso quarto daqui a pouco.

— Um vestido?

— Para o jantar. Precisamos jantar, não é? Dizem que eles têm um ótimo restaurante aqui.

— Jack, a despesa...

Ele se inclinou e me beijou. Imaginei que ele já tivesse isso sob controle.

— Tem certeza?

— É uma extravagância.

Ele pegou minha mão e me levou de volta pelo saguão em direção a uma pequena fileira de lojas do lado de fora do hotel. Eu me senti um pouco tonta. Tinha planejado me exercitar um pouco, depois comer uma salada no almoço, mas, em poucas horas, tinha dirigido um carro a mais de cento e cinquenta quilômetros por hora, tomado um monte de sorvete de chocolate do Ben e Jerry's e feito check-in no hotel mais lindo a que já tinha ido. Estranhamente, também senti meu estômago se acalmar, como se estar com Jack fosse algo que eu sabia que precisava, mesmo que minha mente não soubesse. Tivemos apenas o começo, só o início da familiaridade que um homem e uma mulher podem ganhar quando são deixados à própria sorte. No entanto, senti como se tivéssemos cruzado uma linha importante.

Afinal, tínhamos ultrapassado cento e sessenta quilômetros por hora juntos.

Entramos em uma boutique que parecia uma versão alemã da Gap. Parecia uma boa loja. Tive dificuldade em avaliar qualquer coisa naquele momento. Assim que entramos, uma vendedora alemã perguntou se poderia me ajudar a encontrar alguma coisa. Ela falava um belo inglês. Como não respondi de imediato, Jack se aproximou de mim.

— Precisamos de algo para ela usar no jantar. E talvez algumas coisas básicas para usar durante o dia.

— Sim, claro.

Olhei para Jack. Ele olhou para mim e sorriu. *Quem é esse homem?*, pensei. Seguimos a vendedora, cujo nome, descobrimos alguns minutos depois, era Gilda. Ela tinha o cabelo preto, bem rente à nuca. Gostei das suas botas.

Passamos uma hora fazendo compras. Enquanto experimentava as roupas e mostrava a Jack fora do provador — "vira um pouquinho, sim, legal, muito bom, deve subir um pouco a barra para ficar no comprimento certo" —, tentei lembrar se eu já tinha feito compras com um homem antes. Definitivamente, a resposta era "não". Eu tinha quase certeza. Mas gostei de fazer compras com ele. Gostava de vestir alguma coisa, ouvi-lo conversando com Gilda, depois ficar surpresa por ele ter um bom olho quando eu saía e examinava o vestido no espelho de três lados. Além disso, ele gostava de roupas, ou pelo menos gostava de me ver experimentando, porque antes que a hora passasse eu já tinha provado pelo menos uma dúzia de vestidos e trajes para o dia. Também era sexy desfilar para ele. Ele me observava, mas não era só pelos vestidos.

— Isso é muito estranho — disse a ele quando decidimos finalmente por um vestido estampado e fluido que balançava de forma elegante sempre que eu me movia. Gostei do vestido, Jack também, e fiquei feliz por gostarmos da mesma coisa. — Nunca fiz compras com um homem antes. Você realmente gosta de fazer isso?

— Na verdade, não. Gosto de fazer compras com você. Vamos comprar mais algumas coisas?

— Vou usar esse vestido até você ficar enjoado de me ver nele. Vamos voltar amanhã, certo?

— Sim.

— Posso passar a noite com o que tenho.

Nós nos beijamos enquanto esperávamos que Gilda registrasse a compra e a embalasse. Em seguida, nos beijamos novamente na rua. Fiz Jack esperar enquanto eu ligava para Constance. Não queria que ela achasse que eu havia sido sequestrada. Mas ela atendeu em tom calmo e não se surpreendeu quando lhe contei que estava com Jack em outra parte da cidade.

— Ah, amiga, estou feliz que você esteja com ele — disse. — Mesmo que você o odeie, é claro.

— Você falou para ele onde eu estava.

— Achei que você mesma podia dizer "não" se não quisesses mesmo vê-lo.

— Obrigada.

— Disponha.

Encontrei Jack no saguão do hotel. Ele não disse nada. Segurou minha mão e me levou para o elevador. Continuamos de mãos dadas enquanto esperávamos. Quando as portas se abriram, entramos. Era um elevador aconchegante, com uma barra de metal que circundava o interior, na altura da cintura. Assim que a porta se fechou, Jack me puxou e me beijou. Foi mais que um beijo, na verdade. Ele me devorou. Ele me pressionou contra a parede e, por um tempo, suas mãos viajaram como quiseram pelo meu corpo. Não paramos de nos beijar nem por um instante, e, quando o elevador finalmente chegou ao nosso andar, tive de me apoiar contra a parede para me equilibrar.

— Melhor subida de elevador de todos os tempos — Jack falou.

Assenti. Não podia confiar em mim para falar.

Ele pegou minha mão e me levou por um corredor acarpetado. Admiti para mim mesma, enquanto caminhava ao lado dele, que havia algo no anonimato de um hotel que me excitava. Ninguém nos conhecia. Não respondíamos a ninguém. Segurei sua mão com força. Ele abriu a porta do quarto sem soltar meus dedos.

Entramos e ele fechou a porta. O quarto era ótimo. A colcha possuía um brilho dourado que poderia parecer horrível em um hotel menor, mas a qualidade era boa e funcionava bem ali. O tapete cinza era espesso e silencioso. Jack atravessou o cômodo e abriu as cortinas. Dali podíamos ver o Portão de Brandemburgo, embora não completamente. Era uma visão lateral, apenas um vislumbre, mas Jack me pediu para me aproximar e foi o que fiz. Ele me segurou por trás e beijou meu pescoço.

E isso era quase insuportável.

— Vou tomar banho — sussurrei, meu corpo agitado, seus lábios nos meus ombros, seguindo pelo meu pescoço. — Tenho que tomar banho.

— Não precisa.

— Preciso, sim. Mas tomo banho rápido. Confie em mim. Não vou lavar o cabelo nem fazer mais nada, mas preciso me lavar.

— Sim, claro.

— Depois quero te beijar por muito tempo. Tudo bem?

— Sim, claro.

— Acho que cometemos um erro ao comprar o vestido.

— Por quê?

Seus lábios não saíram do meu pescoço. Senti meu corpo bambear lentamente.

— Porque não acho que vamos jantar. Acho que não vamos a lugar algum. Esse é o nosso mundo e não temos que sair daqui.

Ele assentiu com a cabeça em meu pescoço.

— Tudo bem — disse.

Pressionei meu corpo contra o dele. Ele era o Jack. Era do tamanho perfeito para mim. Eu me soltei lentamente, me virei e o beijei. Era uma tarde em Berlim, na Alemanha.

⁂

O Hotel Adlon Kempinski devia ganhar um prêmio pelos maiores roupões confeccionados por mãos humanas. Encontrei dois no banheiro. Peguei o menor e o vesti — sem nada por baixo. Em seguida voltei para o quarto e encontrei Jack sentado em uma enorme poltrona virada para a janela. Parei para admirá-lo. Ele havia apagado as luzes ou decidiu não as acender. Uma luz cinza-azulada sufocava todo o ambiente.

Ele me puxou com firmeza para o seu colo e tive de dar uma puxada rápida na barra do roupão para mantê-lo fechado. Seus lábios beijaram os meus. Ele me beijou devagar e gentilmente, e por muito tempo foi tudo o que aconteceu. Eu não podia acreditar como meu corpo se encaixava no colo dele. Jack não parou de me beijar e, depois de um tempo, nossos lábios pareceram adquirir conhecimento próprio. Senti a umidade da minha pele e o corpo de Jack reagir ao meu.

Após alguns minutos, ele se inclinou e soltou o cinto do roupão, com os olhos fixos nos meus. Tive o impulso de agir com timidez, me cobrir, mas ele balançou a cabeça ligeiramente, apenas uma fração de movimento, e eu me deixei afundar mais em seu colo.

Ele puxou o roupão devagar, centímetro a centímetro, as mãos tocando apenas o tecido. Abaixou-se para beijar meus lábios novamente, então abriu o roupão um pouco mais. Tive dificuldade em permanecer parada. Ele deslizou levemente os dedos no meu abdome, na minha barriga, no meu quadril. Ele se movia como se estivesse desembrulhando algo muito valioso, algo que não podia se apressar para ver. Meu corpo enrubesceu com seus dedos, recuou, corou novamente. De quando em quando ele se inclinava para me beijar, mas sempre se afastava, abrindo mais o robe, as mãos ficando mais firmes na minha pele. Senti me abrir para ele. Por mais absurdo que parecesse, na minha cabeça eu era o roupão que estava sendo aberto e ele continuava a mover as mãos sobre mim, tocando minha pele de leve e seguindo em frente. Ele tocou meus mamilos com cuidado, com gentileza, e meu corpo reagiu, desejando se contorcer. Mas ele me beijou e segurou meus dois pulsos, erguendo meus braços acima da cabeça. Eu me senti como um instrumento espalhada em seu colo, uma coisa a ser tocada, valorizada. Ele elevou meus braços ainda mais e deslizou a outra mão entre as minhas pernas. Agora eu estava pronta para ele, esperando por ele, que me olhou como se dissesse "Sim, agora você é minha". Eu tremi, tentando me inclinar para beijá-lo, mas ele me ergueu e me levou para a cama.

23

Corpo. Seu corpo no meu.

Seus lábios nos meus, lenta e suavemente, depois com mais urgência. As cortinas brancas nas janelas do hotel entraram no quarto por um instante, suspirando com a gente, depois saindo, desabrochando e acenando para a luz do fim de tarde. Os aromas do jardim do hotel só nos alcançavam em nossos silêncios quando nossos sentidos clareavam por um momento antes de Jack se mover contra mim e nos beijarmos sem parar. O sexo foi maravilhoso, não como o conheci, não tão doce e também não tão cheio de malícia a ponto de eu saber para onde ele me levaria até que tudo acontecesse.

Jack. O meu Jack. Seu corpo lindo e o meu, branco e macio ao seu lado, ao seu redor, minhas pernas em sua cintura, sua força me penetrando cada vez mais, depois de outras formas mais obscenas, mais sensuais, mais sangue se infiltrando em minha pele, um sentimento louco e selvagem, equilibrado apenas pelo retorno aos seus lábios, sempre seguros e excitantes. Nós nos encaramos — um clichê estúpido e absurdo —, mas o que mais poderíamos fazer? Era tarde em Berlim, o mundo estava quieto e as cortinas continuavam a balançar, talvez a chuva estivesse chegando. Ficamos juntos por muito tempo, ele dentro de mim, profundamente, sem se mover, sem fazer nada além de me beijar naquela cama que flutuava como um pêndulo de cristal. Eu o beijei e o abracei, e não falamos nada, nem tentamos. Mais tarde, o desejo cresceu novamente, tornando-se impertinente e maravilhoso, uma exploração de línguas, dedos e movimentos inexprimíveis. Eu queria que ele me virasse do avesso, me tomasse por inteiro, me desse algo que ele possuía.

Seu corpo era perfeito. Forte, esbelto, e ele o movia com graça. Sua pele não deixava a minha, e, quando o momento chegava, quando ele estava pronto, seus olhos se prendiam aos meus e não afastávamos o olhar, sem nos render, até que ele não aguentasse mais. Então eu o beijava, o puxava mais para dentro de mim, as cortinas brancas batendo mais forte, a brisa do jardim vindo novamente ao nosso encontro. Eu mal conseguia não chorar, porque se aquilo estivesse mesmo acontecendo, se fosse um pedacinho da realidade, então eu estaria perdida e tão desesperadamente longe de tudo que nada poderia me salvar.

⊙⌇⊙

— Transei com você e nem sei seu sobrenome.
— Isso é ótimo. Você devia sentir vergonha de si mesma.
— Seu sobrenome é estranho? É por isso que você não quer falar?
— Como assim, estranho?
— Bem, não sei. Algo como Pancake.
— Você acha que meu nome é Jack Pancake?

Beijei seu ombro para esconder meu sorriso. Era um momento perfeito. O vento aumentou e agora balançava contra a janela do hotel. Nós nos deitamos debaixo de um lindo edredom branco, e os lençóis brilhavam, contrastando com a madeira escura da cama e da bancada. O corpo de Jack estava quente e tudo parecia preguiçoso, calmo e suave.

— Quiller-Couch — Jack sussurrou no meu cabelo. — Meu sobrenome.
— Mas esse não é seu sobrenome verdadeiro.
— É, sim. Juro que é. Sei que parece estranho.

Eu me levantei e olhei para ele. Ele tinha os olhos fechados.
Não consegui lê-lo.

— Seu nome é Jack Quiller-Couch? Você está inventando isso, Jack. Isso é impossível.
— Não estou inventando. É o meu nome mesmo.
— Me deixa ver sua carteira de motorista. Quero checar.
— Você pode me chamar de Jack Vermont, se preferir. Ou Jack Pancake.
— Então, alguma mulher, algum dia, vai ter a opção de manter seu próprio nome ou se tornar a sra. Quiller-Couch. Acho que podemos imaginar como isso vai ser.
— É um nome muito bom. A minha mãe manteve o sobrenome, Quiller, e acrescentou o hífen com o sobrenome do meu pai, Couch. Então sou Quiller-Couch.

— Isso é loucura. Jack Quiller-Couch. Parece nome de um pirata ou de uma sobremesa inglesa.

— Eu poderia trocar para Jack Pancake.

— Talvez Jack Vermont. Eu gosto.

Ele me beijou e me puxou para mais perto.

— Jack Quiller-Couch. Vou precisar de um tempo para me acostumar. Não tenho certeza se acredito em você. Está brincando, não é?

— Acho que é muito sobrenome para um primeiro nome simples. Esse é o problema. Não combina. Gosto mais do seu nome. Heather Mulgrew. Qual o seu nome do meio?

— Christine. Mulgrew sempre me soou como o nome de um fungo que você encontra no seu porão. "Ah, temos um Mulgrew."

— Você é muito estranha. Heather Christine Mulgrew. Gostei. Então, quando nos casarmos, você seria Heather Christine Mulgrew Quiller-Couch. Você seria seu próprio escritório de advocacia.

— Vamos nos casar agora, é? Vou assumir seu sobrenome? É isso?

— É inevitável.

— Você diz essas coisas só para impressionar? É um péssimo hábito. Você devia se repreender.

— Não acho que me repreender seja um hábito.

— O que você repreende?

— Satanás, eu acho.

Ele me virou para o lado e deitou de conchinha comigo. Sua respiração fez cócegas no meu ouvido. Senti o corpo dele estremecer uma vez enquanto relaxava, quase dormindo. Durante muito tempo, observei as cortinas se moverem com o vento. *Esse é o Jack*, disse a mim mesma. Jack Quiller-Couch. Nós nos encontramos em um trem, demos nosso primeiro beijo na plataforma da estação e agora transamos. Estávamos em Berlim, e tudo acontecia muito rápido, fácil demais para acreditar. Dirigi um carro esportivo a mais de cento e cinquenta quilômetros por hora, e agora esse homem incrível me abraçava em um cochilo. Disse a mim mesma que deveria me lembrar desse momento. Deveria prendê-lo de alguma forma, porque algum dia eu ficaria velha e enrugada e poderia me sentar ao sol e me lembrar de Jack nessa cama branca e do prazer que sentimos. Do gosto do sorvete de chocolate do Ben e Jerry's e do seu corpo cobrindo o meu como um musgo crescendo ao redor de uma pedra.

CRACÓVIA, PRAGA, SUÍÇA, ITÁLIA

24

Pegamos o trem noturno de Berlim para Cracóvia, na Polônia. Esse país nunca esteve na minha lista de lugares "imperdíveis", mas Raef nos garantiu que era espetacular e aprendi a confiar nas opiniões dele sobre viagens, restaurantes e clubes de jazz. Cracóvia — a cidade antiga — era um patrimônio da humanidade. Ele havia dito que era a futura Praga, o próximo lugar para alguém visitar se fosse jovem, saudável e tivesse vontade de se aventurar. Jack também nunca tinha visitado a Polônia e nos sentamos no trem, com o guia Lonely Planet da Constance no colo. Viramos as páginas devagar, cada um de nós lendo e apontando para as coisas que queríamos ver. Raef e Constance dormiram nos bancos em frente a nós. A cabeça dela descansou na dobra do pescoço dele, como se ela fosse o seu precioso violino. Tirei algumas fotos dos dois. Queria que ela soubesse como eles eram fofos juntos.

Éramos casais. Esse era o novo entendimento. Era tão natural e despretensioso que às vezes eu tinha de me beliscar para entender completamente o que havia mudado. Constance e Raef. Jack e Heather. Mesmo na escuridão, com as luzes das casas, as estações e fazendas solitárias passando por nossa janela, eu me sentia ciente de Jack. Conhecia seu corpo agora, conhecia-o melhor de qualquer maneira, o peso do seu braço em meus ombros e da sua mão ao redor da minha. É um chavão dizer que nossos corpos se confundiam e que de algum modo éramos uma só pessoa, mas era verdade. Tudo parecia passar muito rápido como resultado de viajarmos juntos, e não podíamos esconder as coisas ou demorar a revelar nossos gostos e desgostos. Estávamos viajando sem destino, com mochilas nas costas, e o mundo foi reduzido a minúsculos exemplos de conforto e alegria, de grandes e brilhantes visões, sons e cheiros. Eu via as coisas com os olhos de Jack, e ele as via com os meus.

Perto da meia-noite, Jack e eu entramos no vagão-restaurante e pedimos vodca a um cabineiro idoso que estava atrás do bar. Era um homem baixo, com uma barba enorme que delineava a mandíbula. Os pelos pareciam transparentes e surgiam embaçados, como se alguém tivesse tentado colocar seu rosto em foco, mas abandonado o projeto. Ou como se um sopro de dente-de-leão tivesse decidido sorrir. Ele tinha uma grande pinta no meio da testa, e as mãos, quando se moviam sobre as garrafas e copos, pareciam rastejar em vez de se erguerem e abaixarem. Imaginei que ele tivesse uns setenta anos. Seus olhos tinham linhas amarelas que lembraram pequenos fios de barbante.

Ele serviu duas doses de vodca. Sorrimos e bebemos. O homem balançou a cabeça.

— Americanos? — perguntou num bom inglês. Confirmamos.

— O meu tio morreu em Chicago — disse. — Há muito tempo.

— Sinto muito — Jack lamentou, e eu assenti.

— Queria visitá-lo, mas nunca fui. A cidade é bonita?

— Deve ser — Jack falou. — Não passei muito tempo lá. Você já foi, Heather?

— Não, sinto muito.

— Lago Erie — o homem disse e sorriu. — Meu tio sempre falava sobre o lago Erie.

— É um grande lago — Jack concordou.

Era um trocadilho. Gostei do carinho de Jack com o homem. Adorei sua disposição para ouvir e conversar.

O homem levantou o dedo e se inclinou sob o bar. Pegou uma garrafa de vodca e nos mostrou o rótulo. Era vodca Żubrówka, uma marca famosa que havíamos acabado de ver no guia Lonely Planet. Uma das dicas de viagem era tomar uma dessas sempre que possível. Agora parecia um momento tão bom quanto qualquer outro.

O homem nos serviu duas doses. Girou nossos copos em uma volta completa para nos trazer sorte e dar adeus ao infortúnio.

— Vai se juntar a nós? — Jack perguntou. — Ficaríamos honrados de te pagar uma rodada.

O cabineiro sacudiu o dedo.

— Vocês não podem pagar por isso. Não jovens como vocês. Isto é um presente. Dizem que é feita de lágrimas de anjos, sabiam?

— Sim — respondi.

— Bons drinques são sempre tristes. Eles nos trazem vida, mas também nos fazem lembrar dos mortos, concordam?

Assenti. Jack também. O homem fez um movimento e nos incentivou a beber. Foi o que fizemos. O primeiro copo queimou por dentro. Essas pequenas doses de Żubrówka tinham gosto de água da montanha. Eu não era uma apreciadora de vodca ou de qualquer bebida espirituosa, mas percebi a diferença. O homem colocou a garrafa de volta na prateleira baixa.

— Isso foi ótimo — elogiei. — Obrigada.
— Suave — ele comentou, em pé novamente.
— Sim, muito.
— Uma vez a América foi muito boa — ele disse, as mãos apoiadas nos copos à sua frente. — Agora, muitas bombas. Em todos os lugares, com drones, navios, apenas bombas. A América nunca se cansa de bombas.
— É verdade — Jack concordou. — Às vezes, nosso país tem ideias engraçadas.
— Não é tão engraçado para as pessoas que são atingidas pelas bombas.
— Não — Jack concordou. — Para elas isso não é engraçado.

Pagamos a conta. Deixamos uma gorjeta generosa ao homem. Quando voltamos, encontramos Raef e Constance acordados. Eles colocaram os pés em nossos assentos e os recolheram quando nos espremos de volta no lugar. Constance estava com o guia Lonely Planet no colo, sem dúvida procurando santos para visitar. Ela sempre se destacou em atividades de planejamento.

— Vocês beberam sem a gente? — Raef perguntou. — Estou sentindo cheiro de vodca.
— Coisa boa — falei. — A que começa com z.
— Żubrówka — Raef disse com prazer. — É como encontrar um velho amigo ainda vivo. Tive algumas noitadas boas com Żubrówka. É considerada medicinal, sabiam?
— É feita de lágrimas de anjos — acrescentei.
— Engraçado, ouvi dizer que eram lágrimas de pato — Raef falou. — Lágrimas de quando o vento sopra água nos olhos de um pato, durante o inverno.
— Preciso provar essa vodca — Constance disse, sem olhar para cima. — Essas histórias são muito ricas.

Então Jack disse que viu as luzes do norte.

— Bolas — Raef disse, virando-se para olhar pela janela para onde Jack apontava. — Estamos em cerca de cinquenta e cinco graus. Teríamos que chegar a pelo menos sessenta para ver.

— Como você sabe em que latitude estamos viajando? — Constance perguntou, tirando os olhos do guia, surpresa.

— É um tique nervoso que eu tenho — ele respondeu. — Isso te assusta? Sempre sei as coordenadas de onde estou. Sei que é estranho.

— Na verdade, não. Isso meio que me excita.

Foi uma troca doce entre Raef e Constance. Nesse meio-tempo, Jack levantou para tentar obter um ângulo melhor da aurora boreal. Ele continuou olhando, aproximando mais o rosto da janela. Por cima do ombro, consegui entender alguma coisa, mas podia ser apenas uma fonte de luz. Embora eu nunca tivesse visto as luzes do norte, presumi que elas não eram facilmente confundíveis.

— É um posto de gasolina! — Raef disse finalmente, os olhos na mesma direção dos de Jack. — São só luzes de néon!

Jack se virou de maneira tímida.

— Ele está certo — disse. — Isso não é uma lição de vida sobre uma coisa ou outra?

— Pense nas luzes do posto de gasolina antes da aurora boreal — falei. — Provavelmente é uma boa regra a seguir.

— Ah, não sei — Constance falou, com voz calma e solene, os olhos ainda fixos no livro. — Admiro um homem que quer tanto ver as luzes do norte que as vê em uma placa de posto de gasolina. É um homem que sabe o que é sonhar.

— Obrigado, Constance — Jack agradeceu com indignação fingida, sentando-se ao meu lado outra vez. — Que bom que alguém aqui entende.

— Se você ouvir batidas de cascos, pense que são cavalos, não zebras — Raef falou. — Não é essa a frase?

— Se você ouvir batidas de cascos, pense que são unicórnios — Constance corrigiu, levantando os olhos para olhar cada um de nós. — Esse é o jeito de viver. — O trem cruzou um pouco mais perto do posto de gasolina chamativo, que passou em um borrão. As luzes eram verdes e estavam desbotadas na névoa da madrugada, mas não eram as luzes do norte.

Adormeci um pouco mais tarde. Raef e Jack conversaram muito sobre a natureza da realidade — como sabemos de uma coisa, como confiamos em nossos sentidos, o que podemos levar como verdade. A conversa tinha a ver com a visão de Jack da aurora boreal, supus e tentei seguir a linha de raciocínio deles por um tempo. Pouco a pouco, o sono me dominou e, quando acordei, o trem começou a desacelerar para entrar em Cracóvia. Era cedinho, não estava muito claro ainda, e o som das rodas do trem nos trilhos de metal duros soava como o despertar do mundo.

⁂

— Estou te sequestrando — Jack avisou na tarde seguinte. — Vou te levar para um lugar que você jamais gostaria de ir, mas que precisa visitar. Nós dois precisamos.

— Isso não é jeito de obrigar alguém a fazer algo, Jack.

— Confie em mim — ele pediu. — Nossa vida está prestes a mudar.

Eu não sabia se ele estava falando sério ou não. Ficamos em pé em uma lanchonete ao ar livre, comendo salsichas com queijo e batatas fritas de um cone de jornal molhado de óleo. Jack adorava comer na rua e amava a atmosfera de Cracóvia. Raef estava certo de novo: o lugar possuía o incrível charme do Velho Mundo. Já havíamos caminhado até o Wawel, o adorável castelo que ancorava Cracóvia, e tínhamos planos de viajar para o norte até Malbork, o famoso castelo de tijolos, nos limites de Danzigue. Cracóvia parecia menos corrompida pelos turistas do que Paris ou Amsterdã, embora ainda fosse muito visitada.

— Precisamos de vodca para acompanhar a nossa refeição — Jack falou, animado, enquanto mergulhava a salsicha na mostarda marrom apimentada, servida ao lado do sanduíche. — Precisamos brindar o indescritível.

— Não se pode brindar o indescritível. Ele é impossível de conhecer.

— Ah, sim, é possível sim, srta. Amherst. O indescritível é a única coisa a que vale a pena brindar. Todo brinde no mundo é sobre isso, mesmo que as pessoas não saibam.

— Você nunca se perde por opiniões, não é, Jack Quiller-Couch?

— Sou uma fonte de opiniões indescritíveis.

— E nossa vida vai mudar hoje?

— Sem dúvida.

— Indescritivelmente?

Ele assentiu.

Então tivemos uma daquelas névoas de amor.

Nós nos encaramos. Não estávamos no topo de uma montanha, ao lado de um oceano azul ou em um prado florido. Estávamos no centro de Cracóvia. Não podia falar por ele, mas eu não estava me sentindo particularmente apaixonada, enlouquecida ou qualquer outra coisa. Mas então ele se virou para mim e sorriu, e eu sorri de volta. Não dissemos nada. O mundo continuava acontecendo ao nosso redor, eu sabia disso, mas não importava mais. O que importava era o olhar de Jack e seu sorriso tímido e suave que me convidava a entrar e compartilhar o prazer de estar ali, em uma cidade estrangeira, estar apaixonada ou começando a amar, e sabendo que tínhamos o mundo a nossa frente se quiséssemos ficar juntos. O humor do olhar desapareceu lentamente, e o que permaneceu lá dentro da maneira mais profunda e voando em volta da minha cabeça foi um mosquitinho de dúvida que dizia: *Não, não, as coisas não acontecem desse jeito. Não é tão fácil assim, não acontece tão rápido, você não o ama, só gosta dele, depois vai voltar para Nova York e tudo vai terminar, e pare de olhar nos olhos dele, porque eles são como uma toca de coelho, que, se não parar de olhar, vai acabar caindo lá dentro.*

Mas nenhum de nós desviou o olhar.

Para seu crédito, ele não tentou me beijar ou fazer qualquer coisa para aumentar o que não podia ser aumentado. Ficamos parados e mergulhamos nos olhos um do outro. Talvez eu tivesse compartilhado um olhar desse tipo com outros caras, mas esse era diferente; era aterrorizante e maravilhoso, e, se eu morresse naquele segundo, pelo menos eu saberia o que significava prender o olhar de alguém no meu. Naquele momento não duvidei de que tudo o que chamamos de alma tinha ali o seu correspondente e que seguir aquele olhar seria como encontrar um tesouro raro, certa de que nenhum de nós jamais precisaria ficar sozinho novamente.

— Vamos lá — ele disse quando afastamos os olhares. — Termine e vamos.

E foi o que fizemos.

25

Jack não conseguiu esconder nosso destino por muito tempo. Depois de trinta minutos de trem em Cracóvia, paramos em frente à entrada de uma mina de sal. De todas as coisas que eu tinha pensado em visitar enquanto estivesse na Europa, uma mina de sal seria o último item da lista.

— Você está me levando para uma mina de sal? — perguntei

— Sim, uma mina de sal — ele confirmou.

— Na Europa, em uma das cidades mais bonitas que já vimos, estamos abandonando essa forma particular de beleza para uma...

— Mina de sal — Jack repetiu. — Mas não é uma mina de sal qualquer. É a mina de sal de Wieliczka. É imperdível.

— Que tipo de pessoa deve ver isso?

— Não deveria ser que tipo de *pessoas*?

— Você me diz.

— Acho que sim. Que tipo de pessoas deveriam ver isso? Não, talvez não.

— Não estou convencida — falei. — Por que uma mina de sal?

— Você quer dizer, por que a mina de sal Wieliczka, não é?

— Sim, é claro.

— Porque a mina não produz mais sal. Agora é um tesouro nacional.

— Uma mina de sal tesouro?

— As câmaras foram transformadas em capelas com candelabros. Parece que é muito bonito.

— Tanto quanto uma mina de sal pode ser.

— Sim, é bem por aí.

— Você é um cara estranho, Jack.

— Comi muito sal na vida. É hora de ver de onde ele vem.
— É como a história da origem do sal, é isso que você está dizendo?
— Mais ou menos isso.

Paramos em frente à entrada. Jack segurou minha mão. Olhei para ele várias vezes, tentando avaliar seu interesse. Eu o conhecia bem o suficiente para saber que, de fato, ele estava intrigado com aquela mina. Ele gostava do incomum, do inusitado. Mas uma mina de sal parecia um novo padrão para ele.

— O que mais tem na mina? E não diga...
— Mais sal — ele respondeu antes de mim.
— Além do sal. Imagino que vamos ver mais do que isso.
— Você não acha que é suficiente ver um mundo construído dentro de uma mina de sal? Você é muito difícil de agradar, Heather.
— Então é isso que vai mudar a nossa vida? Nunca mais vamos olhar para o sal da mesma maneira? É isso que você está dizendo?

Ele assentiu. Sabia que estava se divertindo. Jack gostava de tudo nisso: a viagem de trem, o absurdo daquele destino turístico, a inevitabilidade das pessoas que um dia decidiram que, de todas as coisas, uma mina de sal poderia se tornar um tesouro nacional. Ele se inclinou e me beijou, me abraçando apertado.

— As pessoas que visitam minas de sal juntas ficam ligadas para o resto da vida. Sabia disso?
— Não — sussurrei contra seu peito. — Tem certeza?
— O sal é a base da vida. O sal e a vodca, claro. Se formos juntos, é como uma declaração de amor eterno.
— O mundo não é um faz de conta, Jack. Espero que você saiba disso. E que se lembre de que não é para mim.
— Quem disse que não é?
— Ninguém. As coisas são como são.
— Agora, você está nos meus braços, na Polônia. A caminho de uma experiência incrível em uma mina de sal. Se alguém tivesse te falado, três meses atrás, que o seu futuro era esse, você não teria acreditado.

Assenti. Era verdade.

Nós nos afastamos, pagamos os ingressos e entramos.

Rapidamente percebi que nada havia me preparado para o que tinha lá dentro. Dizer "mina de sal" evocava imagens de pilhas de compostos minerais brancos como neve, uma nobre tentativa de alguém transformar uma indústria morta em algo, qualquer coisa que trouxesse os euros dos visitantes. Mas o que nos esperava, o que vimos quase de imediato, era algo totalmente diferente.

Para começar, fora designado patrimônio da humanidade, e vi o rosto de Jack se curvar em um leve sorriso quando percebi o que veríamos. O folheto no balcão da recepção informava que a mina havia funcionado ali desde o século XIII e que só havia fechado definitivamente em 2007. Os mineiros haviam esculpido quatro capelas de rochas de sal, decorando-as com estátuas de santos e fervendo sal para reconstituí-la em cristais para os notáveis candelabros pendurados no alto. Foi uma combinação tão incomum do cotidiano — o que podia ser mais comum do que sal? — e do sublime que superou qualquer expectativa que eu pudesse ter.

— Ah, Jack — sussurrei. — É lindo.

— Copérnico e Goethe visitaram essas minas, assim como Alexander von Humboldt, Chopin e até Bill Clinton.

— Eu não fazia ideia. A Constance precisa ver isso.

— Eu queria ver isso com você.

— Como você sabia?

Mas não importava como ele sabia. Enquanto descíamos as escadas de madeira de duzentos e dez degraus, ele me contou a história da princesa húngara Kinga, que, forçada a deixar sua terra natal, veio a Cracóvia. A seu pedido, os mineiros do lugar cavaram o solo até atingirem as rochas. Em seu último momento, antes da viagem, ela havia jogado o anel de noivado em uma fenda em uma mina de sal em Máramaros. Quando os mineiros atingiram as pedras profundas na terra polonesa, também encontraram sal. Eles levaram um pedaço desse sal para a princesa Kinga e o abriram. Gritaram de alegria ao encontrarem o anel e, mais tarde, a princesa se tornou a padroeira dos mineradores de sal.

— O quê? — Eu ri quando ele terminou. — Isso não faz nenhum sentido.

— Claro que faz.

— Ela jogou o anel na Hungria e os mineiros o encontraram na Polônia?

— Você não é romântica, Heather. Quanto mais eu fico com você, mais claro isso se torna.

— Preciso conhecer um pouco mais dessa história, Jack.

Ele se virou quando chegamos ao final da escada de madeira. Em seguida estendeu a mão, me segurou pelos quadris e me levou lentamente em sua direção. Ele poderia segurar todo o meu peso por quanto tempo quisesse. Era sexy, bonito e silenciosamente adorável ao mesmo tempo. Seus lábios esperaram pelos meus e, quando nos beijamos, ficamos assim por um longo tempo.

Eu me entreguei a ele.

Não pude resistir. Não conseguia imaginar nossos lábios se separando. Senti meu corpo deslizar no dele, o peito e os braços fortes e firmes me moldando devagar contra o seu corpo, se encaixando nele como um colete salva-vidas. Nosso beijo se aprofundou. Ele continuou até que achei que poderia desmaiar em seus braços. Parecia que o corpo e a mente de Jack eram uma estrada de ferro que me guiava por seus trilhos sem cessar, e eu sabia que, para onde quer que ele me levasse, eu o seguiria.

Após longos minutos, ele me colocou de volta no chão com suavidade. Seus lábios deixaram lentamente os meus.

— Temos o hábito de nos beijar em plataformas — ele disse. — É um bom hábito.

— É um hábito maravilhoso.

— Minas de sal?

— Qualquer lugar, Jack.

Ele assentiu. Segurou minha mão enquanto descíamos em direção ao lago subterrâneo, que o folheto assegurava ser uma maravilha imperdível.

26

Constance subiu em um touro mecânico em Praga, na República Checa. Ela estava bêbada, feliz e apaixonada.

Mas era meio imprudente estar em um touro, mecânico ou não.

— Vamos lá, vaqueira! — Raef gritou. Ele também estava bêbado.

Estávamos todos bêbados e nos sentíamos ótimos. Havíamos passado a tarde em um minúsculo *heuriger* — um bar de vinhos, frios e música de sanfona —, bebendo a última safra da primavera. Algo a respeito das viagens constantes, das noites difíceis de sono, nos tornava bobos. Rimos muito, como velhos amigos podem rir, com cada uma das nossas personalidades brilhando através da névoa de álcool e das tábuas de queijo. Gostamos da República Checa, mesmo que nenhum de nós pudesse soletrar "Tchecoslováquia". Também gostamos da música de sanfona e conversamos muito sobre o motivo pelo qual esse tipo de música não era popular nos Estados Unidos ou na Austrália, apesar do fato — segundo Raef — de ter sido o instrumento mais versátil já inventado por mãos humanas. Um debate sobre se o acordeão e a sanfona eram a mesma coisa ocupou pelo menos um jarro ou dois de vinho, e depois saímos do *heuriger* e fomos a um bar estilo ocidental em algum lugar no centro, perto do Orloj ou Relógio Astronômico de Praga, e Constance subiu num touro.

— Isso é uma péssima ideia — disse para ninguém em especial. — Ou a melhor ideia de todas.

Ela colocou a mão acima da cabeça, no estilo vaqueira, e lentamente começou a girar com o touro. Era um movimento bonito e sensual, e eu adorava vê-la se afastar de sua prudência habitual. Ela era a pessoa menos atlética que eu já conhecera, embora pudesse ser ágil e rápida quando necessário. Ela sempre foi muito equilibrada.

— Ela vai ficar bem — Jack garantiu, com o braço ao redor da minha cintura.

Constance assentia toda vez que se virava para nos ver. Ela tinha uma expressão linda e engraçada que dizia que estava tudo sob controle, que podiam acionar o touro. Aquela foi a coisa mais incrível que eu já vira minha amiga fazer. O operador acenou para ela, que retribuiu ao gesto, em um estranho tipo de compreensão.

Então ela começou a girar mais rápido.

— Espero que ela não fique enjoada — disse Raef.

— Ela é boa marinheira — comentei. — A família dela navega.

Aquele me pareceu um comentário embriagado, mas não pude evitar. Algumas pessoas — estava entre o começo da noite e o fim da tarde, uma hora intermediária no bar, quando a multidão começava a chegar — gritaram quando Constance passou para o próximo nível. Ela parecia mítica em cima do touro. Eu seria capaz de apostar uma grande quantia que ela tinha um mito em mente, talvez Zeus ou a Europa, porque seus olhos ardiam, e ela parecia mais feliz do que nunca. *Santa Constance montando o touro de Creta ou alguma coisa maluca.* Tirei algumas fotos e enviei para Amy. Isso era algo que nossa amiga precisava ver. Não se via Constance em um touro mecânico em Praga, na República Checa, todos os dias. Nem olhei para o Jack, que tinha uma visão engraçada a respeito de fotos.

Então o touro começou a pular. Em vez de simplesmente se movimentar em um círculo lento, erguia a extremidade traseira, como se tentasse arremessá-la. Constance bateu a mão contra o couro para se equilibrar por um momento, depois assentiu como se tivesse redescoberto o ritmo.

— Ela é natural — Jack falou. — Natural pra caramba.

— É a mulher mais linda do mundo — Raef disse, com os olhos não a deixando nem por um instante. — Ela é quase demais.

— Ela é ainda mais bonita por dentro do que por fora — acrescentei.

Raef entrelaçou o braço no meu. Seus olhos estavam um pouco úmidos.

Com os braços unidos, ficamos parados, observando Constance. Ela montou com firmeza e não mostrou sinais de que cairia. Quando o operador diminuiu a velocidade, as pessoas a aplaudiram. Ela acenou para todos, mas parecia um pouco rígida. Raef se aproximou e a desceu. Ela o beijou e ele retribuiu o beijo. Eu sabia, observando-os, que eles se casariam. Era simples assim. Seja lá o que atraísse duas pessoas, havia unido aqueles dois.

— Ele a ama — eu disse a Jack. — Ele a ama profundamente.
— Sim, é verdade. E ela também o ama?
— Com certeza.
— Eles são perfeitos juntos.

Então houve um breve e passageiro instante em que um de nós deveria ter dito algo sobre amor e compromisso para o outro. O conhecimento nos atingiu. Não que eu não achasse que estávamos nos apaixonando, ou que já nos amávamos, seja lá o que isso significasse. Mas não podíamos dizer exatamente, e eu me perguntei por quê. Eu me senti cedendo à noção ridícula de que um homem deveria dizer isso primeiro. De acordo com a tradição, uma mulher nunca deveria jogar a bomba que começava com a letra A primeiro. Essa era a noção básica das garotas. Insinuamos confessar nossos sentimentos quando estávamos perto de Berlim e depois na Polônia, mas a palavra nos iludiu. Observamos Raef e Constance juntos e então nos separamos e dissemos que precisávamos de mais bebidas. Dei um abraço em Constance, e Raef se ofereceu para pagar uma rodada em homenagem à minha amiga, a montadora de touros, quebrando a formalidade do nosso momento. Então voltamos a ser simplesmente Jack e eu, mas um minúsculo ponto se acendeu dentro de mim, e eu me perguntei como podíamos estar tão próximos e sermos tão prudentes em relação a expressar nossos sentimentos mais profundos.

⚜

Nas primeiras horas da manhã, Jack nos falou de uma barca de leite. Raef e Constance voltaram para o hostel. Jack tinha pego um cartão de um homem com quem havia conversado no bar — o irmão do capitão da barca, se entendi corretamente — e tínhamos um endereço para dar a um táxi, embora o taxista tivera de perguntar a outros dois como chegar ao cais. Seguimos pelo que pareceu um longo tempo, o motorista se inclinando para a frente para espiar mais de perto o para-brisa. Eu não tinha muita noção de onde estávamos indo, exceto que parecia uma área industrial. De vez em quando, um lampejo de água aparecia em vislumbres brilhantes e surpreendentes, o reflexo dos faróis como pequenos flashes fotográficos. Fomos para perto do rio Moldava, se eu me lembrava de geografia corretamente. Mas era difícil ver qualquer coisa com todos os edifícios e equipamentos de construção bloqueando o caminho.

Quando chegamos, Jack conversou com o capitão da barca, nos apresentou e deu o cartão que havia recebido no bar. Acho que ofereceu algumas notas extras, porque o homem passou de relutante a amistoso em questão de segundos. A tripulação consistia de três homens, todos com roupas escuras e boné preto. Eles deviam estar usando um uniforme da empresa, pelo que eu sabia, mas ficaram ocupados e nos deixaram sozinhos. A barca — uma embarcação plana e bagunçada com um pequeno guindaste na lateral — se afastou da doca pouco depois da meia-noite. O motor fedia a diesel, mas avançou o suficiente para deixar o fluxo de escapamento atrás de nós.

Nós nos sentamos, recostados à cabine. Era uma noite escura e eu me perguntei como a equipe podia ver para onde estava indo. O canal, ou via fluvial, era só um cordão negro através do campo escuro. Ocasionalmente, a lua nos dava um pouco de luz e as estrelas cintilavam e tremeluziam. Ouvimos uma coruja em algum lugar, o piado inconfundível, e depois, quando o barco já se movia a um bom ritmo, ouvimos uma garça grasnando perto de nós. Em seguida a vimos empoleirada sobre uma pilha de uma doca arruinada.

Nós nos inclinamos. Ficamos em silêncio por um tempo. Talvez Jack estivesse um pouco nervoso por me levar em um barco estranho, com uma equipe que ele não conhecia, mas, se ele estava mesmo, escondia muito bem. Quando sentiu que eu estava com frio, abriu a jaqueta e me enfiou dentro dela, compartilhando seu calor, e continuamos na escuridão, ouvindo os sons do motor saltarem das árvores que se alinhavam na água. Eu sabia que era assim que Jack queria experimentar a Europa. Ele diria que qualquer pessoa com o dinheiro de um ingresso podia visitar um museu, mas era preciso ser um viajante para descobrir algo único em um lugar onde tantos pés já haviam pisado. Ele não se contentava em visitar museus, catedrais e paisagens urbanas interessantes, depois ir para casa e sentir que havia descoberto outro destino. Ele se recusava a ser um mero turista. Jack desejava uma conexão mais profunda com o lugar e as pessoas, e eu tinha de admitir que navegar numa barca tarde da noite era algo que eu me lembraria por toda a minha vida. A noite em que Constance montou o touro em Praga. O rio Moldava. O cheiro de água e da cidade misturado, o cheiro de diesel, fazendo o ar tingido de indústria.

— Espero que eles não nos levem para a Rússia ou algo assim — Jack sussurrou. — Tomara que nos levem de volta a Praga quando tudo acabar.

— Você acha que estamos sendo sequestrados?

— Provavelmente. Tenho certeza que em algum momento vamos ter que mergulhar e nadar para nos salvar.

Eu me aproximei, encarando-o. Ele era o homem mais bonito que eu já conhecera. Às vezes, eu precisava lembrar que estava ao lado dele, e que, de alguma forma, ele estava se tornando meu.

— Imagino que o seu avô teria gostado desse tipo de coisa.

Ele deu de ombros. Em seguida me puxou para ainda mais perto.

— Ele era um bom sujeito — disse. — Não sei tudo sobre essa viagem que ele fez pela Europa. Só sei que ele estava viajando para casa depois da guerra, mas eu realmente não sei por que ele foi a esses lugares. Ele parecia estar vagando. Tenho certeza que ficou chocado com tudo o que aconteceu.

— Imagino que tudo estava de cabeça para baixo. Deve ter sido devastador.

— Ele era de uma fazenda de gado leiteiro em Vermont. Isso é que é estranho. É difícil imaginar meu avô apenas vagando por aqui na Europa. Ele tinha uma alma grande, vovó sempre dizia. "Ele respira através das duas narinas" era a frase dela para isso.

— Gostei dessa frase. Nunca ouvi antes.

Ele deu de ombros novamente e assentiu.

— Passei muitos verões com ele. Meus pais não tiveram um casamento tranquilo, para ser sutil. Então, durante os verões, eu ficava com os meus avós e ajudava na fazenda. A propósito, você estava errada sobre uma coisa que me disse no trem. Não tenho um fundo fiduciário. Tenho uma pequena poupança da venda da fazenda do vovô. Odeio pensar nisso. Sobre vendê-la, quero dizer.

— Seus pais estão vivos?

— Sim. A minha mãe está na Califórnia se reinventando. Meu pai se mudou para Boston. Eles não tinham muito interesse na fazenda, então a venderam. Meu pai cresceu e ficou cansado disso. Tentei convencê-los do contrário. Eu realmente queria morar lá.

— E eles te deram o dinheiro da venda?

— Dividiram por três. Acho que em parte por se sentirem culpados eles me incluíram na divisão. Sabiam que eu queria o lugar. Venderam quando a terra em Vermont estava valendo muito e ganhamos um bom dinheiro.

— Sinto muito — falei, e era verdade.

— Sinceramente, a casa não era muito boa. Mas a terra e o celeiro... Sempre amei o celeiro. Quando eu estava na faculdade, tentei arrumar um dinheiro para o meu avô consertá-lo por meio do Registro Nacional. Pesquisei muito sobre isso. Como nação, estamos perdendo muitos celeiros, então há interesse em preservá-los. De qualquer forma, eu era só um universitário que amava o avô. Mas era muito caro manter esse tipo de construção, e quando ela começa a ficar velha acaba logo se não for substituída.

— Lá no trem eu fiz uma outra ideia de você.

— Realmente minha situação ainda é muito mais fácil do que a de muitas pessoas.

Após algum tempo, o barco começou a se deslocar para a margem esquerda, e um dos trabalhadores, um garoto magro e com dentes de coelho, vestindo um macacão azul, nos pediu, em alemão, que trocássemos de lugar. Eles começariam a carregar os tambores de leite, ele disse para Jack. Jack perguntou o nome dele e o garoto abriu seu sorriso de coelho e falou:

— Emile.

— Podemos ajudar? — Jack perguntou, levantando-se e me ajudando a ficar de pé.

— Ajudar? — Emile perguntou e riu.

Ele gritou alguma coisa para dentro da janela da cabine, e o capitão, um homem barbudo com uma barriga enorme e uma voz rouca e gutural, gritou de volta algo que foi abafado pelos sons do motor. O terceiro membro da tripulação, provavelmente o imediato, já estava de pé junto à proa, pronto para jogar uma corda. A barca saiu da corrente e deslizou um pouco. Emile se afastou na direção da popa, provavelmente se preparando para jogar a corda naquele lado. Na penumbra, só podíamos distinguir o contorno de uma doca de madeira, ao lado de um grande campo vazio.

O barco desacelerou, o motor se inverteu e as cordas saíram pela escuridão com um som de assovio. O capitão gritou alguma coisa e outra pessoa respondeu, e então estremecemos na doca, nos esfregando como gatos. Milhares de latas de leite prateadas estavam dispostas no cais, esperando para serem carregadas.

※

Vimos as dez primeiras cargas chegarem à margem, dispostas em pequenos paletes. Emile trabalhou como o homem de solo, guiando as cargas enquanto o imediato operava o guindaste. O capitão não se incomodou em sair da cabine, mas sentimos o cheiro do cachimbo que o vento nos trazia.

Cinco ou seis homens se moveram para o cais, gritando ordens. Um holofote brilhante iluminava a cena, e mariposas voavam sob a luz como anjos em miniatura. Depois de um tempo, Jack e eu começamos a ajudar Emile a colocar os paletes na ordem correta. Não era um trabalho árduo, apenas demorado, e com três pessoas foi mais rápido. Emile ria muito enquanto nos observava. O imediato não disse nada, mas os homens no cais comentaram sobre ele ter arranjado ajudantes. As vasilhas de leite vieram a bordo seladas, mas as embalagens transpiravam com a frieza da noite contrastada pelo calor do leite. A luz seguia as cargas e jogava um brilho suave em cada uma delas.

Quando terminamos de amarrar o volume, desembarcamos uma pilha de paletes vazios. Esse era o trabalho mais difícil, e Emile não riu quando o ajudamos com isso. Entregamos os paletes com a ajuda de guindastes, uma dúzia deles em fila, para os homens no cais. Os homens deixaram a carga inteira descansar ali na doca, depois soltaram as correntes e as empurraram de volta para nós.

— Meu avô teria gostado disso — Jack falou quando terminamos e o barco se afastou, recuando para a corrente e acelerando o motor. — Ele teria comparado com o que fazia na fazenda. Era um bom fazendeiro.

— Mas eles deviam ter caminhões agora, você não acha?

— Tenho certeza que eles têm. Talvez seja só um jeito antigo de fazer isso, que ainda não acabou. O barco é um meio mais barato de transportar as coisas.

Ficamos parados ao longo do corrimão, observando o campo. A maior parte dele era escura e disforme, mas aqui e ali víamos casas e luzes, e cães latiam quando passávamos. A água assobiou embaixo de nós, e o barco atravessou um grupo de cisnes, que se remexeram como se fossem feitos de origami, impossivelmente serenos, brancos e confortáveis na água.

Ajudamos Emile na segunda parada e o trabalho foi mais rápido. Desta vez, o capitão saiu e brincou um pouco com todos nós, o cachimbo parecendo uma ferramenta vazia na mão. Ele disse que queria nos contratar permanentemente, depois saiu do barco e voltou em poucos minutos com jornais enrolados contendo pão fresco. Ele nos deu duas baguetes e um pote de mel. O restante, ele deu para Emile e o imediato.

Partimos o pão e o mergulhamos no mel. Tinha gosto de noite e do capim que alimentava as vacas. Gosto de cais de madeira. Era doce e delicioso, e Jack se inclinou e me beijou, os lábios com gosto de mel.

Já era quase de manhã quando o barco nos levou de volta ao ponto de partida. Ficamos amigos de uma parte da tripulação. O primeiro raio de luz iluminou uma faixa do rio, que ficou dourada. Isso me fez lembrar de quando eu era criança. Eu me lembrei de um dia que fui esquiar, e o mundo ficou quieto por um momento, de uma forma tão verdadeira e tão impaciente quanto eu me sentiria se entrasse em casa, para ficar aquecida e em segurança. Era difícil deixar o mundo exterior, me despedir de todo o ar gelado, do vento e da liberdade. Eu sempre me sentia uma traidora ao entrar, como se eu virasse as costas para um amigo querido. E eu estava sentindo isso agora. Quando saí do barco para o chão sólido do píer, eu me senti cercada pela minha infância.

— Obrigada — falei a Jack, depois de nos despedirmos da equipe. O capitão brincou novamente sobre nos contratar. Ele disse alguma coisa, a tradução não era muito clara, sobre o trabalho render mais conosco do que com Emile. O rapaz abriu seu sorriso de coelho. Em seguida, acabou.

— Foi uma noite incrível.

— Eu gosto da forma como vive, Jack.

— Antes — ele disse —, quando observamos o Raef e a Constance...

Eu me virei e olhei para ele.

— Sei o que queríamos dizer um ao outro. Eu sei. Mas não quero me apressar. Não quero dizer uma única palavra para você que não seja verdade.

— Tudo bem, Jack.

— Estou repleto de você, Heather.

— Também me sinto assim.

— Não quero dar um nome para isso ainda. Seria muito fácil e previsível. Quero que tudo aconteça naturalmente.

— Então você estava prestando atenção? — perguntei e empurrei meu ombro no dele.

— Eu tentei.

— Agora você tem que me comprar um bom café da manhã.

— Sempre terminamos com café da manhã.

Ele pegou minha mão. Descemos a doca e, quando nos viramos para acenar e nos despedir da tripulação, descobrimos que não foram eles que haviam nos chamado, mas sim uma gaivota.

27

12 de julho de 1946

Cheguei a um pequeno acampamento perto de Vallorbe, na Suíça. Estou exausto e mal sinto que posso ficar de pé. Um amigo sugeriu que eu visse a Fortaleza Col de Jougne. O lugar foi esculpido em pedra e existe até hoje para se proteger contra invasões. Esse amigo — um homem magro do Brooklyn chamado Danny — disse que era uma maravilha da engenharia. Gosto dessas coisas, mas agora meus pensamentos estão cheios de saudade, e eu gostaria de estar em casa. A luz da noite sempre me faz lembrar da fazenda. Meu coração está pesado e eu gostaria de poder libertá-lo de alguma forma.

— Aconteceu aqui, eu acho — Jack falou, apontando para as ruínas à nossa frente. Eu nunca tinha visto uma construção que tivesse sido bombardeada e depois abandonada. Era possível dizer que ali estava o esqueleto do que um dia fora um prédio, mas que hoje não mantinha mais sua identidade, a casca vazia de algo outrora vital, agora com suas entranhas completamente espalhadas. Se Jack não tivesse seguido o diário do avô e não tivéssemos nos informado nos dois lados da fronteira franco-suíça, nunca teríamos encontrado o lugar. A floresta circundante havia recuperado muito do trabalho em pedra e da armação enferrujada que aparentemente servira para cobrir o telhado. Bétulas, em grande parte ainda jovens, lançavam uma luz borrada nas relíquias da fábrica. Uma brisa fria se abateu no lado sul, ao longo dos Alpes. Raef e Constance haviam ido para a Espanha, para um festival de jazz. Jack e eu estávamos sozinhos.

— Ele ficou aqui?

— Foi aqui. Ele descreveu o prédio bombardeado. Ele estava exausto, foi o que disse. Seu coração estava pesado.

— Você pode sentir um pouco disso, não é? Consegue sentir algo horrível acontecendo aqui.

Jack assentiu. Seus olhos analisaram tudo, procurando entender o que havia se passado naquele lugar. Ele se agachou ao lado de uma pilha de tijolos, procurando por nomes, qualquer pista sobre a história do prédio.

— O que funcionava aqui? — perguntei, descendo com cuidado o antigo caminho de carroça esburacado. Ao que parecia, o lugar estava abandonado havia séculos.

— Uma fábrica de cordas. Meu avô disse que três famílias moravam aqui, no edifício queimado. Ele lhes deu um pouco de suas provisões e eles lhe deram café, que era um verdadeiro luxo na época. Ele achou que as famílias haviam roubado o café, mas não disse nada. No diário, escreveu que o café tinha um gosto horrível, mas que serviram com tanto orgulho que ele fingiu gostar.

— Você realmente amava seu avô. Isso transparece em tudo que você faz.

— Ele foi bom para mim. Nós nos entendíamos muito bem.

— Como ele veio parar aqui?

— Sinceramente, não sei. Acho que ele pegava carona sempre que possível. Ele caminhava bastante e viajava muito de trem. Não posso reconstruir tudo porque nem sempre ele escrevia sobre como tinha chegado aos diferentes locais. Acho que foi ver o que a guerra tinha feito ao mundo. Estava viajando para casa, mas não sei por que ele foi para um lugar ou outro.

Jack se levantou e usou a ponta do sapato para empurrar mais tijolos.

— Acho que o meu avô ficou, pelo menos, uma semana em Berlim. Imagino que ele tenha achado horrível e fascinante. Tudo, cada pedacinho de vida, teve de ser reexaminado. Não tinha como acreditar novamente nas mesmas coisas sobre os seres humanos. Simplesmente não era possível. Ele diz isso muitas vezes no diário.

— Então ele veio aqui depois de Berlim?

— Com algumas paradas no caminho. Não veio direto.

Circulamos o edifício, coberto de mato e arbustos. Tínhamos de ser cuidadosos, porque não sabíamos ao certo o que estava sob nossos pés. Jack parou várias vezes para inspecionar as poucas pilhas de pedras ou tijolos que mantinham alguma aparência de estrutura. Mas a floresta havia consumido todo o prédio. Bétulas e álamos tremulavam à luz do início do outono. O que quer que tivesse ocorrido ali, após uma guerra mundial, fora reivindicado pela terra. O cenário me pareceu um digno memorial.

Jack ficava diferente quando procurava por lugares mencionados no diário do avô. Ficava mais sério. Já havíamos descoberto dois desses lugares durante a viagem. Este era o terceiro. Era como se ele tentasse se conectar com o avô, viajar no tempo para entender como ele pensava.

— Bem, é melhor irmos — ele falou, parando no caminho esburacado com as mãos nos quadris. — Não há nada para ver aqui.

— Quando você quiser, Jack. Sem pressa.

— É estranho, para mim, pensar nele aqui. Não sei por quê. Sinto como se ele tivesse sofrido.

Assenti.

— Talvez ele estivesse com medo de ir para casa — Jack continuou. — Talvez essa jornada fosse parte disso.

— Por que ele teria medo?

Ele deu de ombros. Vi que estava emocionado. Resisti ao impulso de consolá-lo. Partiu meu coração vê-lo tão angustiado. Jack amava seu avô e era obcecado por essa jornada que ele fizera após a guerra. Mas alguma coisa não se encaixava, ou encaixava de uma maneira que ele achava perturbadora, e eu não podia perguntar sem me intrometer. Decidi desde o começo que, se ele quisesse me dizer, ele o faria, e não seria eu a sondar ou perguntar.

— Acho que estou pronto. É melhor encontrarmos um lugar para ficar.

— Tudo bem, Jack.

— Obrigado por vir comigo.

Acariciei suas costas.

— É um mistério. Não entendo o que ele estava procurando.

— Você disse que não achava que fosse uma coisa, certo? Talvez nem ele soubesse o que estava procurando.

Jack assentiu.

— Você pode tirar algumas fotos? — ele me perguntou.

Peguei o celular e tirei uma dezena de fotos. Como Jack não foi específico, tentei ser o mais abrangente possível. Não lhe perguntei por que podíamos tirar essas fotos, mas não podíamos registrar os momentos em que estávamos nos divertindo. Acho que ele teria respondido que usaria as fotos em suas pesquisas.

Saímos no fim do dia e chegamos à hora do jantar em Vallorbe, na Suíça. Jack queria visitar a Fortaleza Vallorbe, o forte que seu avô havia descrito no diário. O lugar ficava nas montanhas Col de Jougne, uma viagem fácil no dia seguinte. Era muito tarde para investigar isso aquela noite, então achamos um restaurante e pedimos o prato do dia.

E foi aí que brigamos novamente. A nossa própria Segunda Guerra Mundial.

28

Há um milhão de anos, minha família seguiu para o oeste rumo a Yellowstone, de férias. Eu tinha doze anos. Quando chegamos a Nebrasca, meu pai colocou na cabeça que devíamos ver os grou-canadenses em sua migração anual. Era a estação adequada, e ele alegou que ninguém menos que Jane Goodall, a famosa especialista em primatas, recomendara como uma das grandes migrações de animais. Minha mãe simplesmente deu de ombros e lá fomos nós. De qualquer maneira, era mais ou menos no caminho.

Eu me lembrava das aves, mas me lembrava ainda mais da aproximação de uma tempestade nas vastas planícies de Nebrasca que encontramos na I-80 no final da tarde. Ela veio do oeste e bloqueou tudo. Estávamos dirigindo, brincando de identificar as placas dos carros, quando de repente meu pai se aproximou do para-brisa, olhou para cima com uma expressão estranha e disse:

— Estamos prestes a ter uma pequena mudança de clima.

Eu havia sentido o gosto da tempestade na boca, pressentindo-a nas terminações nervosas das mãos. Nosso carro se transformou em uma agulha que perfurou a nuvem de chuva até que, finalmente, entendemos sua natureza.

— É um tornado? — minha mãe perguntou, com a mão estendida no para-brisa, a outra segurando uma câmera.

Meu pai balançou a cabeça, se aproximou para olhar para cima e repetiu:

— Estamos prestes a ter uma pequena mudança de clima.

Essa foi a frase que me veio à mente quando Jack ficou nublado.

Estávamos juntos, tomando um prato de sopa e esperando que o garçom enchesse nossa taça de vinho quando, subitamente, reconheci que uma tempestade se aproximava, sem que eu pudesse fazer ou dizer nada para impedir sua devastação. Jack sorriu. E então o tempo nos levou.

— Quero saber o que o dia seguinte me reserva. Bem, nem tudo, mas pelo menos um pouquinho — falei, o pescoço enrubescendo. — Quero ter pelo menos essa opção. Será que isso é uma coisa tão horrível?

— É só... — Ele sorriu e desviou o olhar.

O que estava acontecendo?, eu me perguntei. Como havíamos passado dessas semanas realmente adoráveis, viajando juntos sem problemas, para chegarmos, de repente, em um delicioso restaurante turístico, com toalhas xadrez e tigelas de sopa penduradas em ganchos nas paredes como decoração, à beira de outra discussão? *Estamos prestes a ter uma pequena mudança de clima*, pensei, enquanto Jack se tornava mais intenso e se inclinava para a frente em sua cadeira.

— Isso não tem nada a ver com Nova York — ele falou. — Nada a ver com Nova York ser uma prisão que construímos para nós mesmos. Trata-se de um jeito de viver e encarar a vida.

— Você parece muito jovem quando fala assim.

— Assim como?

— Quando fala esse tipo de coisa. Você não acabou de dizer que Nova York pode ser algo bom para você em termos de carreira? Que poderia ser um lugar onde você poderia começar sua escalada para dominar o mundo como jornalista? Você acabou de dizer isso, Jack. Ou estou maluca?

— Não é simplesmente isso ou aquilo. Não funciona assim.

— Nem sei mais o que você está dizendo. Quer ir para Nova York e tentar ficar comigo? Você não é obrigado. Não existe uma arma apontada para a sua cabeça. Temos conversado sobre isso, mas ainda não estamos casados, não é mesmo?

— Estou preocupado com o significado disso.

— Disso o *quê*?

Ele sorriu novamente. Percebi que odiava o sorriso dele nesses momentos. Não era bem um sorriso, nem um grunhido disfarçado.

O garçom voltou com mais vinho. Sorrimos para ele. Tínhamos muitos sorrisos para distribuir. Jack disse algo em francês. O garçom sorriu. Eu me perguntei se devia me levantar e fingir que precisava ir ao banheiro, fazer qualquer coisa para mudar o rumo daquela conversa.

Ao mesmo tempo, senti meu coração se partir.

Quando o garçom se afastou, Jack tomou um gole da bebida e suspirou.

— Você foi o meu maior medo — ele disse. — Foi mesmo. Você, Heather Christine Mulgrew.

— Eu? Por quê?

— Uma pessoa como você. Alguém a quem eu gostaria de me unir. Eu não queria conhecer ninguém como você. Eu tinha um bom plano, tinha seis meses para viajar. Acho que é por isso que estou reagindo.

— Você ainda pode seguir seu plano.

— Talvez eu não queira mais. Talvez seja por isso que estou tão confuso.

— Jack, estamos criando um problema onde não existe. Você pode continuar a sua viagem. Não vou te culpar por isso. Não mesmo. Pode até facilitar as coisas para mim. Posso me estabelecer em Nova York...

— Mas tem um problema, sim. Você sabe disso. Você está trocando liberdade por segurança. Está trocando este mundo enorme — ele disse e apontou para o restaurante com a mão direita — por um emprego das nove às cinco, não importa o quanto você seja bem paga. Está trocando, por livre e espontânea vontade, alguma coisa pela sua vida. Nós dois conhecemos essa vida. Sabemos seus encantos e perigos. É previsível. É por isso que as pessoas se sentem atraídas a viver assim.

Tentei ficar calma. Ele parecia agitado com suas ideias. Se eu não estivesse ao lado dele o dia todo, talvez me perguntasse se ele esteve bebendo. Tentei me lembrar de como os grou-canadenses pareciam quando finalmente os alcançamos. Eles eram mais impressionantes, em muitos aspectos, do que Yellowstone. Tinham caído do céu como pipas de origami, com as asas estendidas, os pés se movendo um pouco para equilibrar e levantar voo. Suas grandes asas se movimentavam como teclas de piano no ar, e eles gritavam melancolicamente, procurando por seus companheiros antes mesmo de aterrissarem, a vasta planície do Nebrasca enviando partículas de grama e poeira para a luz do sol para colori-la.

Em algum lugar fora do que Jack me disse, os grou-canadenses esperaram. Mas, naquele momento horrível, a tempestade nos dominou e não pudemos deixá-la.

❧❀❧

Forcei-me a tomar minha sopa devagar. Estava muito salgada, mas não me importei. Endireitei as costas e a tomei, o líquido viajando pela minha boca. O garçom passou e verificou se estávamos bem. Sorrimos para ele. Era um garoto jovem, talvez dezoito anos, com cabelos desgrenhados e uma gravata de caubói texano. Por que ele usava aquilo?

— Não é melhor pararmos com essa discussão? — perguntei depois de um tempo. — Parece que é um ponto de conflito para nós.

— Sinto muito. Acho que esse é o meu demônio pessoal, certo?

— Só para eu entender, você está preocupado em perder algo juntando sua vida, seja lá o que isso significa, à minha? É isso?

— Não sei.

— Você tem que saber, Jack. Não quero dizer que tem que saber neste minuto, mas em algum momento você tem que saber, certo?

Ele bebeu mais vinho e empurrou o prato de sopa.

— Está salgada — falou.

Eu assenti.

— Na última vez que brigamos, nós meio que explodimos. Não quero fazer isso de novo. Quero que sejamos honestos um com o outro. A última coisa no mundo que quero fazer é te convidar para ficar comigo em Nova York se não é isso o que você quer.

— O problema é que eu quero. É por isso que eu disse que não queria conhecer alguém como você. Não agora, talvez nunca. Uma parte de mim se sente atraída por tudo isso. Por você. Mas outra parte, essa que não consigo entender, quer que eu continue experimentando coisas novas.

— Podíamos fazer isso juntos. Já estamos fazendo. Estamos viajando juntos e vendo coisas novas todos os dias.

— Eu sei. É verdade.

— Você me fez olhar para a minha vida e como eu a conduzi. Você não está seguindo o que eu planejei para a minha vida, Jack. Eu nem preenchi aqueles formulários idiotas do banco ainda. Eu não deixo de fazer esse tipo de coisa, pode acreditar. Meu foco é mais amplo agora. Você me fez refletir sobre as minhas escolhas, e isso não é fácil. Você também mudou os meus planos.

O garçom veio, levou nossas sopas e as substituiu por costeletas de porco. Eram a especialidade da casa. Eu não estava a fim de comer aquilo, mas sorri de qualquer maneira e disse a Jack que parecia bom. Ele alcançou a mesa e pegou a minha mão.

— Tive um amigo chamado Tom, Heather. Ele era um cara mais velho, uns quarenta e poucos anos. Era um ótimo rapaz. Ele era meio que um mentor para mim. Trabalhei com ele naquele jornal. Ele queria mais ou menos as mesmas coisas que eu. Queria ser jornalista, tudo isso. Então, um dia, quando estava se barbeando, encontrou um caroço logo acima da clavícula. Ele foi ao médico, que o diagnosticou com câncer e, nove meses depois, ele estava morto. Não sei se já compreendi o que isso fez comigo. Mentalmente, quero dizer. Ele passou de um cara de quarenta e poucos anos, perfeitamente saudável, para um paciente com câncer em questão de semanas. É difícil superar essas coisas, ver isso acontecer com alguém tão próximo. Então eu prometi para mim mesmo que experimentaria tudo que pudesse. Sei que é impossível, eu sei, mas também sei que vamos morrer um dia, e isso não vai demorar tanto assim quanto imaginamos. Isso pode acontecer a qualquer momento. Confie em mim, ouvi a morte bater quando Tom ficou doente. Uma coisa é saber com certeza que um dia vou morrer, mas, quando isso se torna uma possibilidade real, então algo muda. Isso muda a gente, Heather, acredite em mim. Sei que estou morrendo. O Tom me ensinou isso. É um problema meu, não seu. É uma preocupação minha. Você é perfeita. Se tem alguém no mundo com quem quero estar, é você. Mas não tenho certeza do que posso te oferecer.

Ele manteve minha mão na dele. E ficou vermelho.

— Certo — falei, depois de uma longa pausa. — Entendi. De verdade.

Mas não entendi. Eu não conseguia pensar. Não podia juntar duas palavras. Bebi o vinho. Meu cérebro tentou fugir para se esconder em algum lugar fora dali. Ele estava terminando comigo? Estava dizendo que tinha sido divertido, que éramos ótimos enquanto me dizia para eu não ficar ligada a ele? Se era isso, ele estava atrasado.

— Você está bem? — ele perguntou.

— Claro. Só estou triste.

— Eu não quis dizer...

Levantei com cuidado. *Equilíbrio*, me lembrei. Precisava ficar longe dele. Eu precisava de tempo para pensar. Minha nuca parecia arder em chamas.

— Sinto muito pelo câncer do Tom, Jack. Sinto mesmo. Lamento que ele tenha morrido. Tenho certeza que foi um choque e que ele era um cara ótimo. Com certeza, é algo difícil de superar. Mas, mesmo assim, não é um passe livre para magoar outras pessoas. Você não pode fazer isso. Não pode pensar nas pessoas como uma experiência. Não assim. Não pode fingir que está apaixonado e, em seguida, desistir porque nunca quis se envolver. Isso é usar as pessoas. Você pode falar sobre Nova York, sobre construir prisões e fazer escolhas que o limitam, mas você brinca sobre se casar e qual seria o meu nome, e o tempo todo está se perguntando como pode sair dessa e continuar a sua caminhada. Bem, não pense nisso. Continue sua busca, Jack. Não quero ficar no seu caminho.

— Heather...

— Eu não estou brava. Sinceramente, não estou. Mas também não sou uma armadilha. Não sou um beco sem saída que você precisa evitar. Sabe onde está a verdadeira prisão? Na sua mente. Vivemos em nossa mente, Jack, e você pode viajar sem as pernas, mas tudo ainda vai estar dentro do seu cérebro quando o dia acabar. Você me fez pensar que seria bom ter alguém junto para assistir a um filme, ficar ao lado comendo pipoca e assistindo ao mesmo programa para poder discutir a respeito depois e comparar opiniões. Mas, se isso não é o que você quer, se ser livre significa assistir ao filme sozinho, tudo bem, eu entendi. Boa sorte com isso.

Sem alarde, saí do restaurante. Certifiquei-me de não sair intempestivamente, não mostrar impaciência em minha caminhada. Além disso, não me sentia zangada. Só senti que tinha um buraco no coração. Prendi a respiração e fingi que estava no fundo de uma piscina. Mantive o queixo para cima e tentei não olhar para os lados. Uma pequena parte do meu cérebro começou a enviar mensagens e fazer perguntas — *Onde está a minha mochila, para onde eu vou, onde está a Constance, como posso chegar até ela?* Minha cabeça começou a doer. Eu queria chorar, mas não me permitiria.

Quando saí, percebi que estava frio. Muito frio. E as montanhas me disseram que era quase hora de ir para casa.

29

Eu não saí correndo e fui embora. Partidas dramáticas custavam dinheiro, e eu estava com os últimos centavos do meu orçamento. Além disso, eu não sabia para onde queria ir, como queria chegar lá, qual deveria ser o próximo passo. Tínhamos um quarto em um hotel barato, e eu precisava de um lugar para ficar. Simples assim. É preciso ter um teto sobre a cabeça. Essa era a primeira regra. Era hora de ser prática. Decidi que não odiava o Jack e que ele tinha o direito de se assustar com a doença do amigo. Ele agiu mal ao me envolver, mas não foi a primeira pessoa no mundo a cometer um erro. Eu mesma cometi muitos. Disse a mim mesma que devia ficar aliviada. Eu tinha muito que fazer em Nova York. Coisas demais, na verdade. De volta ao quarto, peguei o iPad e respondi a todos os formulários, pedidos e e-mails que esperavam por mim enquanto eu viajava pela Europa com Jack. *Eu perdi o foco*, refleti. Jack também havia perdido o foco, à sua maneira. Não precisávamos ser inimigos. Era só uma questão de ênfase.

Vesti meu pijama e um agasalho com capuz da Amherst.

Então prendi a respiração por um tempo. Ajudou. Depois, apoiei os travesseiros atrás de mim e li Hemingway. Hemingway, refleti, deixou sua primeira esposa para ter experiências maiores. A maior delas foi uma mulher chamada Paulette, Pauline ou algo assim. Era uma questão de ênfase. Todo mundo tinha que decidir onde apostar suas fichas.

Apaguei as luzes. Eu não tinha certeza se conseguiria dormir.

Jack entrou em silêncio cerca de uma hora depois. Usou a lanterna do celular para se guiar. Mantive os olhos fechados.

— Podemos conversar? — ele perguntou suavemente. — Heather, você está acordada? Podemos conversar?

Considerei fingir que estava dormindo, mas qual era o sentido disso? Alcancei a luminária ao lado da cama e a acendi. Jack se sentou e colocou a mão na minha perna. Empurrei os travesseiros e tentei afastar o cabelo do rosto.

— As coisas não foram bem — ele começou. — O jantar, quero dizer.

Dei de ombros.

— Acha que podemos consertar isso? — ele perguntou.

— Eu não vejo como. Não do jeito que era antes.

— Sinto muito por ter sido incerto a respeito de ir para Nova York com você. Não quero perder o que temos. Estou atraído por você, Heather, mas estou com medo do que isso significa. Eu era como você alguns anos atrás. Eu me importava com promoções e em crescer profissionalmente, mas, um dia, o Tom veio até mim e explicou o que tinha acontecido. Com a morte dele, percebi que não fiz as coisas que queria fazer. Sei que parece melodramático, mas prometi a mim mesmo que nunca mais passaria nem mais um dia enfiado em um escritório. Eu me perguntei se queria mudar minha vida, se eu podia fazer isso. Fiz esta viagem, propus a mim mesmo esta missão de acompanhar o diário do meu avô, na esperança de que isso me ajudasse, da mesma forma que o ajudou. Então eu te conheci.

— Jack, não sei o que significa ver um amigo morrer dessa maneira. Não de verdade. Mas você tem que entender que você é livre, pode fazer o que é preciso. Você não me deve nada.

— O problema não é dever, Heather. Me desculpe por ser tão ruim em ter essa conversa. Continuo dizendo coisas que não são exatamente o que quero dizer.

— Estou ouvindo, Jack.

Ele respirou fundo. Eu podia ver que ele queria dizer as coisas de forma clara.

— Não é exatamente só sobre você. É sobre trabalho e conseguir voltar ao jornalismo. É uma série de coisas. Tem a ver com a morte do Tom também. Ele tinha um cateter no peito e uma quantidade absurda de interferon era bombeada no sangue dele. Isso durou muito tempo, e ele passava mal todos os dias. Fiquei arrasado vendo meu amigo daquele jeito. Isso me fez perder a confiança no mundo. Sinto muito que você tenha sido envolvida nessas reflexões, mas é isso, não é sobre nós.

— Eu entendo, Jack. Você não precisa se explicar para mim nem para ninguém. Acho que vou para Paris. Vamos partir logo, e o meu dinheiro está acabando. Já avisei a Constance. Ela vai chegar da Espanha em breve.

— Vou junto. Quero estar em Paris com você.

— Não tenho certeza se é uma boa ideia.

— Mas conversamos sobre ir a Paris juntos.

— Conversamos sobre muitas coisas. Eu não vou te enganar, Jack. Estou me apaixonando por você. Sei que parece bobo, mas você me tira o fôlego. É como eu me sinto. Não sei se teríamos sido perfeitos, mas eu estava disposta a tentar. Não vou ficar com você como o fim de qualquer coisa. Vi isso como um começo. Emocionante. Quero continuar viajando. Vou ao Japão e à Indonésia, vou viajar o mundo inteiro, para falar a verdade. Sim, vou trabalhar e cumprir minhas obrigações no escritório, mas vou ficar feliz em fazer isso. Faz parte da minha vida. Pensei que você poderia ser parte dessa vida também. Na verdade, era o que eu esperava. Mas, se não é para ser, tudo bem. Dói, mas vou aceitar. Ainda amo o que tivemos aqui.

— Só preciso de um pouco mais de tempo.

— Tempo para quê? Não me parece muito razoável. Nem prático. E só vai aprofundar as coisas, não é? Não quero te dar um ultimato, mas acho que estamos caminhando para um final. Significa muito para significar só um pouco. Não posso manter as coisas de um modo casual neste momento. Se tivéssemos nos conhecido em uma cidade nos Estados Unidos, poderíamos continuar namorando e deixar o tempo nos ajudar a decidir o que fazer. Mas esse não foi o nosso destino, não é? Nós nos encontramos em um trem indo para Amsterdã. Talvez passar muito tempo juntos, viajar e tal tenha aumentado a aposta. Talvez tenha apressado as coisas sem que soubéssemos. Não sei direito. Estou cansada de pensar nisso, Jack. Logo vou ter que voltar para casa. Quero ver Paris mais uma vez antes de ir, porque sempre amei Paris antes mesmo de conhecê-la. Mas não quero ir para lá com você. Não mais. Não se você vier me ver em um avião. Não quero me lembrar de Paris como o lugar onde fui e terminei com um amor. Lembra que muito tempo atrás você me perguntou o que eu gostava em Hemingway, e eu disse que gostava da tristeza dele? Bem, eu gosto disso, mas não quero trazer essa tristeza comigo para Paris.

Ele olhou para mim por muito tempo sem falar nada. Então, lentamente, tirou os sapatos. Depois se inclinou e colocou a cabeça ao lado da minha nos travesseiros. Eu me virei para ele. Nossos rostos descansavam a centímetros de distância.

— Eu escolho você — ele sussurrou e acariciou minha bochecha. — É o que eu quero. Eu escolho você. Você me devolveu um pouco da esperança que eu perdi ao longo do caminho. Será que ainda pode me aceitar?

Eu assenti. Não tinha dúvidas do que eu queria.

— Você tem certeza? — perguntei. — Não diga mais esse tipo de coisa se não estiver falando sério. Não podemos ter essa conversa de novo.

— Vamos para a Itália primeiro, depois para Paris. Temos tempo e quero ver uma última coisa do diário. Então eu vou para Paris com você e depois para Nova York. Ainda não sei tudo, mas sei que quero estar com você. Me desculpe se tenho sido difícil. Não quero ser. Eu estava com medo, Heather. Talvez eu tenha dito a mim mesmo para não ter muitas esperanças, mas então você apareceu.

— Você também me mudou, Jack. Você me fez questionar algumas das minhas suposições e me fez ir mais devagar. Aprendi com você. Estou pensando em me livrar da minha Smythson.

— Não tenho certeza se o mundo está pronto para uma Heather Mulgrew sem sua agenda Smythson.

— Eu sou uma nova Heather. Mais livre. Espere e você vai ver.

— Nós vamos encontrar um meio-termo.

— Sim, esse é o plano.

Seus olhos franziram. Ele me beijou levemente, os lábios mal descansando nos meus.

— Você deve estar morrendo de fome — ele disse. — Não comeu nada no restaurante.

— Estou faminta.

— E se eu te dissesse que eu tenho um Ben and Jerry's na mochila?

— Você estaria mentindo.

Ele assentiu, me beijou novamente e um pouco depois adormecemos. Os grou-canadenses não perturbaram meu sono e a tempestade desviou para o leste. Mas o que aconteceu, o que tudo isso significava, ainda não estava claro para mim.

30

— O nome dele é Jack Quiller-Couch, e eu o conheci em um trem indo para Amsterdã... Sim, não, você vai gostar dele, mãe. Meu pai também.

Falei com ela no trem a caminho da Itália. Jack foi para o vagão do bar. Pela primeira vez, o trem estava vazio. Tivemos o luxo de ter dois assentos a nossa frente inteiramente para nós.

— E o que isso significa? Ele vai voltar com você?

Eu seria capaz de apostar que agora minha mãe tomaria uma xícara de chá. Eu sabia que ela estava sentada no solário, seu lugar favorito no verão, a sala cheia de plantas e gerânios. Ela amava gerânios.

Eu a ouvi agindo de forma deliberada. Ouvi a desconfiança a respeito de Jack em sua voz — de tudo o que Jack representava —, mas sabia que ela estava tentando ser maternal e calma, e isso só piorava as coisas.

Essa era a conversa que eu temia. Se Jack fosse comigo, significava que ele ficaria em nossa casa, pelo menos por um tempo, e eu queria esclarecer isso com a minha mãe.

— Em que sentido? — perguntei, principalmente para me dar tempo para pensar

— Bem, eu não sei, Heather. Quer dizer, vocês dois tem algum tipo de compromisso?

— Não, mãe. Não é assim.

— Mas ele vem com você?

— É o que pensamos.

Ela não disse nada. Ela era a mestra do silêncio. Nunca facilitava as coisas. Fazia uma pausa longa o suficiente para me deixar envergonhada, e então geralmente eu contava mais alguma coisa para matar o silêncio.

Tentei esperar por ela, mas não consegui.

— Estamos viajando juntos — expliquei. — Fomos à Alemanha, Polônia e Suíça, mãe. E como falei estamos indo para a Itália agora. Nós nos preocupamos um com o outro. Estamos decidindo o que isso significa.

— Entendo.

— Não tenho certeza de que você *entende* — falei, piscando um pouco. — Ele é um cara maravilhoso. É muito bonito. Ele é de Vermont. Passou a maior parte da vida em uma fazenda.

Mais uma vez, a mamãe dinossauro fez seu papel de mestra do silêncio.

— E acho que estou apaixonada por ele, mãe. Você entende? Acho que eu o amo. Acredito que podemos ser certos um para o outro, assim como você e o meu pai são.

Senti que estava prestes a chorar.

O trem continuou a seguir. As montanhas e pinheiros do lado de fora da janela ocasionalmente exibiam fantasmas pálidos de neve e gelo.

— Então, quando você voltar para casa, ele virá com você? — minha mãe perguntou.

— Sim, mãe. O Jack vai comigo.

— Vocês estão planejando morar juntos?

— Não sei. Não discutimos esse tipo de coisa.

— Mas se ele vai voltar para casa com você...

— Eu entendo, mãe. Entendi o que você está perguntando. Existem alguns assuntos práticos que precisamos resolver. Faremos isso. Vamos estabelecer um plano. Lamento soltar essa bomba desse jeito. É tudo novo para mim também, então não tenho todas as respostas. Mas eu queria que você soubesse o que está acontecendo.

— Estou feliz que você tenha me contado. Mas, sabe, você podia ter trazido só uma lembrancinha. Não precisava ir para a Europa e trazer um homem para casa com você.

Respirei fundo. Foi uma piada. Imaginei que ela quis tornar o momento descontraído.

— Quero que você fique feliz por mim, mãe.

— Eu estou feliz, querida.

— Não feliz assim, me julgando. Não sei se o que estamos fazendo é a coisa certa, mas parece que é. Não estou me precipitando, acredite em mim. Não estou perdendo a cabeça. O Jack é real, tão real quanto qualquer coisa. E ele vê o mundo de uma maneira muito bonita. É diferente da maneira como eu vejo, mas nos completamos a esse respeito. Não sei. Estou cansada de ser tão organizada em relação a tudo, mãe. Sinto que tenho feito isso a vida toda. O Jack tem uma maneira mais livre de encarar a vida, e eu amo isso nele. O mundo parece mais aberto com o Jack ao meu lado. Parece mesmo. Pensei sobre todas as objeções possíveis. Somos muito jovens, não estamos estabelecidos... Existem mil argumentos válidos, mas é sempre assim, não é? Você me ensinou isso. Às vezes, você tem que aceitar o que a vida te dá. Por favor, diz que você entende, mãe.

— É claro que eu entendo, querida — ela disse, e foi a boa mãe, calorosa, a mãe perfeita que tirou uma foto minha com minhas amigas, captando toda aquela esperança, foi aquela que talvez me entendesse melhor do que qualquer pessoa.

Posso até imaginar a conversa dela com meu pai mais tarde.

A Heather conheceu alguém.

Alguém?

Um garoto. Bem, acho que não é mais um garoto. Um jovem rapaz.

E...?

Meu pai sentado em sua cadeira, talvez assistindo a um jogo dos Yankees, talvez bebendo um uísque escocês no solário com ela.

E ele vem pra casa com ela.

O olhar de pai. A observação lenta. Suas sobrancelhas se erguendo de maneira interrogativa.

Ela vai começar em um novo emprego, ele vai dizer.

Minha mãe vai assentir.

Hummm.

Ele vai olhar para a tevê, para o sol se pondo, vai levantar o copo e tomar um gole.

Então vai achar que as peças não estão se encaixando e vai pensar que eu estou sendo precipitada. Até se perguntar o que eu estaria pensando.

☙◦✦◦❧

— Como foi? — Jack perguntou, sentando-se no banco em frente ao meu e me entregando um chocolate quente. Estava bonito e descansado. Ocorreu-me então que eu sabia como ele dormia, como se sentia a cada dia.

— Acho que foi o melhor que poderia ser, considerando a situação. É muito para contar a eles.

— Bom. Me dê seus pés que vou massageá-los. É o mínimo que posso fazer.

— Meus pés estão imundos.

— Aceito essa condição.

— Você tem um fetiche por pés. Está ficando cada vez mais claro.

Tomei meu chocolate quente. Estava muito bom. Ele deu um tapinha nos joelhos para eu colocar os pés para cima. Fiz o que ele pediu. Disse a ele para deixar as meias.

— Quando você vai ligar para os seus pais? — perguntei.

— Ah, não somos esse tipo de família.

— Como assim?

— Não sei. O tipo que realmente gosta um do outro.

— Mais patologia?

— É o que me dá vantagem. Você conversou com seus pais?

— Só com minha mãe. Mas é o mesmo que falar com os dois. Eles sempre dividem tudo.

Ele atingiu um nervo no meu dedo e meu pé pulou um pouco. Estávamos de volta ao nosso equilíbrio. E era ainda melhor, porque agora as cartas estavam na mesa. Pela primeira vez, começamos a falar sobre Nova York não como um destino hipotético, mas como um lugar onde pretendíamos viver. Isso mudou as coisas para nós dois.

— Com sono? — ele perguntou. — Às vezes uma massagem nos pés me deixa assim.

— O que vamos fazer na Itália?

— Comer espaguete. Explorar.

— Vamos até a Itália para comer espaguete?

— Parece muito ruim quando você diz isso dessa maneira.

— Seu avô foi até lá?

Ele assentiu.

— Depois Paris? — perguntei.

— Depois Paris. O Raef e a Constance vão estar lá. E então a viagem vai acabar. Bem assim.

— Vai ser bom vê-los.

— Gostaria que eles pudessem se encontrar com a gente na Itália.

— Acho que não vai dar tempo. Já te falei que eu costumava pensar que Veneza ficava em Vênus? Que era um lugar em um planeta diferente?

— E você tem um diploma da Amherst.

— Acho que foi por causa das letras vês. Não sei. Lembro de ter ficado decepcionada quando uma amiga me disse que Veneza era uma cidade na Itália. No começo, não acreditei nela. Pensei que ela estava mal informada. Achei que os gondoleiros usassem camisas listradas porque era um uniforme espacial.

— Você tem seus momentos esquisitos, Heather.

— Era uma coisa fácil de confundir.

— É como pensar que um aardvark é uma arca de carro. Era isso que eu pensava quando era criança.

— Um aardvark é uma arca de carro? Não posso nem pronunciar isso. É um trava-língua. O que é uma arca de carro?

— Eu achava que, se Noé tinha construído uma arca para os animais, então por que não deveria existir uma arca de carro? Ou, como pensei, um aardvark.

Ele segurou meus dedos. As coisas pareciam leves, felizes e verdadeiras. Ainda estávamos nos olhando quando meu telefone tocou. Olhei para baixo e vi que era meu pai. Mostrei a Jack, ele assentiu e se levantou.

— É todo seu — falou.

Ele me beijou de leve e voltou para o vagão do bar.

31

— Me fale sobre o Jack — meu pai pediu. — A sua mãe me contou que ele vai te acompanhar até em casa.

Meu pai disse "acompanhar". O que fez com que Jack parecesse um empregado.

Eu sabia que ele havia sido informado das novidades pela minha mãe, pela insistência dela para ele descobrir o que tudo isso significava. Era comum esse tipo de atitude em casa. E, cara, eles trabalharam rápido.

— O Jack é um rapaz que eu conheci numa viagem de trem para Amsterdã.

— Ele é americano?

— Sim. Nascido e criado aí.

— A sua mãe comentou que ele era de algum lugar da Nova Inglaterra?

— Sim, Vermont — confirmei.

Eu odiava lhe dar respostas curtas, mas não confiava em mim mesma para ir em frente. Naquele momento, as respostas curtas eram mais apropriadas.

— E quais são os planos dele? Você sabe?

— Sobre o quê?

— Bem, apenas o plano geral. Acho que para a vida. Vocês já tiveram esse tipo de conversa?

— Pai, você está sendo muito intrometido.

— Não é a minha intenção, querida. Me desculpe. Acho que estou curioso. Assim como a sua mãe. Esse é um grande passo. Você acabou de se formar.

— Eu sei, pai.

Tomei um gole do chocolate quente. Decidi não cair em nenhuma armadilha do meu pai. Se quisesse respostas, teria que liderar a conversa. Depois de uma pausa, ele continuou:

— E com o novo trabalho? Por falar nisso, a equipe de Ed Belmont acabou de chegar ao topo. Nas vendas, quero dizer. Saiu em um grande artigo no *The Wall Street Journal*. A propósito, o Jack vai morar com você?

— Não sabemos exatamente, pai. É provável que sim. Só sabemos que queremos estar juntos. Esse é o ponto crucial do nosso plano.

Uma dor de cabeça intensa se alojou como uma bala no meu córtex frontal. Coloquei a xícara de chocolate quente contra a testa, mas não ajudou.

— E qual é a linha dele? — meu pai perguntou.

— Linha?

— O que ele faz para viver.

— Ele tem acompanhado o diário do avô dele pela Europa. Principalmente isso.

— O diário do avô dele?

— O avô dele viajou pela Europa depois da guerra. O Jack está refazendo os passos dele com a ideia de talvez escrever um livro. Ele o amava. O Jack era jornalista antes disso. Trabalhava em um jornal no Wyoming.

Meu pai não disse nada. A ligação fazia o som aumentar e diminuir.

— Certo, acho que você entende, Heather. Sua mãe e eu estamos um pouco preocupados com o momento. Você é jovem, filha, e esse é seu primeiro grande amor.

— Pai, vamos lá, pare. Não estou agindo de forma irresponsável. Não mesmo. Nem o Jack. Não planejamos nos encontrar ou nos apaixonar. Simplesmente aconteceu. Queremos estar juntos. Ele é um ótimo cara. Você vai gostar dele. Jack me faz sentir segura quando estamos juntos. Sei que pode ser um pouco complicado no começo, mas sou boa nisso. E não se preocupe. Ainda estou totalmente comprometida com o trabalho e a minha carreira. Não precisa se preocupar com isso. Eu não vou te envergonhar, prometo.

— Nada do que você faz me envergonha, querida. Nem pense isso.

Não tínhamos muito mais a dizer, pelo menos não sem entrar em um grande confronto. Eu não ia defender o Jack como uma abstração para o meu pai. Eles teriam que se encontrar, se medir e fazer toda aquela coisa maluca de garotos que eu nunca entendi direito.

— Como está o sr. Periwinkle? — perguntei para quebrar o clima.

— Acho que está bem. Não ouvi nada em contrário.

Respirei fundo e tentei moldar meus pensamentos cuidadosamente para o meu pai. Comecei, parei e comecei de novo.

— Pai, não sei ao certo o que tudo isso com o Jack significa. Eu o amo. Sei disso. E acho que ele também me ama. Sei que a questão do momento pode ser um pouco estranha, mas a vida nem sempre é perfeita, certo? Não é isso que você diz? Que a vida é uma batalha constante? Bem, vou começar este novo trabalho e vou dar o meu melhor. Eu prometo. Mas o Jack também é importante. Nós poderíamos adiar tudo, dizer a nós mesmos que o que experimentamos aqui não valeu de nada, mas você não me criou para pensar assim. A vida não acontece em algum lugar no futuro. Você disse isso. Disse que a vida acontece aqui e agora, e é burrice deixar algo bom ir embora na esperança de algo melhor aparecer no futuro. Isso é quase uma citação direta. Então confie em mim. Ele é um bom rapaz. E vê o mundo de uma maneira que me interessa. Formamos um bom time. Talvez as circunstâncias não sejam ideais, mas a vida nem sempre é perfeita, certo?

— Nem sempre é perfeita — meu pai concordou. Era o provérbio dele. Ele tinha que concordar.

— Certo, querida, então acho que é isso. Estamos ansiosos para vê-la em casa. O Jack virá com você até aqui?

— Não conversamos sobre isso ainda, mas sim, se estiver tudo bem para vocês.

— É a sua casa também, querida. Você é sempre bem-vinda.

— E o Jack?

— Se o Jack estiver bem com você, então está bem com a gente também.

— Obrigada por dizer isso.

— Você não devia estar crescendo tão rápido, sabia?

— Não é tão rápido, pai. Ainda me sinto como uma criança de dez anos.

— Bem, acontece com todos de um jeito ou de outro. Tudo bem, vou dar o relatório ao quartel-general. A sua mãe vai querer saber de todos os detalhes. Te vejo em o quê? Pouco mais de uma semana?

— Isso mesmo.

Por um instante, achei que ele tinha desligado. Mas então ele disse uma de suas frases prediletas:

— Você ainda é a minha garotinha, sabia?

— Eu sei, pai. Eu sempre vou ser.

32

30 de julho de 1947

Cheguei a uma bela cidade italiana chamada Finale Ligure. Acho que não é bem uma cidade. É mais como uma aldeia. Fica no litoral, no golfo de Gênova. A guerra não a destruiu como havia feito a outros lugares. Estar perto do ar marinho melhorou meu apetite. Comi duas tigelas enormes de macarrão com molho de tomate no almoço. Depois dormi muito tempo, ao lado do oceano. Tive um daqueles sonos estranhos em que o som das gaivotas toca seus sonhos e mal se distingue o sonho da realidade.

— Estes devem ser os pilares de pedra sobre os quais ele escreveu — Jack supôs com o diário na mão, a cabeça virando de um lado para o outro na frente do café próximo à linha de pilares que agora se elevavam sobre nós. Eram lanças pesadas de pedra espetadas na terra, como se alguém as tivesse jogado. Ninguém parecia prestar atenção a eles, exceto alguns turistas. Um homem baixo e gordo, com antebraços enormes, parou perto de nós e explicou em italiano que os pilares haviam pertencido a um bordel romano, mas tive a impressão de que ele estava nos seguindo. Tentei procurar no Google "bordel romano" e "Finale Ligure", mas o celular estava fora de área. O italiano riu e foi embora. Nós éramos os americanos ingênuos.

— E o nome do café...? — perguntei e peguei emprestado o diário de Jack. Ali estava escrito Café Excalibur. O lugar agora se chamava Café Caprazoppa, em homenagem à grande pedra calcária que formava as montanhas, mas isso não significava necessariamente que não fosse o mesmo café.

— Guarde o diário na mochila, tá? Ei, espere. Aí diz sete pilares, não é?

Procurei a anotação. O avô dele havia desenhado os pilares, tubos grossos de pedra, mas não havia um número no texto que eu pudesse encontrar. Eu o li de cima a baixo enquanto Jack ziguezagueava entre os pilares, olhando para cima. Era final de tarde e os cafés começavam a encher de pessoas para tomar os primeiros drinques.

— No desenho tem sete pilares — falei, observando atentamente as pedras desenhadas no diário. — Mas não vejo isso no texto.

— Imagine que ele estava aqui. Gosto de pensar que ele esteve mesmo aqui.

— Acho que poderia ser em muitos lugares, mas parece que aqui tem todos os ingredientes certos. Não se vê pilares como estes todos os dias.

— Ainda estou imaginando esse fazendeiro de Vermont vagando pela Europa sozinho. É estranho em alguns aspectos.

— O que você quer dizer?

— Bem, acho que o impulso da maioria das pessoas seria chegar em casa o mais rápido possível, mas não o vovô. Não acho que ele tenha deixado a fazenda mais do que algumas vezes pelo resto da vida. É quase como se ele soubesse que queria guardar imagens para se lembrar no futuro. Não sei. É engraçado. Fico me perguntando se ele resistiu em ir para casa por algum motivo.

— Passamos pela abadia beneditina, não é? Fica em Finale Pia, eu acho.

— Por que está perguntando?

— Estou só tentando imaginar a situação.

Ocorreu-me como era diferente viajar com o Jack. Ali estávamos, investigando pilares em uma pequena cidade italiana, quando a maioria das pessoas estaria na praia ou passeando pelas ruínas. Se eu estivesse com Constance, simplesmente teríamos visto os sites sugeridos pelo guia Lonely Planet.

— Você está entediada? — Jack perguntou, com as mãos nos pilares, os olhos voltados para a suave elevação da pedra. — Provavelmente está, não é?

— Estou sempre entediada perto de você, por isso é difícil distinguir uma vez da outra.

— Deve ser.

— Queria aprender mais sobre pilares enquanto estava na Europa. Estava na minha lista de tarefas.

— Logo imaginei.

— Vou tirar algumas fotos suas — falei.

— Você é tão intrometida.

— Se você escrever um livro, vai querer uma foto aqui. E, mesmo que não escreva, você ainda vai querer uma foto sua em pé, onde seu avô esteve.

Jack começou a dizer alguma coisa, depois deu de ombros. Tirei meia dúzia de fotos dele, que sorriu. Ele tinha um sorriso deslumbrante.

— Vou gostar dos seus pais? — ele perguntou quando guardei o celular, mudando de assunto, suas mãos ainda pousadas na pedra.

— Claro. Por que não?

— Eles provavelmente acham que estou atrás do seu dinheiro. Devem pensar que sou o seu gigolô.

— E por que isso estaria errado?

— Então você admite que sou seu gigolô. Foi o que pensei.

— Está tudo bem. Os homens são os melhores acessórios. Pensei que você entendia isso.

— Vamos à praia encontrar um bom restaurante para jantar — ele disse. — Você pode me mostrar.

— Estou sem grana, Jack.

— Precisamos de um bom jantar na Itália. Pelo menos um. Por minha conta.

— E quanto ao vinho? — perguntei, colocando o diário na mochila.

— Muito vinho.

A frase seguinte saiu da minha boca antes que eu pudesse segurar. A pergunta tinha ficado no ar desde a conversa que tivemos na noite do touro mecânico. Não aguentei mais.

— Que tal começar a dizer que nos amamos em voz alta? — perguntei. Observei sua expressão com cuidado.

— Você primeiro — ele disse.

— Não, os garotos sempre têm que dizer primeiro nessa situação.

— Por quê? — ele perguntou, soltando as mãos dos pilares e abraçando a minha cintura.

— É uma das regras do universo. Na verdade, acho que está na tabela periódica.

— Eu te amo, Heather. Aí está. Bem alto. A coisa toda.

— Também te amo, Jack.

— Agora isso é parte de nós. Não podemos voltar atrás. Podemos nos separar, mas não podemos voltar atrás.

— Verdade.

— Parece que te amo de outra vida.

— Sinto o mesmo também.

— Não precisamos parar de nos apaixonar, não é? Podemos nos apaixonar mais e mais.

— E nós vamos.

— Podemos fazer o nosso próprio mundo. Viver como gostamos — ele disse, os lábios perto do meu ouvido.

— Sim — concordei.

Ficamos mais um pouco ali, olhando para os pilares. Gostei do fato de que não sabíamos o seu propósito exato. Gostei de nos comprometermos um com o outro em um lugar onde o avô de Jack estivera. Era uma vila linda, uma perfeita comuna na costa italiana. De certa forma, a vida parecia começar naquele instante, imediatamente depois que nos declaramos um para o outro. Tudo antes disso havia sido um mero prelúdio. Tudo depois seria Jack. Ficamos parados até que um bando de pombos circulou perto de nós e pousou. Eles avançaram, esperando por migalhas, o pescoço cintilante capturando a luz do sol e a tornando verde, azul e amarela.

PARIS

33

Tudo o que você traz a Paris, ela tira de você e usa por um tempo, então lhe devolve. Mas o que é devolvido é alterado, às vezes sutilmente, às vezes de forma mais visível, mas a cidade pega uma pequena parte do que você trouxe e a guarda para si. Paris é uma ladra sorridente, que o deixa entrar na brincadeira, mas igualmente lhe rouba. E você não pode resistir, porque é Paris, e a cidade cai na escuridão às dez horas nas noites de verão, os cafés acendem suas luzes e as ruas se enchem, o cheiro de café, perfume, ovos cozidos e cebolas inundando todos os lugares. Em recompensa pela transgressão, Paris lhe devolve fotos magníficas e belos momentos, sugerindo que você pode ter mais e ir mais a fundo, se aceitar a barganha. Às vezes é apenas a ondulação do Sena que palpita na margem, a boca aberta de um engolidor de espadas em Montparnasse ou o brilho feroz de um viajante levantando a bagagem em uma estação de trem lotada.

Paris é a mão de uma mulher que aceita que um homem acenda um cigarro para ela em uma mesinha redonda sob uma castanheira, trinta minutos antes de uma tempestade.

Avistei Constance a meio quarteirão de distância e meu coração disparou.

Corremos na direção uma da outra — seu olhar incrível como sempre — e nos abraçamos tão forte que quase caímos com o peso das nossas mochilas. Em seguida nos afastamos para nos olhar. E depois nos abraçamos novamente, desta vez ainda mais forte. Então uma coisinha que estava faltando retornou para mim com um grande alívio.

— Você está demais! — falei, porque ela estava mesmo. Ela parecia radiante e feliz, e um olhar me contou tudo o que eu precisava saber sobre como tinha sido seu tempo com Raef.

— Você também! — ela exclamou, e nós nos encaramos, numa corrida maluca para entender o que a outra havia experimentado.

— Você gostou da Espanha?

— Amei — ela falou. — E quanto a Itália?

— Foi maravilhoso. Vimos muito pouco, mas foi ótimo.

— E a Suíça?

Era demais para dizer tudo de uma vez. Percebemos que Raef e Jack se afastaram de nós, nos dando a chance de recuperar o atraso. Nós duas rimos quando ficou claro que os tínhamos ignorado. Abracei Raef e Constance abraçou Jack. Então, por um momento, não sabíamos o que fazer.

— Tenho crédito em um lugar — Raef disse quando nos reunimos em um pequeno círculo, bloqueando o trânsito de pedestres. — Talvez pudéssemos deixar nossas malas com vocês duas enquanto eu e o Jack resolvemos as coisas. Você disse que não se importa se reservarmos um hotel barato?

— É claro que não — respondi e olhei para Jack, que assentiu.

Jack e Raef caminharam conosco até um café perto da estação de trem e nos deixaram com toda a bagagem. Pedimos dois cafés a um garçom idoso, o cabelo branco como uma coroa de louros ao redor das têmporas. O homem assentiu e se afastou. Estendi as mãos na mesa e Constance repousou as dela sobre as minhas.

— E então? — perguntei.

Seus olhos se arregalaram.

— Ele é o homem mais gentil e generoso que já conheci — ela começou, entendendo na hora o que eu queria saber. — Estou tão louca por ele que não sei o que vai ser de mim. De verdade, não sei. Continuo dizendo a mim mesma que isso é loucura, que não pode estar acontecendo, mas então ele faz alguma coisa, algo muito fofo e intenso que me derruba de novo.

— Estou tão feliz, Constance. Muito feliz por você.

— E o Jack?

Assenti.

Ela apertou minha mão. O garçom voltou com nosso café, e ela continuou:

— Fomos para a Espanha, e no começo tive dificuldades com a língua e o ritmo das coisas. Para mim tudo estava indo muito devagar, e eu sentia uma ansiedade louca de continuar, de conhecer mais lugares, mas o Raef trabalhou sua magia em mim. Comecei a me perguntar: "Será que isso é algum tipo de corrida? Um jogo em que alguém ganha um prêmio se visitar mais museus, mais catedrais? Por que nunca pensei nisso antes?" É uma coisa tão óbvia, mas para mim não era, até que o Raef me ajudou a entender um pouco do que eu estava fazendo aqui, em primeiro lugar.

— Eu me senti da mesma maneira com o Jack. Eu tinha essa lista absurda de checar tudo, e parecia que, se eu não ticasse todos os itens, eu teria falhado de alguma forma. Hoje percebo que eu não era uma boa turista. Não estava valorizando totalmente a experiência. Não sei se é algo comum a nós, americanos, ou se é algo meu. Talvez tenha algo a ver com ser uma boa aluna, mas de repente, com o Jack, eu já não me sentia com pressa de chegar a algum lugar que na verdade eu nunca quis ir antes. Não de verdade.

— O Raef quer que eu vá para a Austrália com ele. Que eu não volte para casa, mas vá com ele. Ele quer que eu conheça sua família.

— Você está pensando nessa possibilidade?

Ela me olhou fixamente. Minha amiga meiga e intelectual, a jovem que estudava os santos, apenas deu de ombros.

— Não sei — falou. — Não foi isso que vim fazer na Europa. Meus pais iriam pensar que eu enlouqueci.

— Você contou para eles sobre o Raef?

— Contei para minha mãe. Ela me apoiou, mas quer que eu aja com cuidado. Resolvi tudo na minha cabeça. Não tenho que começar a trabalhar até o fim do outono. Eu poderia fazer isso, ir para a Austrália, quero dizer. É tentador. O Raef tem que voltar para a tosquia de verão. Acho que foi o que ele disse. As estações do ano são invertidas, então fico confusa quando ele fala sobre isso.

— Vocês estão assim tão comprometidos?

Ela confirmou e tomou um gole de café.

— Parece que sim — Constance disse.

— Estou feliz por você. Sei que já falei isso, mas estou mesmo.

— Não estou pronta para me despedir dele. Ainda não. Você está pronta para se despedir do Jack?

Balancei a cabeça. Não sentia que podia dizer adeus a Jack, mas não queria dizer isso em voz alta. Ver Constance, ouvir seus planos com Raef, me fez perceber que Jack e eu podíamos continuar. Não tínhamos que terminar em Paris, Nova York ou em qualquer outro lugar. Pensar nisso fez meu estômago amolecer.

O garçom nos trouxe mais café. Durante um tempo, ficamos observando a multidão caminhar. As pessoas pareciam diferentes das que vimos em Berlim ou Amsterdã. Mais jovens, talvez. Mais leves. Senti a mesma dor da última vez que estive em Paris: que a vida estava presente aqui como em outros lugares. E, embora isso não fizesse sentido, eu ainda tinha esse sentimento, ainda precisava saber disso de alguma maneira.

— Vamos ligar para a Amy? — Constance sugeriu depois que o garçom saiu. — Não parece certo estar aqui sem ela.

— Tudo bem — concordei, porque era a ideia perfeita. — Vamos ligar para ela.

⚜

Ligamos para Amy pelo Facetime.

Constance não havia tido notícias dela, exceto por algumas mensagens aleatórias; eu também não, mesmo depois de enviar as fotos de Constance montando no touro mecânico, em Cracóvia. De algum modo, estarmos unidas novamente nos fez acreditar que ela tinha que atender a nossa ligação. Constance mandou uma mensagem para dizer que estávamos ligando. Amy não respondeu. Mas, alguns segundos depois, quando clicamos no Facetime, ela atendeu de imediato e respondeu ao seu modo.

— E aí, vadias! — Ela riu.

Era Amy, a nossa Amy, e ela parecia feliz, mas estranha, confinada à pequena tela do computador. Parecia mais magra também. Seus olhos brilhavam. Ela parecia alguém que tinha corrido muitos quilômetros, mas não estava recuperada.

— Ah, que bom te ver! — eu disse. — Senti tanto a sua falta. Nós duas sentimos!

— Não, vocês não sentiram! Vocês andam pegando uns gatinhos! Tenho visto seus posts no Facebook e todas aquelas fotos do Instagram.

Talvez ela estivesse exagerando um pouco com seu entusiasmo. Constance se inclinou para perto da tela, os óculos brilhando um pouco.

— O que você fez com o seu cabelo? — ela perguntou a Amy. — Não consigo ver direito na câmera.

— Cortei. Um cara gay me pegou no salão da minha mãe e insistiu em um novo penteado. Fiquei com cara de velha! Pareço aquelas mulheres que acabaram de ter bebê ou algo assim!

— Que delícia te ver, Amy — falei. — Você está incrível.

— Eu me sinto ótima. Tenho ido ao salão dos veteranos de guerra e flertado com um bando de velhos soldados. Eles são como uma espécie de treinamento para mim. Voltando ao jogo aos poucos.

— Bom — Constance disse —, estou feliz que você tenha atendido a nossa ligação. Já faz um tempão. Estamos com saudade.

— E vocês duas? O amor está no ar por aí? Nossa! Deixo vocês sozinhas por algumas semanas e vocês logo se apaixonam.

Constance corou. Eu também. Nenhuma de nós respondeu.

— Ah, droga, vocês duas estão ferradas — Amy lamentou, a voz atrasada por causa do delay. — Muito ferradas. E agora, onde vocês estão? Voltaram para Paris?

— Acabamos de chegar aqui — expliquei. — Vamos ficar hospedadas por quatro dias, depois vamos voltar para casa.

— Vocês vêm sozinhas?

Olhei para Constance, que não tirou os olhos da tela.

— O Jack vai comigo — respondi.

— Talvez eu vá para a Austrália — Constance falou. — Não é certo ainda.

— Vocês amam esses caras, não é?

— Sim — eu disse suavemente. — Acho que amamos.

— Bem, então corram atrás do que querem. A perspectiva de namoro por aqui é terrível. Só tem meninos ou caras mais velhos. Tem um idiota casado que não me deixa em paz. A fivela do cinto dele é tão grande que mais parece um vagão de trem. Vocês não acreditariam que existe alguém como ele, mas existe. Todo sábado à noite, ele aparece no salão dos veteranos, só que ele não diz "sábado à noite", mas "nosso encontro da noite". É estranho.

— Você está se encontrando com ele? — perguntei.

— Nãããããããoooo — ela gritou. — De jeito nenhum. Ah, meu Deus, não.

— Mas está tudo bem? — Constance perguntou, achando que a questão era deliberadamente vaga. Apesar de discutirmos isso milhares de vezes, Constance e eu não sabíamos o que a Amy estava pensando ao partir, sobre o seu tempo na Europa.

— Estou bem — ela respondeu. — Sei que não tenho sido uma boa amiga ultimamente. Me desculpem por não entrar mais em contato. Não consegui fazer isso logo. Foi difícil voltar. Vergonhoso. Meus pais estavam chateados. Eles não me deixaram em paz. Minha mãe adora citar o *fiasco* da Amy, como ela costuma se referir ao ocorrido, nas conversas, só para me deixar com vergonha.

— Mães e filhas — comentei, ao que Constance assentiu.

— Foi só um grande fracasso — Amy desabafou. — Só a viagem fodida de verão da Amy.

— Coisas malucas acontecem — falei. — Não foi tão ruim assim.

— Não para vocês duas.

— A gente nunca sabe o que vai acontecer — Constance disse. — Pelo menos é o que os santos nos ensinam.

— O problema é que estou longe de ser santa — Amy observou.

— Você é muito santa — falei.

— Para ser sincera, estou indo mais de leve. Estou procurando ser um pouco menos agressiva, um pouco menos intensa, digamos assim. Tenho bebido menos e estou correndo de novo. Já faz um tempão que deixei de fazer exercícios. Preciso disso. Corri dez quilômetros no fim de semana passado. Estou melhorando minha forma física.

— Você está bem — Constance elogiou. — Parece saudável.

— Estou tentando.

Conversamos um pouco mais, principalmente sobre os recém-formados da Amherst. Amy tinha uma boa quantidade de histórias sobre o nosso antigo grupo. Finalmente, Raef e Jack retornaram. Eles se sentaram, tomaram café, sorriram para Amy e disseram "olá", e então Amy percebeu que estava segurando vela.

— Preciso desligar — ela falou. — Até mais tarde, vadias.

— Se cuida — pedi.

— Sempre — Amy respondeu.

Ela desligou ou seja lá o que a gente faz quando sai do Facetime. A tela ficou escura e ela foi embora com um som que soou estranho, como se ela tivesse voltado para uma nave mãe que não voltaria a pousar tão cedo.

34

Fizemos check-in no Hotel Trenton, uma modesta pensão na Rive Gauche, não muito longe do Jardim de Luxemburgo, a um quarteirão ou dois da Sorbonne. Era uma extravagância em nosso limitado orçamento, mas Jack argumentou que valia a pena. Estaríamos juntos em Paris pela primeira e única vez, e ficar em um hostel não serviria para comemorar esse momento.

Como sempre, Raef conhecia alguém e fez um acordo. Não havia fim para a praticidade dele.

Os quartos não eram maravilhosos. Não eram reformados havia séculos, mas cada um possuía uma pequena varanda, grande o suficiente para uma cadeira, se você se sentasse de lado. Raef e Constance tinham um quarto no segundo andar, um pouco abaixo e à direita do nosso. Da nossa varanda podíamos ver os telhados, as calhas de azulejos vermelhos e as janelas de alumínio, e Jack jurou que Quasimodo, o Corcunda de Notre-Dame, poderia entrar no nosso quarto a qualquer hora do dia ou da noite.

Ele se sentou na cama e me observou desfazer as malas. Coloquei algumas coisas no banheiro pequeno, tentando ser organizada. A cama de casal fazia com que fosse difícil se mover ali dentro. Bati o tornozelo duas vezes na cama; a segunda foi tão forte que tive de parar por um segundo e fechar os olhos. Jack pareceu ter uma ideia melhor. Ele se mostrava pronto para o cochilo que tínhamos prometido um ao outro. Raef e Constance tiveram a mesma ideia antes de nos encontrarem para explorar a cidade.

— Você está bem? — Jack perguntou quando me viu de pé, fazendo uma careta por causa da dor.

— Droga de cama.

— Por que você não fica na cama comigo? Se tivesse ficado, não iria tropeçar.

Balancei a cabeça e engatinhei até ele, o tornozelo ainda ardendo como uma tocha. Com a cabeça no travesseiro, podíamos olhar para o meio-dia de Paris. Sorri, pensando em como era bom estar ali. O sol não parecia forte. Algumas nuvens preguiçosas deslizavam no céu cinzento, parecendo reunir em si a cor do dia.

— Estou com um pouco de dor de cabeça — Jack comentou.

— Você está bem?

— Estou.

Ele deu de ombros.

— Posso te dar alguma coisa? Fazer algo?

— Sexo — ele sugeriu. — Sexo bizarro.

Eu me levantei e olhei para ele. Jack sorriu, mas foi um sorriso fraco. Percebi que ele não estava bem.

— Estou falando sério, Jack. Você está bem?

Ele deu de ombros novamente, tentando exibir uma expressão corajosa, mas estava claro que não se sentia bem.

— Vou tirar um cochilo — disse. — Ficarei bem em uma hora.

— Está certo. Se eu não estiver aqui quando você acordar é porque o Corcunda me levou.

— Bom saber.

Eu o beijei suavemente na bochecha. Senti seus lábios se curvarem em um sorriso, mas ele não se mexeu.

Dormimos muito tempo. Acordei no meio da tarde, e Jack ainda dormia profundamente ao meu lado. Ele se virou, então eu não podia ver seu rosto. Não queria balançar a cama ou me arriscar a acordá-lo, então fui cuidadosamente até o banheiro, fiz minha toalete e enfiei o bilhete que eu havia escrito no espelho.

"Dorminhoco, me ligue assim que acordar", escrevi. "Espero que esteja melhor."

Saí pela porta e fui explorar Paris sozinha.

Comprei um crepe de queijo e um café com leite de um food truck estacionado no portão de entrada do Jardim de Luxemburgo e os levei para comer em uma mesa que ficava ao lado de uma estátua de Pã, o deus grego. Eu estava com fome e queria ter a sensação de fazer uma pequena refeição sozinha no parque que Hemingway tornou famoso. Eu me sentei debaixo de uma enorme castanheira que dava seus últimos frutos, as nozes pesadas espalhadas pelo chão, algumas delas caindo ao som dos passos. Comi devagar, experimentando o crepe, que estava delicioso. Tinha gosto de grama e prado, e o queijo era quente e doce. O café tinha uma viscosidade escura e pesada que eu nunca havia provado antes. Os dois sabores e texturas — a massa macia do crepe em harmonia com a riqueza oleosa do café — me deixaram feliz de uma forma peculiar e prazerosa. Ali estava eu novamente, na Rive Gauche de Paris, no fim do verão, e eu me sentei no Jardim de Luxemburgo, cercada por árvores centenárias e gramados verdes, onde Hemingway, Hadley e Bumpy se sentaram décadas atrás, entre os períodos de guerra.

Era um pouco bobo e excessivamente romântico, mas não me importei. Peguei meu iPad e li Hemingway. Li *Paris é uma festa*, que eu havia lido durante a minha primeira viagem a Paris. Folheei as páginas, parando para reler os trechos em que eu havia feito anotações ou sublinhado. Hemingway ainda me tocava. Ele escreveu: "Comíamos e bebíamos bem por pouco dinheiro; dormíamos bem, juntos e quentes, e amávamo-nos".

Li isso várias vezes. Pensei em Jack e no que eu queria.

Tomei o último gole de café e virei o prato para que os pombos que vagavam perto da mesa, borbulhando como água ou pássaros de vidro, pudessem comer as migalhas restantes.

Eu ainda estava sentada, distraída, quando o telefone tocou.

> Para onde o Corcunda te levou?

> Para o Jardim de Luxemburgo. Venha para cá ficar comigo.

— Precisamos sair em uma missão secreta — Jack informou quando me beijou rapidamente e se sentou ao meu lado. — Não vamos nos encontrar com o Raef e a Constance. Temos a noite só para nós.

— Primeiro me diz como está se sentindo.
— Estou bem.
— Está mesmo? Ou só está sendo corajoso?
— Não, eu me sinto bem de verdade. Eu juro.
— Você dormiu muito pesado. Nem acordou quando eu saí.

Ele sorriu, estendeu a mão e colocou meu cabelo atrás da orelha.

— Você comeu? — ele perguntou.
— Um crepe e uma xícara de café.

Ele assentiu. Pareceu sério por um segundo e se virou para mim.

— Este é o parque de Hemingway, não é?
— Sim.
— Quando ele era jovem, caminhou por aqui com seu bebê, não é?

Concordei.

— Ele costumava matar pombos e enfiá-los sob o cobertor do bebê — falei. — Estavam tão quebrados financeiramente que precisavam dos pombos para comer.

Jack sorriu suavemente.

Estendeu a mão até o outro lado da mesa.

Eu amava o peso da mão dele. Adorava como ele repousava suas mãos nas minhas.

Meu telefone tocou antes que pudéssemos nos mover. A mamãe dinossauro estava na linha, mas não atendi a ligação.

Ficamos sentados por um tempo, observando o parque ficar mais escuro. A noite estava linda. Mais tarde, um homem alto, passeando com um jack russell terrier, apareceu e ficamos olhando os dois seguirem pelo caminho. Eles pareciam engraçados juntos. As perninhas curtas do cachorro pareciam andar mil vezes mais rápido que as do dono. O cão era bem-comportado e se movia como um balão amarrado a uma vara.

Voltamos para o quarto no fim da tarde. Eu me sentia repleta de felicidade. Jack se esticou na cama de novo e adormeceu. Achei que ele não estava se sentindo cem por cento. Eu me sentei na cadeira na sacada e olhei para Paris. Liguei o iPad, mas não li. Queria respirar Paris, prender uma parte dela para poder carregá-la comigo. Vi os pombos pousarem nos telhados de ardósia durante a noite e observei um pequeno avião passar no céu. Uma a uma, as lâmpadas se acenderam na rua e logo os prédios brilharam com uma luz amarelada, uma luz de bar, onde as pessoas entravam, se sentavam e começavam a noite. Assisti a tudo, mas não orei nem pedi algo a Deus ou a nenhum misterioso criador no céu, mas orei e pedi pela vida ou o que quer que tenha impulsionado Hadley, Ernest e todas as pessoas que vieram a Paris para descobrir o que nem elas mesmas sabiam que precisavam. Eu também tinha vindo a Paris e agora me despedia dela, mas prometi nunca deixá-la completamente. Eu a carregaria e a guardaria comigo, como meu próprio segredo para visitar, sempre que a vida me permitisse.

Um pouco depois, Constance bateu à porta.

— Ele ainda está dormindo? — ela sussurrou quando abri a porta e saí para o corredor.

— Acho que ainda não se recuperou totalmente.

— O Raef disse que o clube aonde vamos não fica longe. Mandei uma mensagem para você com o endereço. Bem, nos vemos mais tarde?

— Espero que sim.

Constance me deu um abraço rápido. Ela cheirava a liberdade e a seu sabonete favorito.

— Vamos comer com alguns amigos do Raef, depois vamos para lá. Mas o plano é ir ao clube. Te mando uma mensagem se alguma coisa mudar.

— A que horas vocês vão chegar lá?

— Mais tarde, provavelmente. Tudo é tarde no mundo do jazz.

— Certo, me manda uma mensagem para me avisar o que vocês vão fazer.

Ela assentiu e foi embora.

※

Sentada na varanda depois que Constance partiu, li partes do diário do avô de Jack. Segurei-o no colo e virei a cadeira até ter luz suficiente para ler.

Era um documento notável. A escrita era ferozmente letrada, e os parágrafos e observações foram escritos por uma mão afiada e segura. Ele era um excelente desenhista também. Esboçou suas impressões de edifícios, flores, avenidas e pontes. Parecia atraído especialmente pela arquitetura, embora possuísse gostos variados. O homem possuía um bom olho para imagens e pequenos detalhes.

Era fácil ver o que atraía Jack naquele diário. Seu avô tinha sido uma alma gentil e compassiva. Ele escreveu sobre crianças e animais que sofreram os efeitos da guerra. Escreveu sobre bombardeios e o cheiro de pólvora que pairava no ar. Também encontrou beleza em meio a toda devastação, e seus desenhos — figuras simples e singelas, na maior parte — possuíam um primitivismo elegante que dispensava palavras.

Eu ainda estava lendo, totalmente envolvida, quando Jack sussurrou:

— Ei.

— Acordou? Como está se sentindo?

Coloquei o diário na cadeira e deitei na cama com ele.

— Melhor.

— Melhor mesmo ou só tentando ser corajoso?

— Não, acho que estou melhorando. Acho que foi alguma intoxicação alimentar. Tenho estômago fraco, sabia?

Coloquei a mão na testa dele. Ele parecia quente, mas não febril.

— Estava preocupada com você. Ainda estou. Acha que devemos procurar um médico?

— Você é fofa. Mas estou bem.

— Você deve estar com fome.

— O que temos por aí?

— Umas besteirinhas. Vou descer e comprar outra coisa.

— Não, vou comer o que tiver. Está bom.

Eu o beijei levemente, me afastei e demorei alguns minutos para montar um lanche. Não havia muita coisa. Dei a ele o restante do pão que estava na minha mochila, uma maçã e uma garrafa de chá gelado.

Ele foi ao banheiro enquanto eu arrumava as coisas, e o ouvi tomar banho. Quando voltou, parecia um pouco melhor.

— Nem perguntei se você sabe cozinhar — comentou enquanto voltava para a cama. — Você tem alguma habilidade na cozinha?

— Não muitas. E você?

— Não sou ruim. Sei fazer uns dez pratos. Nada mais que isso. E o básico.

— Bem, não julgue o meu lanchinho. Não tenho muito com o que trabalhar.

— Gosto de tudo o que você faz, mas mais ainda de você ficar comigo.

Dei a ele a bandeja improvisada, a comida arrumada na tábua de corte que Amy havia doado para a causa. Sentei-me ao lado dele. Jack comeu devagar, pegando as coisas e mastigando com cuidado para avaliar como se sentia. Bebeu o chá gelado em dois goles. Entreguei-lhe o restante da garrafa d'água.

— Estava lendo o diário do seu avô — falei. — É maravilhoso, Jack. Já pensou em publicá-lo?

— Pensei nisso. Conversei com meu pai a esse respeito uma vez e ele se perguntou por que alguém estaria interessado na jornada de um homem pela Europa depois da guerra.

— Por que não se interessariam? Acho que qualquer um veria o valor disso.

— Também sou dessa opinião. Mas minha maior preocupação em escrever um livro de capítulos alternados é se vou conseguir corresponder ao estilo dele. Ele é melhor do que eu para escrever.

— Duvido. Mas como ele aprendeu a escrever tão bem?

— Você quer dizer sendo um fazendeiro em Vermont? Não sei. Já me fiz essa pergunta. O pai dele era veterinário. Eles tinham livros em casa, esse tipo de coisa. A mãe era parteira. Ele lia principalmente literatura clássica. Ovídio e Sófocles. Meu avô escondeu seu aprendizado, mas ele sempre esteve lá. As noites podem ser longas em Vermont, e quando se é agricultor não tem muito o que fazer no inverno. Ele lia com a luz do fogão a lenha. Certa vez, eu o vi conversar com um professor de literatura clássica da Universidade de Vermont e observei a mudança no rosto do homem ao perceber quanto meu avô sabia. Ele era um homem notável.

— Você tem sorte de ter o diário. Seus pais o leram?

— Não como eu li. Ou leio, devo dizer. Não acho que meu pai sabia exatamente o que fazer com o diário. Isso o deixou desconfortável de alguma forma. Suspeito de que ele achava que esses registros provavam que o meu avô estava descontente com a vida na fazenda, que ele tinha maiores ambições, mas se contentou com a vida em Vermont. Acho que meu pai leu esse diário quase como um aviso. Mas é só uma opinião.

Não falamos por um tempo. Jack continuou a comer devagar. De quando em quando, parava para ver como seu corpo reagia diante da comida.

— Você sabia que a Constance está pensando em ir para a Austrália com o Raef? — perguntei quando ele estava terminando de comer. — Ela acha que talvez vá com ele em vez de voltar para casa. Pelo menos por enquanto.

— Ele é louco por ela.

Olhei para Jack. Nossos olhos se prenderam.

— E você é louco por mim. Essa é a próxima coisa a dizer.

— E eu sou louco por você.

— Tarde demais. Não vale quando eu tenho que te dar a sugestão.

— Sou louco por você. Mas sempre imaginei o que isso significava. Isso é realmente um elogio? Queremos que as pessoas fiquem loucas perto de nós?

— Acho que isso é uma expressão idiomática.

— Mas e se eles realmente fossem loucos? Isso seria bom? Um stalker não é louco pela pessoa que ama? Não acho que alguém deva dizer que é louco por alguém, a menos que ele seja um stalker bonzinho. Então, tudo bem. E também não acho politicamente correto dizer "maluco". Isso é debochar de quem está realmente fora das suas faculdades mentais.

— Você pensa umas coisas estranhas, Jack.

— Estou me sentindo melhor. Que tal sairmos um pouco?

— Mas você está bem para sair?

— Claro.

— Tem certeza? Ainda parece um pouco pálido.

— Estou ótimo — ele respondeu com um apelo sexual na voz, mas que não soou totalmente verdadeiro.

Então me agarrou e me puxou para perto de si.

35

Jack e Raef desapareceram no dia seguinte. Eles disseram que voltariam para o jantar, para não nos preocuparmos.

Constance e eu fomos a Notre-Dame.

Já havíamos estado lá em nossa visita anterior, mas para Constance, que estudava os santos, a Notre-Dame era um prédio vivo, que revelava segredos a cada olhar. Ela era sistemática em sua abordagem: ficamos sentadas do lado de fora da igreja durante bastante tempo e deixamos nossos olhos viajarem para onde quisessem. Ela conhecia a história da catedral, é claro: como foi construída em 1163, levando mais de um século para ser concluída; que havia hospedado centenas de importantes eventos políticos e religiosos; como se encaixava na Île de la Cité; que o *Te Deum* foi cantado lá no final das duas guerras mundiais. Mas tudo isso era pano de fundo para Constance.

Ela veio para ver Maria.

Era obcecada por ela. De todos os santos, Maria era quem ela mais amava, e a Notre-Dame continha trinta e sete estátuas de Maria. Mas sua maior obsessão era a estátua de Maria segurando o menino Jesus no pilar central do Portal da Virgem. A estátua viera originalmente da Capela de Santo Aignan, no antigo Claustro dos Cânones, e substituiu a Virgem do século XIII, derrubada em 1793.

— Aqui está — Constance disse quando, finalmente, entramos no prédio e paramos na frente da estátua. Ela entrelaçou o braço no meu e seus olhos começaram a lacrimejar quando ela descreveu. — Este é o Altar da Virgem. Está aqui desde o século XII, mas nem sempre com a mesma estátua. *Regardez!* Não parece particularmente importante até você parar e considerar esse fato. Está vendo? Ela é uma jovem mãe, Heather. É isso o que eu gosto nesse assunto. Ela é uma jovem que foi convidada a carregar em seu ventre o divino. O que admiro nessa estátua é a ambivalência. Você pode ver que ela está encantada com a criança. Está vendo o menino? Ele está brincando com o broche na capa dela e não olhando para ela exatamente, e o quadril dela está de lado. Eu amo os quadris femininos, especialmente quando estão em evidência. Viu? Estão expostos para segurar seu filho, que é a salvação do mundo, e tudo depende dos quadris de uma mulher. Mas dentro de toda essa majestade está uma pequena e tímida mulher e seu amado filho. É por isso que essa estátua me mata. Eu li sobre isso várias vezes e agora vê-la de perto... Sabe, aconteceram várias transformações aqui, na frente da Nossa Senhora. Dizem que muitas pessoas foram convertidas com um único olhar para ela. Eu sei, eu sei, não acredito tanto assim, mas, Heather, acredito na necessidade humana de acreditar, e essa é a personificação disso.

Eu amava Constance. Eu a amava tanto quanto qualquer coisa no mundo.

Jack me levou para a cama no fim da tarde e me devorou.

As portas da varanda estavam muito abertas, e o sol quente de Paris invadia o chão da sala, e ele colocou uvas entre meus lábios e me beijou. Era engraçado e bobo e incrivelmente romântico. Nossos corpos se moviam perfeitamente. Ele era bruto em algumas ocasiões, como se tivesse passando por algo para ficar comigo e seu corpo tivesse algum elemento composto de peixe e água do mar que precisasse ser liberado, e eu pensei em Maria — absurdamente — e na surpresa da gravidez e do peso do menino Jesus em seu quadril. Tudo se misturava, o corpo esplêndido de Jack, sua ausência misteriosa, o sol, o calor do dia, o cheiro de Paris, sujo e sufocante como o de qualquer cidade exausta de atividade humana. Eu me entreguei a ele, puxando-o cada vez mais profundamente para dentro de mim, até me abrir completamente e sermos uma só pessoa.

Depois descansei a cabeça no ombro dele. Jack fez cócegas nas minhas costas delicadamente, com a haste de uma violeta que havia comprado de uma mulher que vendia miosótis para financiar um fundo de soldados. Ele fez pequenos desenhos nas minhas costas, nossa respiração em uníssono.

Nossos corpos ficaram colados, e juntos deixamos ir embora o calor que havíamos acabado de produzir.

— Como está o nosso sexo? — ele perguntou um pouco mais tarde. — É meio que ótimo ou apenas bom?

— Ah, você primeiro nessa, rapazinho.

— É uma pergunta horrível, não é? Se você diz que é ótimo e a outra pessoa acha que é só mais ou menos, então você criou uma enorme ponte de comunicação. Se você diz que é bom e a outra pessoa acha que foi *ótimo*, então você insultou seu parceiro. É um dos grandes enigmas da vida moderna.

— É como ir a Phoenix.

Ele se levantou um pouco e me olhou.

— É uma história antiga da minha família — expliquei. — Há muito tempo, os meus pais tiveram a chance de ir para Phoenix. Eles foram e foi horrível. Durante toda a viagem, meu pai achava que minha mãe queria ir, e ela achava que o meu pai queria ir. Isso é chamado de viagem para Phoenix na minha família.

— E a moral dessa história é...

— Você tem que dizer a verdade ao seu parceiro.

— Acho que você é deliciosa na cama — ele disse. — Amo fazer amor com você.

— Fico feliz que você se sinta assim. Para mim, é só mais ou menos.

Sua mão desacelerou nas minhas costas. Virei a cabeça para ele não poder me ver sorrindo.

— Você é uma ratazana — ele falou. — Uma ratazana horrível.

— Você me vira do avesso, Jack. Ouço sininhos toda vez que transamos.

— Bom, fico feliz.

— De uma maneira muito mais ou menos.

Ele tentou me empurrar para fora da cama, mas me agarrei nele. Então ele me puxou para cima — eu amava sua força, adorava como ele podia me mover como queria — e me beijou com tudo. Nós nos beijamos por um longo tempo com a porta da varanda aberta e a luz de Paris começando a virar noite. Declaramos ternamente nosso amor um ao outro. Os beijos se tornaram uma corrente, e seguimos cada elo com medo de deixar qualquer coisa ao acaso, qualquer coisa que pudesse nos separar.

Ao pôr do sol, Jack me levou para plantar uma árvore.

Ele não poderia ter me surpreendido mais. Depois de me deixar por cerca de uma hora, ele veio ao nosso quarto no Hotel Trenton com um pequeno freixo embrulhado em um saco de juta. A árvore parecia vigorosa, mas era uma muda, uma planta esbelta da altura do meu joelho.

Ele a levou para a varanda e me fez fazer uma saudação ao Rei Leão. Eu a segurei e a apresentei às planícies da África — ou de Paris. Foi alegre e divertido. Ele cantou a música do *Rei Leão* e me fez participar do "Círculo da Vida".

— Então, o que é isso? — perguntei, encantada. Ele tinha duas garrafas de vinho tinto, as duas sem rótulos, como se tivesse comprado de um vendedor particular. Ele me fez segurar a árvore, que tratou como um bebê, enquanto abria a primeira garrafa. Então levou nossas duas cadeiras para a varanda. Ficou apertado, mas conseguimos colocar as pernas, pelo menos.

— À saúde desta árvore — ele disse.

— À saúde desta árvore — repeti, levantando minha taça.

Ele tomou um gole do vinho e o avaliou.

— Nada mal — disse, sorrindo. Parecia incrivelmente bonito e feliz, vivo para tudo ao seu redor. E me derrubou com sua aparência naquele momento.

— Uma árvore é uma flecha para o futuro — ele disse com falsa seriedade. — Vamos plantar uma árvore hoje à noite. Vamos cortar mechas do nosso cabelo e enterrá-las com a árvore. Vamos até o Jardim de Luxemburgo e plantaremos uma árvore para dar sombra a um futuro Hemingway. Você pode visitá-la sempre que vier a Paris. O mundo vai continuar girando, às vezes dando errado, às vezes dando certo, mas a sua árvore, a *nossa* árvore, vai continuar crescendo. Nossos netos vão poder visitá-la.

— Vamos ter filhos em breve? Bom saber.

Ele me olhou e fez uma cara engraçada. Seus olhos pareciam animados e felizes acima da borda da taça. Balançou um pouco as sobrancelhas.

— O mundo é imprevisível — ele falou. — Você não pode planejar tudo. Nem com uma agenda Smythson superluxo.

— Você acha que os guardas vão nos deixar plantar uma árvore no parque sem qualquer objeção?

— Ah, Heather, minha adorável e meticulosa Heather. Vamos plantar sem que eles saibam. Jardineiros ninja, entendeu? Quem poderia odiar uma árvore? Quem a arrancaria? Quando ela estiver no chão, estará segura. Percebe como isso é inteligente? Talvez nem sequer entremos no parque, embora esse seja o melhor hábitat para uma árvore. Poderíamos plantá-la em uma avenida. A árvore correria um risco maior, mas pode dar certo. Talvez ela seja do tipo rebelde, uma espécie de árvore punk.

— Por que um freixo?

— É um freixo europeu — ele disse, bebendo a metade do seu vinho. Ele nos superou novamente. — Uma árvore centenária. Ninguém vai pensar que está fora de lugar. O cara da loja de jardinagem me deu um cartão. Freixos têm seu próprio sinal rúnico — um AE aglutinado. Eles acham que vem do inglês antigo ou do alemão, e se pronuncia "Esche".

— Você fez sua lição de casa. Estou impressionada.

— E é mesmo para estar — ele disse, inclinando-se para me beijar. — Se esta árvore for como a gente, vai viver um século ou mais. Pense nisso! "Olhe para minhas obras poderosas", ou "Veja minhas obras, você é poderoso", ou algo parecido. Isso é do Keats? Ou do "Ozymandias", do Shelley? De qualquer forma, de um dos românticos, certo?

— Lembro de ter lido isso no ensino médio.

— Assim, enquanto o mundo cai e desmorona, nossa árvore, o grande freixo, subirá ao céu, triunfante! O que você acha disso?

— Acho que sim. Acho que sim a tudo, Jack.

— Bom, agora termine sua taça de vinho e podemos ir. Você tem esmalte?

— Um pouco, eu acho. Espera aí.

De onde surgiu esse homem? Como ele entrou na minha vida? E por que o prazer que ele sentia na vida me contagiava tão prontamente?

Entrei no banheiro e voltei com um vidrinho de esmalte vermelho. Estava quase vazio. Entreguei a Jack. Ele limpou uma pedra achatada que havia encontrado em algum lugar.

— Nossa imortalidade — disse.

Então sacudiu o esmalte e escreveu com cuidado nossos nomes na pedra, envolvendo-os dentro de um coração infantilmente desenhado. Pegou seu canivete suíço e entregou para mim.

— Aqui, corta uma mecha do meu cabelo, por favor. Depois eu vou cortar o seu.

Cortei um cacho acima da sua orelha direita. Ele pegou uma pequena mecha da linha de cabelo perto do meu ombro esquerdo. Amarrou as duas mechas com um pedaço de barbante que soltou da juta que segurava a árvore.

— O ideal — disse ele, com as mãos ocupadas, os olhos ainda frescos e felizes — seria plantarmos assim, sem nada para guardar, mas em pouco tempo o cabelo apodreceria e o esmalte ficaria ilegível. Aqui. — Ele pegou um recipiente de plástico que veio de uma compra anterior de melancia. — Não é tão romântico, mas talvez faça durar mais tempo. O que me diz? Alguma outra coisa que você queira adicionar?

Fiz que sim com a cabeça. Peguei a pedra e escrevi sob nossos nomes minha frase favorita: "Odeie o que é falso e exija o que é verdadeiro".

Jack leu, assentiu, e então beijou meus lábios.

༺◦༻

— O Raef e a Constance não quiseram vir? — sussurrei.

— Eu não os convidei. Isso é só entre nós.

Apertei a mão dele.

Estava escuro. O Boulevard Saint-Michel nos mandou luz suficiente, mas nos mantivemos nas sombras. Nossas ferramentas de jardinagem eram patéticas. Tínhamos uma única faca de jantar, uma garrafa plástica de água, o recipiente com nossas mechas de cabelo e nada mais. Mas senti o corpo formigar por estar fazendo algo ilícito. O parque estava fechado, mas Jack prometeu que outras pessoas entrariam durante a noite. Isso só levava à razão, ele teorizou. Mesmo que fôssemos detidos, ele disse, não seríamos presos. Os franceses não resistiam a uma história de amor, afirmou.

Parecíamos crianças de dez anos brincando de esconde-esconde.

Percebi que isso era algo de que eu me lembraria pelo resto da vida. Mais que uma foto. Mais que uma visita ao museu. Por um século, uma árvore cresceria num parque em Paris, e meu nome e o de Jack estariam na raiz. Esse era o jeito de Jack no mundo.

— Vamos procurar um lugar discreto. Nada muito grandioso ou vistoso, certo? Queremos que a árvore seja insignificante nos primeiros vinte anos de vida. Então, ah, baby, ela vai começar a dominar o cenário e virar a árvore mais foda do mundo. Você está comigo nessa?

— Sim. Claro que sim.

— Certo, aqui vamos nós. O que você acha desse ponto? Não é chique, mas acho que é seguro. Fica perto das mesas desse café. Podemos voltar e visitá-la amanhã. Isso não seria bom?

Passamos com cuidado por um amplo gramado, atentos à nossa posição em relação às luzes do Boulevard Saint-Michel. Quando chegamos ao terreno, Jack analisou as coisas rapidamente e sugeriu um lugar no canto direito.

— Não há árvores grandes aqui — disse, ficando de joelhos e começando a cavar na terra. — Nenhuma competição. Vai parecer uma planta que cresceu naturalmente ou uma árvore que algum departamento plantou e se esqueceu. Não vai haver motivo para alguém desenterrar. Não se ela estiver aqui, longe de outras coisas. Isso não é bom? Você está gostando desse lugar?

— Está perfeito. É ótimo.

— Certo, o solo é macio. Está fácil. Está pronta? Nós dois vamos plantar juntos. Aqui vamos nós.

Minhas mãos tremiam, e eu não conseguia controlá-las. Elas tremeram até que Jack as envolveu com as suas e nos firmou.

— É a nossa árvore — sussurrou. — De mais ninguém. Sempre será nossa.

— Em Paris.

— Nossa árvore em Paris — disse. — O poderoso Esche.

Coloquei o pote de plástico contendo o nosso cabelo e a pedra no buraco ao lado das minúsculas raízes. Então preenchemos a cova e alisamos a terra ao redor do caule da árvore. Fizemos o máximo para fazer parecer que a muda sempre esteve lá. Jack me entregou a garrafa d'água.

— A água nutre o solo — ele disse. — Dá à muda seu primeiro alimento em sua nova casa.

Coloquei a água cuidadosamente ao redor da base da árvore. Não muito longe, a estátua de Pã que habitava a entrada do parque nos observava, parecendo aprovar.

36

2 de agosto de 1947

Passei a noite em Paris e fui às corridas de Longchamps no sábado. A corrida não foi muito boa; os cavalos pareciam maltratados. Era uma maravilha que eles não tivessem sido engolidos ou mortos por uma bomba. Eu gostava de ver as cores das montarias: o verde brilhante, o amarelo e o escarlate. Durante uma corrida, um cachorro se soltou e perseguiu a manada de cavalos. Um homem atrás de mim disse que deveria ter apostado no cachorro, pois pelo menos o cão corria o máximo que podia, ao contrário dos animais horríveis nos quais ele havia apostado. Isso provocou uma risada geral das pessoas em volta. Ele riu também, mas seus olhos não.

Constance estava de pé com Raef, à luz do amanhecer. Um garçom varria a calçada do lado de fora do restaurante. Cinco pombos giravam em volta dos pés dela, alguns correndo para a frente para beliscar o que o garçom juntava em uma pilha. Constance verificou a bolsa e a mochila, passando as mãos nos bolsos para se certificar de que havia se lembrado de tudo. Raef, o seu homem, mexeu nas sacolas, checando se todas as fivelas tinham sido devidamente fechadas. O cabelo de Constance era loiro e lindo na luz, a roupa cuidadosamente escolhida entre as poucas peças que tínhamos, a atenção dela, só por um instante, atraída para o grupo de pombos.

Esta é Constance em Paris, disse a mim mesma. *Uma lembrança para guardar na memória. Esta é Constance indo para a Austrália com a verdade dela.*

Sorri. Minha querida Constance, a garota da bicicleta, adoradora dos santos, observadora das estátuas da Virgem Maria.

Ela se virou e viu que eu a contemplava. Ela estava partindo. Estava indo com Raef para a estação de trem, depois para o aeroporto, onde pegaria um avião que a levaria para a Austrália. Ela tinha dias de viagem pela frente, horas em ônibus e carros, para Ayers Rock, a areia vermelha e argilosa da Austrália Ocidental. Era uma aventura, algo saído de panfletos turísticos, e ela ficou por um momento à beira de tudo. Minha amiga sorriu para mim e então pegou o lenço e o jogou no ar. Os pombos, achando que o lenço era um falcão, assustaram-se em torno de seus pés e alçaram voo, fazendo Constance sorrir. Ela sabia o que tinha feito: mandara os pombos voarem de propósito. Banhada na luz da manhã, ela me deixou, fixando-se em minha memória uma última vez.

Jack e eu fomos a Longchamps, o hipódromo no Bois de Boulogne, em nosso último dia. Escolhemos um dia maravilhoso. A temperatura havia caído e o verdadeiro outono se infiltrara à noite. Eu usava um suéter e Jack também. Pegamos um ônibus recomendado pelo hotel. Estava quase vazio. O motorista, um homem gordo com um bigode de morsa, ouvia uma partida de futebol enquanto nos conduzia. Jack achava que a transmissão devia ser uma repetição, porque era muito cedo para uma partida ao vivo. O ônibus saiu da cidade e entrou nos arredores arborizados do Bois de Boulogne. Jack comentou várias vezes que o lugar parecia Vermont.

— Você sente saudade de Vermont? — perguntei a ele.

Ele fez que sim e apertou minha mão. Os outros passageiros observavam as pistas de corrida. Jack manteve os olhos na margem arborizada da estrada.

— Eu amo Vermont — ele falou depois de um tempo. — Pode até não ser amor. É só dentro de mim... As estações, os prados abertos, os terríveis invernos gelados... Não há garantias no inverno em Vermont. Tudo está à beira de congelar e se quebrar e, por mais brutal que seja, tudo também é frágil. Muito frágil. Se você olhar com atenção, pode perceber essa fragilidade em todos os lugares. Lembro de observar a beira de um riacho uma vez, e notar que o gelo havia prendido um sapo. Não sei se o sapo estava vivo ou morto quando o gelo o rodeou, mas era possível ver o corpo dele claramente sob o gelo. Estava sepultado, mas era lindo também. Eu nem sei como dizer o que isso me fez sentir. Ainda me pergunto se alguma coisa o teria espantado, se não conseguiu sair a tempo ou se achou que teria mais um dia bom e depois o tempo mudou. Isso não é uma metáfora para a vida? Todos nós achamos que teremos mais um dia bom, mas talvez não tenhamos. De qualquer forma, o gelo parecia azul, exceto onde cobria o sapo. Ali ele adquiria um tom verde-azulado. Isso é o que se vê em Vermont, se a gente prestar atenção. É claro que essas coisas existem em todo lugar, mas estou sintonizado lá. Então, quando digo que essas florestas me lembram de Vermont, estou falando sério.

— Ainda é possível comprar uma fazenda como a do seu avô? Esse tipo de coisa ainda existe?

Ele mordiscou o lábio inferior.

— É difícil dizer, mas acho que ainda existem algumas propriedades assim. Imagino que a casa estaria em péssimas condições, com a chaminé caindo e tudo o mais, e possivelmente haveria muita vegetação cobrindo todos os lugares. Tudo ajuda para uma fazenda quebrar. É assim que é.

O ônibus virou para o que parecia ser o caminho final para o hipódromo. Havia centenas de carros estacionados em um campo aberto. Eu havia ido a um hipódromo uma única vez na vida, em Monmouth Park, em Nova Jersey, mas não se parecia em nada com isso. Longchamps parecia uma feira que decidira montar uma barraca para passar a noite e que poderia ir embora no dia seguinte. Ver aquilo fez Jack sorrir. Seu avô tinha ido a um dia de corridas lá.

O ônibus nos deixou na entrada da frente e demoramos alguns minutos para entrar. Compramos um formulário de corrida e encontramos alguns lugares sob a arquibancada. Eu não tinha nenhuma base de comparação, mas a multidão parecia escassa. Isso nos deu liberdade para pegar facilmente uma bebida, chegar facilmente ao banheiro feminino, tornando o evento mais divertido. A melancolia que às vezes acompanhava as pessoas que perdiam mais dinheiro do que deveriam não parecia tão predominante quanto poderia ser em outros hipódromos. Parecia um feriado em vez disso, um dia ao ar livre, em uma fabulosa tarde de outono.

Apostamos no cavalo número cinco na primeira corrida, e ele ganhou disparado.

— O que acha disso? — Jack gritou, batendo o formulário de corrida contra a perna enquanto o cavalo vencia facilmente. — Somos ótimos handicappers! O que acha disso?

Ah, Jack. Tão jovem e bonito. Tão feliz. Tão meu.

Não tivemos um vencedor pelo resto do dia. Bebemos sidecars, ficamos bêbados e pegamos o ônibus no Bois de Boulogne, de volta à cidade, de volta ao eterno Sena e ao assobio das cafeteiras e vassouras nas calçadas. Eu me agarrei ao braço de Jack e descansei a cabeça em seu ombro. O silêncio nos atingiu. Ele estava em seu mundo e eu estava no meu, e Paris nos aceitou mais uma vez.

— Quer ir ver a árvore? — ele perguntou quando o ônibus nos deixou no Centre de Ville.

— Claro.

— Talvez seja preciso pular a cerca.

— Não me importo.

— Podemos levar um pouco de água.

— Ou podemos voltar para o quarto, transar e dormir, e de manhã podemos tomar café no parque e nos despedir da árvore, do deus grego e de todo o resto. O que acha?

Jack me beijou. Ele me levantou e me beijou.

※

Depois que fizemos amor, ficamos nus na noite de Paris e observamos a luz passar pelos telhados. Demos as mãos e ficamos olhando, sem nenhum tipo de pudor, nosso corpo, um ao lado do outro, o ar frio acariciando nosso sexo, rosto e cabelos, o verão *terminando, terminando, terminando*.

37

Saímos para dançar no Club Marvelous em nossa última noite em Paris. Era uma boate à moda antiga que Raef havia recomendado.

O lugar podia ter saído de um filme da década de 1930 de Busby Berkeley, com garotas perambulando vendendo chocolates em vez de cigarros, e alguns homens usando paletós. Parecia um baile de máscaras, com todo mundo vestido para brincar com seu filme favorito. Uma orquestra de dez integrantes tocava dance music e os arranjos eram pesados com trompetes suaves e tambores baixos. Estávamos extremamente malvestidos, mas isso não importava. Jack era tão poderoso que, às vezes, eu me surpreendia ao me virar para ele e descobri-lo ao meu lado. Ele era um menino de Vermont, doce e gentil, os ombros quadrados, a atitude aberta e acolhedora. Quando dançou comigo, ele me segurou com determinação, a mão direita apoiada na parte inferior das minhas costas, a esquerda segurando minha mão. Ele cheirava a Old Spice.

Eu usava um vestido amassado que havia tentado alisar no vapor do chuveiro. Não funcionou. Mas éramos um casal bonito. De verdade. Pude ver nos olhares que recebemos, nos sorrisos que capturávamos enquanto caminhávamos de volta para a nossa mesa minúscula, do lado esquerdo da escada que levava até o palco.

— Vamos só tomar martínis — Jack disse depois que dançamos uma música que eu reconheci. Ele segurou minha cadeira e me acomodou na mesa.
— E só dois. Mais de dois, e vamos nos arrepender. Menos de dois, e também vamos nos arrepender.

— Quando você se tornou um especialista em martínis?
— É uma maldição familiar. Somos bons em martínis e queijos com pimenta.
— Vodca martínis?

— Não, não, acredito que não seja apropriado. Você precisa de gim. Beber um gim martíni é um negócio perigoso, porque o gim transforma as pessoas em selvagens. Todo mundo sabe disso. Uma vodca martíni não tem perigo. Então, gim é o caminho a seguir.

— Azeitonas ou cebolas?

— Vou fingir que você não perguntou isso — ele respondeu quando o garçom apareceu.

Jack pediu dois martínis com azeitonas. Em seguida estendeu a mão e segurou a minha.

— Última noite em Paris — ele disse.

— Pelo menos até agora.

— Sim, pelo menos até agora. Nós sempre teremos Paris. Um de nós não devia dizer isso?

— Você acabou de dizer. Devia pagar um castigo de algum tipo.

— Amanhã partimos para Nova York.

— Sim.

— Acha que seus pais vão tentar me envenenar?

— Eles podem tentar.

— Acha que eles vão nos deixar dormir na mesma cama?

Olhei para ele.

— Difícil dizer — falei. — Mas isso pode ser interessante.

— Você ainda tem bichos de pelúcia em sua cama?

— Dois. Um coelho e Joe Cabeça de Batata.

— Eu gostaria de conhecê-los.

— Tenho certeza que vai.

A música mudou e tocou algo mais acelerado. De onde estávamos podíamos ver os trompetistas cuspindo quando tocavam notas mais difíceis. Eu nunca tinha percebido isso.

O garçom voltou com nosso martíni.

— São lindos, não é? — perguntei enquanto ele os servia. — Impressionantes e mortais.

— Beba. Não muito depressa. Agora, a que devemos brindar?

— Eu odeio brindar.

— É? — ele perguntou. — Eu achei que você adorasse brindar.

— Por quê?

— Porque você é muito sentimental.

— Você devia falar.

— O que você faz, então, se não brinda?

— Revelamos a sorte um do outro. Você primeiro.

Ele olhou para mim. Pegou seu martíni e esperou até eu segurar o meu.

— Você vai conhecer um estranho alto e moreno — ele disse.

— Não, uma previsão real. Essa é a regra.

Ele sorriu.

— Você vai fazer muito sucesso em Nova York. Vai vir visitar Paris muitas vezes ao longo dos anos. E vai ter uma criação de cabras pelo menos duas vezes na vida.

Nós bebemos. Os drinques tinham gosto de vidro se o vidro derretesse e deslizasse na língua.

— Agora é a sua vez — ele falou.

— Você também vai ter sucesso em Nova York e vai viajar para Vermont sempre que tiver fins de semana livres. E o cachorrinho com o qual você sonha será um confortável banquinho para os seus pés na velhice.

Bebemos de novo.

— Incline-se para a frente — ele pediu. — Sempre quis olhar o decote do vestido de uma mulher enquanto ela bebia um martíni.

— Você nunca fez isso?

— Nem uma vez.

— Por que os garotos olham para dentro dos vestidos das garotas?

— Porque é divertido.

— Você realmente quer ver os mamilos ou esse não é o objetivo? — Senti o martíni em apenas alguns goles.

— O objetivo não é esse.

— Então qual é?

— Ver a lingerie, acho. E para espiar quando você não tem certeza que a mulher sabe que está sendo observada, mas ela meio que sabe e nunca admitiria. Ela tem que querer que olhem para ela, mas não de verdade; no fundo ela definitivamente quer que a olhem.

— Faz todo o sentido. E *ela* pode ser qualquer mulher?

— Qualquer mulher com decote. Ela tem que estar usando decote para ser sedutora.

— Estou aprendendo muito hoje à noite — falei.

— Vem um pouquinho mais para a frente.

— Eu devo desviar o olhar? Como isso funciona?

— Você me deixa olhar, mas disfarçadamente. Esse é o truque.

— Acho que eu meio que sabia disso.

Eu me sentei mais ereta e levantei o copo. Ele repetiu meu gesto.

— Você vai ter conjuntivite duas vezes na vida — falei. — E o hamster que você vai ter vai escapar e morrer debaixo da geladeira.

— Isso é horrível — ele reclamou e tomou um gole. — Você vai se apaixonar por cerveja de raiz e usar saia escocesa e boina.

— Gostei da imagem.

— Bebe — ele sugeriu e eu obedeci.

— Vamos dançar de novo? — ele perguntou.

— Vamos, sim.

— Você reconhece essa música?

— Não, e você?

— Não. Isso é bom. Não quero que a gente tenha uma música melosa que sempre vamos associar à nossa última noite em Paris.

— Ponto para você.

Ele deu a volta e segurou minha cadeira enquanto eu estava de pé.

— Vi dentro do seu vestido — ele falou. — Bastante.

— Fico feliz por você.

Então seguimos para a pista de dança.

⁂

Era muito tarde e ainda estávamos dançando. Eu estava com a cabeça no ombro de Jack e, sentindo-me cansada, me apoiei nele. Não queríamos ir para a cama. Era o truque para voos transatlânticos. Fique acordado a noite toda e depois pule no avião.

— Pronto, já fomos a Paris — Jack declarou. — Alguns casais esperam a vida inteira e nunca chegam a Paris.

— Nós estivemos aqui.

— Tomamos martínis nessa cidade.

— Dois para sermos precisos. Você estava certo sobre isso.

— Os martínis são bebidas baseadas na ciência.

— É sempre uma ideia ruim tomar vodca martíni?

Ele assentiu.

— Você podia tomar uma na cidade de Sheboygan, talvez.

— Onde fica Sheboygan? Gostei de dizer esse nome.

— Fica no estado de Nova York? Não, acho que é em Wisconsin.

— Sheboygan. She-boy-gan. É uma palavra indígena, aposto.

A música parou. Não nos separamos imediatamente.

— Não podemos ser o casal esquisito que continua dançando mesmo quando a música para — Jack disse. — Isso me faria repensar todo o nosso relacionamento.

— Tudo bem, vamos lá.

Ele beijou meu pescoço. Depois o topo da minha cabeça. Então parou de se mover e lentamente nos separamos.

— Lá — ele indicou.

Senti frio sem seus braços à minha volta. Eu me inclinei de volta para ele.

— Se ficarmos acordados a noite toda, vamos dormir no avião, certo? — perguntei.

— Esse é o plano.

— Quero andar e ver a cidade. Quero me despedir dela.

— Está tarde — Jack ponderou. — Talvez seja um pouco perigoso.

— Encontre um bar então. Um lugar que seja quente.

— Vou perguntar — ele falou.

Ele se aproximou e perguntou a um dos membros da banda aonde deveríamos ir. O rapaz parecia não saber, mas um outro, o guitarrista, disse alguma coisa, e Jack assentiu. Quando voltou, ele colocou o braço ao meu redor e me levou até a mesa.

— Tem um lugar não muito longe daqui — ele disse.

— Lembra de quando dormimos no estábulo em Amsterdã?

— Sim.

— Pensei que você fosse tentar me seduzir. Achei que íamos rolar no feno.

— Eu sabia exatamente como te tocar.

— Sabia, não é?

Peguei a bolsa e verifiquei a mesa para ter certeza de que não esqueceria nada. Jack empurrou as cadeiras. Ele se aproximou e colocou o braço ao meu redor de novo, conduzindo-me em direção à porta.

— Aquela foi a primeira noite que dormimos juntos. Em um monte de feno em Amsterdã. Essa é uma boa história para contar. Podemos entreter as pessoas com isso por um bom tempo.

— Que expressão antiquada! — Jack reclamou. — Entreter as pessoas.

— O que você acha que o cachorro que incluí no seu brinde realmente significa?

— Acho que o filhote simboliza a inocência.

— Eu também — concordei. — E a esperança de algo puro.

— Filhotes simbolizam perversão sexual — Jack explicou. — Freud disse isso.

— Não disse, não.

— Claro que disse. Você pode dizer isso sobre qualquer coisa e ninguém vai saber. Freud disse isso. Tente.

— Homens que tocam clarinete têm uma obsessão fálica. Freud disse isso.

— Viu? Funciona.

— Melhor do que deveria.

Chegamos à porta e saímos. O sol ainda não havia nascido, mas estava por todo o bairro. Você podia senti-lo e vê-lo. A cidade parecia um tapete voador, preguiçosa demais para se levantar e se mexer. Alguns pombos pousavam na borda das janelas do prédio. Jack me puxou para mais perto.

— Está com frio? — perguntou.

— Um pouco.

— Por que as mulheres estão sempre com frio?

— Porque usamos coisas que os garotos podem olhar por baixo.

— E somos gratos por isso.

— Sempre achei que vocês estivessem atrás dos mamilos. Agora não é tão perturbador.

— Freud disse isso.

— Claro que disse. Sabe para onde está indo?

— Ali em cima, eu acho.

— Meu pai vai ser um pouco reservado no início. Tenho que te avisar. Depois ele vai melhorar. Eu prometo.

— Em algum momento você terá que conhecer meus pais também, sabia?

— Eu sei. Quero conhecê-los.

— É você quem está dizendo.

— Eles são horríveis?

— Horríveis, não. Só meio preocupados consigo mesmos, eu acho. Eu os pinto para serem piores do que são. Faz parte do meu mito pessoal.

— Freud disse isso.

— Não funcionou. Não posso te dar essa ferramenta se você abusar dela.

Então ele parou e me beijou. Nós nos beijamos por muito tempo. Um beijo nem casto nem totalmente apaixonado. Eu diria que foi um beijo sociável, como se tivéssemos entrado em um nível diferente, um nível mais confortável, no que um significava para o outro.

— O sol logo vai nascer — Jack avisou quando nos separamos.

— Gostei de dançar com você. Dos martínis. Gostei de tudo.

— Poderíamos nos apaixonar assim, sabia? — Jack perguntou.

— Freud disse isso.

Jack sorriu. Então amanheceu.

38

— Você não acredita no Pé-Grande? — Jack perguntou no ônibus para o aeroporto, os olhos me inspecionando como se eu tivesse dito algo absurdo. — Como você pode negar a ciência? O Pé-Grande é um fato científico. Você não seguiu as expedições que provaram que ele existe e habita os arredores da floresta do estado de Washington?

— Freud disse isso.

— Está vendo? Você já está usando demais essa frase. É um uso impróprio do argumento de Freud.

— Achei que você tinha dito que sempre funcionava.

— Nem sempre, Heather. Nada é para sempre. Nada no universo é eterno. "Freud disse isso" é um pensamento que se encaixa em alguns lugares, mas não em outros. O truque é saber quando.

— Freud disse isso.

— Viu? Mais uma vez, bandeira de penalidade. Você parece um papagaio que aprendeu a dizer: "Polly quer um biscoito". Você continua repetindo sem entender nada.

— Afinal, por que um papagaio quer um biscoito?

— Você realmente não capta essas coisas, não é? Desculpe, mas você é meio surda. Não sabia a extensão da sua deficiência até agora. Peço desculpas se fui insensível.

Ele me olhou e colocou o dedo nos lábios.

— Não diga isso — ele avisou.

— Freud disse isso.

Ele suspirou.

— Talvez pudéssemos colocar você em um programa. Quem sabe a gente possa te dar algum tipo de ajuda de brincadeira. Você é uma minoria merecedora. Está com problemas de humor.

Apoiei a cabeça em seu ombro. Estava com sono. Eu me sentia calma e feliz. Não gostava de voar, mas adorei para onde os aviões me levaram. Era hora de voltar para casa. Queria ver meus pais e o sr. Periwinkle, e queria permanecer em um lugar por mais de uma ou duas noites. Viajar nos faz mudar e precisamos de um tempo em casa para nos recuperar.

— Tenho que te perguntar outra coisa — ele disse, soando mais sério. — Você gostaria de assumir algo importante? Isso poderia mudar nosso relacionamento.

— O quê?

— Gostaria?

— Acho que sim. Você está brincando?

— Não, Heather. Preciso saber sua atitude em relação ao air guitar. Preciso saber se você acha que tocar air guitar é aceitável.

— Por quê? Você toca muito?

— *Au contraire*, srta. Heather. Acho que qualquer um que toque air guitar tem que se olhar tocando isso.

— Você odeia tanto assim?

— Ah, é mais que ódio, Heather. Muito mais. Odiar não começa nem a descrever. Quer dizer, o que é air guitar? O que isso significa? Uma pessoa estende as mãos como se ele, ou poderia ser ela também, mas isso é mais comum entre os caras, como se ele estivesse tocando uma guitarra. É claro que o cara é capaz de tocar os melhores solos de guitarra do mundo, geralmente sem praticar nada. E então ele olha em volta como se estivesse realmente fazendo algo e faz caretas de rock como se recebesse o último grito de uma nota que acabou de tocar. É um insulto a tudo o que é sagrado nesta terra.

— Então eu nunca vou poder tocar isso?

— Pode sim, Heather. Fique à vontade. Nunca vou te impedir de tocar air guitar. Eu simplesmente vou ter que sair da sala, isso é tudo. Eu nunca mais conseguiria olhar para você da mesma maneira. Simplesmente não conseguiria. Para mim é o fim da picada esse lance musical do Ocidente.

— Então, sim ao Pé-Grande, mas não ao air guitar. Entendi. Mais alguma coisa que eu deveria saber? Existe um manual que te acompanhe?

— Ah, tem muito que explorar e descobrir aqui, Heather. É uma grande arca de carros.

Fechei os olhos. O ônibus chegou a uma estrada mais larga e acelerou, e, quando olhei pela janela, vi aviões descendo do céu. Jack segurou minha mão. Pensei no sr. Periwinkle, na minha mãe e no meu pai e o que eles diriam ou não, como Jack preencheria nossa casa. Prendi a respiração e mergulhei, e tudo acima, todos os feixes de luz e líquido, tornou-se suave, quieto e macio. Então o ônibus parou em uma rampa, o tempo mudou e nós saímos. Jack se levantou para pegar nossas malas, depois fez um rápido movimento de air guitar com a língua para fora, com seu melhor sorriso.

⚜

Aeroportos são uma droga. Mas o Charles de Gaulle era um pouco menos chato com Jack ao meu lado. Com um segundo par de mãos e olhos para tomar conta da bagagem, as coisas eram mais fáceis. Chegamos cedo o suficiente para passar pela segurança sem nos sentirmos como um conversível enfrentando um lava-rápido. Mostramos o passaporte, exibimos o celular para o funcionário registrar o cartão de embarque, calçamos os sapatos, recolocamos o cinto nas calças, compramos chicletes e revistas, tomamos uma cerveja rápida em um bar de esportes quase francês chamado Alas e nos sentamos por um tempo em duas cadeiras que a gerência havia colocado perto da janela, com vista para o asfalto. Era bom estar sentada ali. Eu me sentia quieta, tonta e exausta. Mas estava satisfeita. Tinha ido para a Europa. Tinha conhecido alguns países. Eu me desviei do caminho e vi diferentes aspectos de um lugar que tantas pessoas visitavam e me diverti. Entrelacei a mão na de Jack. De um jeito amável, ele se levantou e aproximou sua cadeira para que pudéssemos ter um contato maior.

— Eu realmente não esperava encontrar alguém como você — Jack disse em sua voz mais suave quando ele se acomodou na cadeira. — Não esperava mesmo.

— Eu também. Você foi uma surpresa.

— Quer que eu te diga por que eu te amo? Isso seria uma boa coisa para fazer agora?

— Sim, claro.

Beijei as costas da sua mão. Sempre quis beijá-la.

— Primeiro, quero que você saiba que eu te amo apesar da sua deficiência auditiva. Sua surdez de brincadeira. Começou como um problema, mas aprendi a ignorar isso.

— Obrigada.

— E porque você leu Hemingway. Eu te amo por causa disso.

Eu assenti.

— E porque você me completa.

— Ah, para com isso. Não me venha citar frases de filmes.

Ele se inclinou e beijou meu pescoço. Movi meus lábios em direção aos dele. Nós nos beijamos por um tempo. O mundo desaparecia sempre que eu beijava Jack.

— A verdadeira razão pela qual eu te amo é porque compartilhamos um olho — ele falou quando nos separamos. — Já ouviu isso?

— Acho que não.

— Já ouviu falar das górgonas? Eram três irmãs terríveis com cobras no cabelo. Eram todas cegas, mas tinham um único olho, e precisavam virá-lo para a frente e para trás para ver o mundo. Compartilhamos um olho assim, Heather. Olhamos através da mesma lente.

Comecei a fazer uma piada sobre ele me chamar de górgona, mas depois percebi que ele estava falando sério. Embora eu não conseguisse acreditar, ouvi sua voz falhar. Eu me inclinei para a frente e olhei para ele.

— Jack?

— Me desculpe.

— Não se desculpe. Você está bem?

— Eu te amo, Heather. Quero que você saiba disso.

— Também te amo, Jack. Você está bem? O que está acontecendo?

— Estou bem. Só um pouco cansado.

— Você não devia ter ficado acordado a noite toda dançando.

Ele sorriu e beijou as costas da minha mão. Deixou os lábios ficarem na minha pele.

— O que você acha que o Esche está vendo agora?

— Dois amantes. Eles têm um cachorro pequeno que fica aos pés deles. O cachorro é muito velho e vem ao parque todos os dias com o casal. O cão mal consegue enxergar, por isso confundiu um esquilo com uma cadela e sonha em atravessar o parque com o esquilo, mas é velho demais e tem quadris ruins.

— O esquilo tem um nome?

— Não, acho que não. O nome do cachorro é Robin Hood.

— Isso não é nome de cachorro.

— Sim. É um beagle. Tem pintas marrons logo acima das sobrancelhas.

— Isso é uma coisa boa para o Esche ver. Estou feliz que ele tenha algo assim para ver em um bom dia.

— O Esche sempre estará vendo.

Poucos minutos depois, Jack disse que precisava usar o banheiro. Ele se levantou e pegou a mochila. Pedi a ele para me trazer uma fruta se encontrasse. Ele assentiu.

— Foi bonito pensar assim, não foi? — ele disse mais do que me perguntou.

Ele já dissera isso para mim uma vez. Talvez duas.

— Você está citando Hemingway?

— É uma fala legal. Sempre quis usar.

— Não entendo o que isso tem a ver com frutas. Falo em frutas e você cita Hemingway.

— Acho que não tem nada a ver — ele concluiu. — Só pareceu uma coisa legal para dizer. Você está linda sentada aqui, Heather. Se eu tivesse seis vidas, gostaria de gastá-las com você. Cada uma delas.

Ele sorriu e ergueu a mochila nos ombros. O que estava acontecendo? Ele parecia muito emocionado para a atmosfera cotidiana do aeroporto. Um pensamento passou pela minha cabeça, pensei em perguntar por que ele precisava da mochila para ir ao banheiro, mas deixei passar. Talvez ele quisesse se trocar. Ou precisasse de alguma coisa dali. Nossos olhos se encontraram. Eu o observei ir embora e, num instante, o movimento de pedestres o engoliu.

Peguei o celular e verifiquei as mensagens. Enviei uma para Amy. Disse a ela que estava voltando. Mandei uma para Constance e perguntei se ela tinha visto um canguru. Depois, enviei uma para minha mãe — sabendo que era o mesmo que mandar mensagens para meu pai também — e disse que estava no aeroporto, que estava tudo bem, cansada, pronta para voltar para casa, mal podia esperar para vê-los. Verifiquei uma dezena de e-mails, principalmente do trabalho, então olhei para uma foto que uma amiga chamada Sally havia postado no Facebook de um gato que usava um chapéu de pirata. Era uma boa foto e me fez rir. Curti e escrevi "Aaarrrgggghhhh, amiga" sob ela. Parei e adicionei um emoticon. O gato parecia um arraso.

Por um tempo, senti que eu havia entrado no mundo dos celulares. Era só eu e um mundo virtual que na verdade não existia, mas existia e, quando olhei para cima, fiquei surpresa ao ver que o tempo tinha passado. A luz havia mudado ligeiramente por causa dos aviões. As lanternas que o pessoal em terra usava para guiar as aeronaves, para marcá-las para a frente ou para os lados, de repente pareciam mais brilhantes quando contrastadas com a luz opaca do sol. Minha nuca começou a se arrepiar e coloquei o telefone lentamente no bolso da blusa.

Olhei para o caminho por onde Jack tinha ido. Peguei o telefone novamente e verifiquei a hora. Ele tinha ido embora havia quanto tempo? Qual era o sentido, eu me perguntei, de verificar o tempo se eu não sabia quando ele tinha ido? Se eu não soubesse essa informação básica, qualquer que fosse a hora não faria sentido.

Então, antes que eu pudesse fazer qualquer coisa ou pensar em um plano, um homem de terno com boa aparência, o telefone no ouvido, apontou para a cadeira ao meu lado. Estendi a mão para bloqueá-lo, mas então percebi que era uma reação bastante corajosa. Baixei a mão e acenei para ele. Ele sorriu em agradecimento e arrastou a cadeira para longe. Ela estava perto de mim quando Jack se sentou. Fiquei incomodada ao vê-lo arrastá-la.

— Você se importaria? — perguntei ao homem, apontando para minha mochila. Queria que ele tomasse conta dela para mim. Ele cobriu o bocal do celular e balançou a cabeça, dizendo, em francês, que ficaria ali só um minuto.

— Por favor, fique de olho o máximo que puder — eu pedi. — Já volto. — O homem franziu os lábios, como se dissesse: "americanos" ou "talvez sim, talvez não". Não tive tempo para negociar um acordo. Fui no rumo que Jack havia tomado. As pessoas andavam na minha direção e, por um instante, tive uma imagem de *O apanhador no campo de centeio*. Era um romance que havíamos lido no ensino médio e do qual eu nunca gostei muito, mas me lembrei do personagem principal, Holden, como um apanhador de centeio. Ele queria ser um garoto que atravessava a campina alta e impedia as crianças de caírem, com os braços estendidos, os olhos atentos. Foi assim que me senti andando contra a corrente. Jack tinha que estar lá em algum lugar, entre as pessoas, e eu andei com os braços quase estendidos, tentando vê-lo.

Um pouco mais adiante, peguei o celular e mandei uma mensagem para ele.

> Onde você está?

Segurei o telefone à minha frente, esperando que a resposta viesse instantaneamente. Mas isso não aconteceu. Percebi que havia parado no meio do tráfego, uma pedra no leito de um riacho, e as pessoas passavam por mim, claramente irritadas, o rosto brilhando de raiva. Eu estava violando regras. Era uma imbecil. Era tudo que eles podiam fazer para não me atacar.

Coloquei o celular de volta no bolso e segui até encontrar o banheiro masculino. Olhei para vários homens enquanto eles entravam e saíam e me perguntei se poderia pedir a um deles para chamar Jack por mim. *Ele pode estar passando mal*, refleti. Poderia ter acontecido alguma coisa. *Para o inferno com isso*, finalmente pensei, e entrei. Mantendo os olhos inocentes, desviei o olhar e gritei de uma forma que eu sabia que devia soar como uma voz de esposa rabugenta:

— Jack? Jack Quiller-Couch está aqui?

O atendente do banheiro, um homem africano alto e magro com um casaco azul, veio em minha direção e estendeu o braço para impedir que eu avançasse.

— *Mademoiselle, non* — disse. — *Non, non, non.*

— Jack! — gritei mais alto. — Jack, onde você está?

O atendente me tirou do banheiro, e minha voz ecoou na câmara de azulejos.

— Estou procurando meu companheiro de viagem — eu disse, tentando falar em francês, mas falhando terrivelmente. — Meu namorado, ele entrou aqui, eu acho.

— *Non, mademoiselle. Les garçons, seulement les garçons.*

— Eu entendo, mas ele sumiu.

Uma mensagem entrou no celular. Peguei o telefone tão rapidamente que o deixei cair. Ele derrapou no chão e tive de me arrastar atrás dele. Achei que poderia ter quebrado, mas parecia tudo bem quando o examinei. A mensagem era da minha mãe dizendo que mal podia esperar para me ver.

Mandei uma mensagem para Jack novamente.

> Jack?

Quase no mesmo instante, o sistema de som chamou nosso voo.

Nova York. JFK. *Grupo quatro embarcando agora.*

— *Mademoiselle* — o atendente do banheiro disse novamente, e eu recuei. A área parecia mais ocupada do que nunca, com as pessoas correndo em direção aos seus voos, a bagagem rolando atrás delas como cães obedientes.

Meu cérebro começou a acelerar, e pensei: *minha mochila*. Que tipo de idiota simplesmente larga uma mochila em um aeroporto? Voltei para o nosso portão e percebi, enquanto seguia, que a Navalha de Occam se aplicava naquela situação. Eu conhecia a regra de um seminário de filosofia do primeiro ano. Até sabia isso em latim como *lex parsimoniae*. Em termos simples, recomendava-se que, diante de muitas hipóteses conflitantes, deve ser escolhida aquela com o menor número de suposições. Em suma, mantenha a coisa simples. Assuma a linha mais fácil do raciocínio. Eu estava deixando minha mente se empolgar. Precisava seguir a Navalha de Occam.

Outra voz — uma fora da minha cabeça — veio pelo sistema de som e anunciou um voo para a Argélia. Fiquei paralisada. Uma pequena onda de pânico me atingiu. Eu me virei e comecei a correr no sentido que Jack havia tomado. Era quase impossível correr com as pessoas vindo na minha direção, mas fiz o meu melhor. Minha respiração parecia uma espada entrando e saindo de meus pulmões. O fato de Jack ter ido embora tinha sido um pensamento tão cru quanto um horrível embrião de pássaro tentando bicar uma parede de ovo.

Mas então uma voz mais sã e comedida começou a sussurrar coisas tranquilizadoras em minha mente. *Ele não foi embora. Ninguém faz isso. Ele não iria simplesmente embora.* A pequena voz me disse para ir com calma, e eu diminuí a velocidade para uma caminhada e continuei outros cinco minutos pela longa passarela, tentando ser uma turista normal, parecer despreocupada, acreditar que, quando eu voltasse para a mochila que eu tinha deixado imprudentemente no meio de um portão de embarque do aeroporto, Jack estaria lá, fazendo air guitar. Até me forcei a parar em uma loja de revistas e doces, fingindo comprar algo, o estômago tão embrulhado como se eu tivesse engolido um gato coberto de margarina. Peguei um exemplar da *Match* e folheei as páginas. Queria que Jack tivesse tempo para voltar. Queria que ele não tivesse pressa.

Voltei bem devagar. Olhei para os rostos que passavam por mim e me perguntei que segredos eles mantinham que não podiam revelar. Todos pareciam procurar alguma coisa. Todo mundo parecia procurar outra pessoa, outra coisa, e por duas vezes quase colidi com pessoas que carregavam sacolas de viagem. Então, sem querer, vi minha mochila e sorri, feliz por ela ainda estar lá, satisfeita por ter assumido um pequeno risco e vencido, mas não vi Jack. Cheguei mais perto, e ele ainda não havia aparecido. Eu me virei para inspecionar a área de espera, o pequeno balcão de check-in, e ele também não estava lá.

Sentei ao lado da mochila e olhei para a frente.

Estava ciente de que o tempo estava passando. Quando as pessoas em volta começaram a se levantar e sair percebi, quase como uma névoa, que era hora de embarcar. Nova York. JFK. Eu me levantei, me inclinei e ergui a mochila. Então a joguei no ombro e ela bateu nas minhas costas, me fazendo soltar um pequeno grunhido. Eu me curvei e a fiz me acertar novamente. Era bom ser atingida, sentir o peso da mochila bater como um pêndulo contra minhas costas.

Peguei o telefone e olhei para ver se Jack tinha mandado uma mensagem, ligado, feito qualquer coisa. Meu dedo tocou nos contatos, e apertei o nome de Jack. O celular começou a processar a chamada, e pensei loucamente em coisas para dizer: "Oi, Jack, onde você está? Você sumiu. Oi, Jack, estou no portão e estão chamando o nosso voo, acho que é melhor você se apressar", mas ele não atendeu. A chamada foi para a caixa de mensagem e eu respirei fundo, abri a boca para falar, mas desliguei suavemente.

Os funcionários do aeroporto anunciaram que estavam embarcando o primeiro setor do avião, pedindo que mantivessem os cartões de embarque prontos e o passaporte aberto.

Eu me movi lentamente para a fila de embarque. Olhei na direção de onde Jack havia desaparecido e pensei: *Agora ele vai aparecer. Deve estar vindo. Que piada. Que maluquice. Que doideira foi essa, cara?* Ocorreu-me que ele já poderia ter embarcado. Talvez tudo não tivesse passado de uma grande confusão. Uma funcionária da companhia aérea pediu meu passaporte e eu o entreguei. A moça o escaneou e me devolveu. Agradeci, mas, principalmente, observei sua boca se mexer, e então descemos uma longa passarela em direção à entrada do avião. Finalmente entreguei meus documentos a uma comissária de bordo, uma mulher com muita maquiagem e um sorriso que chegava facilmente aos lábios. Ela balançou a cabeça e apontou para os fundos da aeronave. Passei pela divisória que separava a primeira classe da econômica e continuei até chegar ao meu corredor. Sentei e mantive os olhos adiante. Jack não estava sentado ao meu lado.

Vomitei no banheiro do avião antes mesmo de ele taxiar. O vômito veio como uma onda e não pude resistir.

Depois de um tempo, alguém bateu na porta e perguntou em francês se eu estava bem.

— *Ça va* — falei. — *Merci.*

A pessoa disse algo rapidamente, e eu repeti:

— *Ça va.*

"Depois de uma grande dor, vem um sentimento formal." É isso que a poeta Emily Dickinson disse. Enquanto eu estava sentada esperando o voo começar a taxiar, os minutos passando, a realidade se tornando lenta e dolorosamente incontroversa, senti o corpo enrijecer. Sentei mais ereta. Sim, eu seria formal. Aceitaria o que não podia mudar. Não choraria mais. Parecia até aquela frase do Dr. Seuss: *"Não é sobre o que é, é sobre o que pode se tornar"*.

Coloquei o celular no bolso e o desliguei.

Não tentei ler. Não verifiquei os e-mails. Não bebi nem comi. Sentei e me senti estranhamente rígida. Aconteceu. Foi o que eu disse a mim mesma. Eu tinha sido enganada por um idiota e não era a primeira mulher a acreditar nas mentiras de um homem, nem seria a última, mas isso servia de lição.

Não me permiti o luxo de procurar o rosto dos meus companheiros de viagem em busca de Jack. Não estendi o olhar para a frente do avião. Ele não vinha. Ele não veio. Não me queria, no fim das contas.

Um pouco depois, uma comissária de bordo radiante e com batom vermelho me disse para apertar o cinto, e eu o fiz. Ela sorriu e eu sorri de volta.

Decolamos um pouco mais tarde. O avião levantou voo e Jack não estava comigo. Passamos por uma nuvem e Jack ainda não estava comigo. Pedi a comissária um gim-tônica, bebi, pedi outro, bebi, pedi um terceiro e bebi. Ela se recusou a me dar um quarto. Apoiei a cabeça no encosto e fechei os olhos.

Acabou, disse a mim mesma. Talvez nunca tivesse existido, não em um sentido que importasse. Estendi a mão e tirei minha agenda Smythson da bolsa. O que eu podia fazer, o que sempre fizera, aliás, era me manter organizada. Ignorei minha agenda por muito tempo. Eu a abri com cuidado, como se estivesse ligando para um amigo há muito esquecido, e minhas mãos percorreram lentamente as páginas. Compromissos. Tarefas. Formulários. Aniversários anotados em caneta rosa durante o ano. Folheei as páginas lenta e resolutamente, e não chorei. Por que chorar? Tivemos Paris, Amsterdã, Praga, Cracóvia, minas de sal e barcas de leite. Aquele verão havia sido bom. Fora uma boa viagem. Tirei a caneta do pequeno coldre na Smythson e escureci um quadrado ao redor do dia em que começaria o trabalho. Escureci até a ponta da caneta quase perfurar o papel. As nuvens flutuavam abaixo de nós e nada parecia mais sólido.

Quando tentei deslizar a agenda de volta à bolsa, ela se recusou a entrar. Sacudi, inclinando-a para que entrasse, mas algo continuou a bloqueá-la.

Baixei a cabeça na direção da bolsa e dei uma olhada nas coisas. Minha mão caiu no diário do avô de Jack. Conhecia sua sensação antes mesmo de colocar os olhos nele. Isso me deixou com frio. Senti o peito apertar, dificultando minha respiração.

— Pode jogar isso fora? — perguntei à comissária, quando ela passou. Eu lhe ofereci o diário. Ainda possuía peso e tamanho perfeitos para a minha mão. Acreditava que, se ela o pegasse, se me libertasse do toque, eu poderia me refazer.

— Claro, querida — ela respondeu.

Ela me deu um sorriso falso e jogou o diário em uma minúscula sacola de lixo que carregava pelo corredor. Ela não o examinou. Abriu o sorriso brilhante e continuou, o diário não mais do que um peso caído em uma sacola reservada para embalagens de amendoins e palitos.

Seguiu a metade do caminho para a cozinha antes de eu gritar para ela parar.

Fiz uma cena. Estava ciente disso quando comecei a gritar. No fundo, culpei as bebidas e meu esgotamento emocional. Mas isso não me impediu de aparecer no corredor, quase caindo, as lágrimas começando a obscurecer minhas percepções.

A comissária de bordo me observou avançar em sua direção e fez uma cara que dizia claramente: *Calma, sua vadiazinha*. A última coisa que ela precisava era de uma passageira maluca.

— Desculpe — falei, inclinando-me para sussurrar. — Cartas de amor e coisas de um antigo namorado.

— Ah — ela disse.

Só que ela disse assim: *Aaaaaaaaaa*.

Então ela estendeu a sacola, e eu vasculhei o lixo para pegar o diário. Quando finalmente o agarrei, apertei-o contra o peito.

— Já passei por isso — a comissária falou. — Do mesmo jeito.

— Obrigada.

— Vou trazer o último gim-tônica, tá? Mas você vai dormir depois disso.

Balancei a cabeça e voltei para o meu lugar. Todo o resto parecia muito distante.

Parte II

Parte II

NOVA YORK

39

Se você estivesse indo a um encontro, daquele às escuras, preferiria ficar no bar esperando o cara aparecer ou entrar, observar as pessoas que estão jantando ou bebendo e tentar encontrar o amigo de um amigo que devia ser um fofo?

Na pior das hipóteses, você não sabe se está adiantada ou atrasada, porque seu coração não está nisso, mas você teve que vir porque foi pressionada por dois amigos do trabalho, e é isso o que as pessoas fazem, essa é a maneira de encontrar alguém, então você disse: "Sim, certo, tudo bem, vou conhecê-lo, obrigada".

O nome dele é Gary.

Foi tudo o que disseram.

São sete e meia, o expediente já terminou. Em um mês e meio, você ficou conhecida por trabalhar duro, então precisou de novos sapatos, penteou os cabelos, passou a usar delineador e blush e aprendeu a desabotoar o primeiro botão da blusa para parecer mais sexy.

Tudo parece falso, como colocar creme de amendoim na alavanca da ratoeira como isca, mas Eleanor, a garota com idade mais próxima da sua e com experiência no Bank of America a treinou, fez você até se inscrever em um site de relacionamentos. "Heather, não seja ridícula, você precisa sair, não é grande coisa, todo mundo está online, isso não significa que você seja algum tipo de fracassada em namoros", e agora você está colocando em prática o que esperam que você faça.

Você faz uma pausa depois de passar pela porta, afastando-se um pouco para deixar outras pessoas entrarem. É sexta-feira à noite, o fim de semana está só começando, e o Ernie's está repleto de energia jovem. É um cenário, um encontro e uma mistura, e você acha que se encaixa aqui, mas a coisa toda não parece tão divertida dentro de você. Um rugido alto soa no canto direito do bar; alguém fez alguma coisa no meio de um grupo de rapazes, e as pessoas bateram palmas e gritaram, e uma espécie de chapéu voa no ar.

Uma mensagem entra no seu celular.

> Estou um pouco atrasado. Ceh go logo.

Será que ele sabe soletrar? Ou isso é um código de mensagem? Um erro de digitação?

O bar está lotado, mas você avança e procura lugares, mas nenhum está vazio. Isso era para ser divertido, lembra? É por isso que você trabalha, assim você vai ter dinheiro para sair e conhecer caras em lugares lotados. Ou algo parecido. Mas esse pensamento é irônico, e Amy e Constance a intimidaram sobre negatividade, dizendo para você que não é certo se transformar em uma pílula de limão depois de ser rejeitada por Aquele-que-não-pode-ser-nomeado. Você meio que concorda, mas nem sempre consegue evitar. Então, quando duas poltronas vagam na extremidade do bar, você se força a ver isso como um bom presságio, um sinal de sorte.

No entanto, antes que você consiga guardar a segunda cadeira, outra mulher, da sua idade, com o visual parecido com o seu, se senta e tudo o que você pode fazer é guardar sua própria cadeira. Você remexe o traseiro no assento, pendura a bolsa nas costas e se vira para poder vigiar a porta. De modo casual, claro. Você não quer parecer muito ansiosa, como um golden retriever pulando na porta de casa enquanto seu dono sai do carro na entrada da garagem, então você decide voltar e tentar chamar a atenção do barman, mas ele está do outro lado vendo o que foi que fez todo mundo gritar um momento antes.

Você volta para olhar a porta e vê o Gary.

Tem que ser ele. Você sabe que é pelo olhar, pela forma como ele observa o ambiente, pelo jeito que fica de pé. Você foi informada de que ele malha e parece verdade: seu corpo é musculoso, e ele tem um impulso atlético quando te vê e vai até você, o dedo dele apontando para o próprio peito, depois para você e novamente para ele.

— Você deve ser o Gary — você fala. — O amigo da Eleanor, certo?

— Heather — ele diz, mas antes de pronunciar outra palavra, seu telefone toca, ele ergue um dedo e sorri.

— Certo, tudo bem — ele diz ao telefone, sorri para você de novo, então acena com a cabeça para algo que a outra pessoa disse.

O que é bom, porque lhe dá a chance de examiná-lo. Ele não é ruim, não é exatamente seu tipo, mas não é ruim. Ele usa terno, o tipo de executivo agitadinho de Nova York, um cara bem narcisista. É loiro, ainda que seu cabelo esteja meio ralo, já um pouco afastado da testa. "É um cara nota cinco", a Amy diria. Está bem barbeado, tem um queixo largo que lembra uma pá de sorvete. O terno dele é bom, azul com riscas, e a gravata é um pouco chamativa, tipo corta-tesão. A Amy diria "azul-brilhante e levemente iridescente". Ele sorri de novo para você, levanta as sobrancelhas para dizer que sente muito, então faz um movimento de beber com a mão para indicar que o barman apareceu atrás de você.

— Club soda para mim — Gary diz para o barman, em seguida volta a atenção para o telefone.

— Quero um vinho branco — você fala, mas percebe como soa patético e clichê, então troca para uma Stella Artois.

— Desculpe — Gary fala quando o garçom se afasta.

Ele coloca o celular no bolso do paletó e se inclina para beijar sua bochecha.

— Então você trabalha no Bank of America? — ele pergunta.

— Sim, trabalho. Comecei lá há pouco tempo. E você é advogado?

— Culpado, meritíssimo.

— Contratos?

— Bem, por enquanto. Estou tentando trabalhar com clubes. Gostaria de ser agente.

— Ah, legal.

As bebidas chegam.

E você não está ligada nesse cara. E tem certeza de que ele também não está em você.

Chame isso de química. Ou falta de química.

— Saúde! — você diz, brindando.

— Saúde. Me desculpe por te deixar beber sozinha, mas estou treinando e tentando evitar carboidratos.

— Não se preocupe.

— Estou fazendo uma coisa de resistência. Já ouviu falar? Essas coisas de megarresistência? Você corre, atravessa lama, ultrapassa obstáculos... É incrível.

— Você compete em equipes?

— Neste momento sim, mas nem sempre.

Está barulhento. Tudo o que ele diz é meio confuso de ouvir. Você tem que erguer a cabeça e virar a orelha como se fosse um pequeno microfone, apontado na direção dele.

— E aí, o que a Eleanor disse a meu respeito? — ele perguntou.

— Que você era um cara legal.

— Legal não é muito emocionante.

Você toma um segundo gole de cerveja, mas não se importa em deixá-lo pensar na possibilidade de não ser excitante. Aos poucos, você percebe que não gosta particularmente dele. Não mesmo. Em seguida, o telefone toca, e ele o tira do paletó novamente, erguendo o dedo para prometer que será apenas um momento.

Enquanto ele fala ao telefone, obviamente, preparando as coisas para mais tarde, com alguém mais legal, atraente e interessante, você o compara com Aquele-que-não-pode-ser-nomeado, mas não dá certo. Não tem como comparar. O Jack era mais corpulento, mais descontraído, mais natural e muito mais bonito. *Não, muito mais bonito, não*, muito mais *lindo*. Esse cara, esse Gary, parece uma imitação barata do Jack, e você toma um gole de cerveja e se pergunta como pode sair dali educadamente. Você precisa pegar um trem para Nova Jersey para o fim de semana prolongado, o fim de semana do Dia de Colombo, mas se as coisas tivessem corrido bem, muito bem, você poderia ter adiado isso por um dia.

Mas o Gary resolve a situação para você.

— Bem, não gosto de ficar de enrolação — ele diz quando termina a chamada. — Você não está a fim de mim, não é?

— Eu não diria isso.

— De qualquer forma, não está dando certo — ele fala, sorrindo. — Acho que não estamos na mesma sintonia.

— Deveríamos estar? — Você não pode se impedir de perguntar.

De repente, de maneira absurda, Gary se tornou um *projeto*. Você ama projetos. Não pode resistir a um e, embora não queira o cara, você não quer que ele não te queira, então você tenta flertar um pouco. O telefone dele toca pela terceira vez, e, quando ele o tira do bolso, você entende que não precisa fazer isso. Então dá adeus com a mão direita, depois se vira e dá um longo gole em sua cerveja. Gary chega ao seu lado, coloca a bebida meio vazia no bar, sorri, abatido — ah, você ama um sorriso abatido —, e depois dá um tapinha nas suas costas enquanto se afasta, o telefone ainda colado à orelha.

Você pensa no Esche, o poderoso Esche, crescendo no Jardim de Luxemburgo.

Pensa na academia de equitação e no momento em frente à pintura de Vermeer, e, sem conseguir evitar, pensa nas tardes em Berlim quando seus corpos se encontravam como se estivessem soltando faíscas. Aquele-que-não-pode-ser-nomeado lentamente assume todos os seus pensamentos, sua visão e sua memória, e você bebe o resto da cerveja com os olhos no espelho atrás do bar. Garota solteira, Manhattan, sexta à noite.

40

No trem para Nova Jersey, a caminho de casa, você manda uma mensagem para Eleanor, no trabalho:

> Cara bacana. Legal nos conhecermos. Não rolou química, mas obrigada. :)

Você manda uma mensagem para Constance e Amy:

> Cara bacana. Legal nos conhecermos. Não rolou química.

Meu pai me encontrou na estação.

— Oi, docinho — ele disse, quando entrei no carro ao lado dele. — Você pegou o trem tarde.

Ele cheirava a manteiga e pipoca. Joguei minha bolsa no banco de trás, depois me inclinei e beijei sua bochecha. Ele usava uma camisa branca de trabalho, mas era uma das mais antigas, relegada ao uso casual. Sobre a camisa, usava um colete da Carhartt, seu traje favorito de ficar em casa. Ele parecia cansado, mas tranquilo, como se estivesse cochilando antes de me pegar na estação de trem. Suas mãos, pesadas e capazes, penduradas nas duas posições ao volante. Ele era um homem bonito, decidi, mas não chamativo. O cabelo, mais grisalho agora, rareava um pouco no alto da cabeça, e eu sabia, pelos relatórios da minha mãe, que era uma fonte de vaidade ferida para ele. Ele tinha maçãs do rosto fortes, bem definidas, que davam força a todas as suas outras características. Estava com cinquenta e dois anos, um homem no auge, uma força serena e constante em nossa vida. Eu o achei muito querido naquele instante, meu pai, e me senti bem — não, mais do que bem — por estar sentada com ele em nosso carro, com um fim de semana preguiçoso à nossa espera, a geladeira, eu sabia, abastecida com minhas guloseimas favoritas, o sofá para ver TV na sala confortável, minha mãe bancando a mamãe dinossauro.

Então pousei a cabeça em seu ombro e comecei a soluçar.

— Ei, ei, ei, o que foi? — ele perguntou com sua voz consoladora, a voz que levantou minha bicicleta do chão quando eu tinha sete anos, e depois em um teste fracassado pela liderança no Pacífico Sul no ensino médio. — Ei, ei, querida, vá com calma. Você está bem? Aconteceu alguma coisa?

Fiz que não.

Ele beijou o topo da minha cabeça e afastou lentamente meu cabelo do rosto.

— O que está acontecendo, docinho? — ele perguntou e estendeu a mão, com a outra desligou um jogo de futebol da faculdade no rádio. Eu me senti uma idiota, mas não conseguia me impedir de chorar. O carro parou. Estava fresco do lado de fora, e meu pai abriu a janela. O ar cheirava a folhas, outubro e fogo. Ele estendeu a mão rapidamente para o porta-luvas e o abriu, remexeu por um segundo, depois pegou um punhado de guardanapos do Dunkin' Donuts. Entregou-me alguns. Sequei os olhos e assoei o nariz.

— Você está bem? O que foi, querida? O que está acontecendo?

Levantei a cabeça do ombro dele. Assenti. O que valia a pena dizer que não tinha sido dito? Eu sentia falta do Jack. Sentia saudade do que tínhamos e do que poderíamos ter sido. Isso meio que já era uma lenda na família. Para todos os fins, eu havia sido deixada no altar.

— Nada de mais, pai — falei, para tranquilizá-lo. — Foi só um longo dia.

— O trabalho está bem?

Assenti.

— E sua relação com as pessoas por lá?

Dei de ombros. Eu não podia me arriscar a falar.

— Mas você está gostando do seu apartamento, não é?

Aquele era um assunto seguro. Ele sabia que eu gostava. Assenti.

— É pequeno, mas eu gosto. É minúsculo, na verdade. Você viu.

— Bem, essa é a vida em Nova York. É assim que as coisas são. Outro dia ouvi sobre alguns condomínios em Jersey City que devem aparecer na internet. Newark também está voltando.

— Hummm — murmurei e enxuguei os olhos.

— Sua mãe encheu a geladeira com suas coisas favoritas.

— Ah, que bom.

— Vou fazer meu frango mágico na churrasqueira para o jantar. O primeiro e único.

— Então está tudo certo no mundo.

Eu esperava que ele ligasse o carro e acelerasse. Mas ele ficou parado, no mesmo lugar. Endireitei os ombros e assoei o nariz novamente.

— Escute, Heather, receio ter más notícias. Odeio acrescentar isso à sua tristeza agora, mas o sr. Periwinkle morreu ontem.

Incrivelmente, senti a mesma quietude que senti no aeroporto de Paris. No Charles de Gaulle. Algo tão horrível, tão doloroso aconteceu, que tirou o ar dos meus pulmões e o sangue do meu coração.

— O quê? — perguntei, as lágrimas retornando. — Como?

Minha voz se elevou na última palavra e mal consegui conter um soluço. Meu pai respirou e deu um tapinha no meu joelho.

— Ele não entrou. A sua mãe não o viu. Ele estava na garagem, naquele lugar que gostava de ficar. Tomando o solzinho da manhã. Ele estava morto, querida. Velhice.

— O sr. Periwinkle, não.

Meu pai me abraçou. O sr. Periwinkle, o gato dos gatos, o meu amigo de infância, o meu travesseiro de lágrimas, o meu conforto, o meu gatinho, havia partido. E nada que eu pudesse fazer, dizer ou esperar, mudaria isso.

※

Choveu quando enterramos o sr. Periwinkle na manhã seguinte.

Cavei uma pequena cova para ele. Lá embaixo, no porão, eu havia pego uma velha caixa de chapéu — pelo menos é o que parecia ter sido, com uma tampa de seis lados e uma capa azul-clara — e uma pilha de ráfia descartada que minha mãe usou para algum objeto de artesanato alguns anos atrás. Fiz um caixão forrado de ráfia para o meu gatinho, o meu velho amigo, coloquei-o cuidadosamente na caixa e a colei, contente por ter feito o que pude. Deixei a caixa na garagem enquanto cavava o buraco.

Estava cedo, passava das oito, e as folhas grudavam na terra em manchas úmidas de cores suaves. Quando já havia aberto a cova de cerca de um metro de profundidade, o solo revolvido e colocado em um pedaço de caixa de papelão apoiado ao lado do buraco, parei e considerei o trabalho. Era bom ter as mãos em algo sólido, na alça de uma pá, não mais em números de um teclado de computador.

— Profundo o suficiente? — meu pai perguntou, saindo com dois cafés e me entregando um.

— Acho que sim, não está?

Ele assentiu e disse:

— Ele era um bom gato.

Meu pai usava um chapéu de tuíde irlandês que havia comprado em uma viagem a Limerick anos atrás. Eu gostava de vê-lo assim.

— Diga-me algo que você lembra sobre o sr. Periwinkle — ele pediu. — Qual é a sua melhor lembrança dele?

Pensei por um momento e tomei o café.

— Eu costumava pensar que ele desejava coisas.

— Quando?

— Quando ficava no meu peito ou sentado no sofá, ele juntava as patas e fechava os olhos, e eu costumava pensar que ele estava desejando coisas.

— Coisas boas?

— Sim, principalmente.

Desejos de gato, pensei. Meu pai colocou o braço em meus ombros e eu chorei, soluçando alto.

Antes que pudéssemos conversar mais sobre isso, minha mãe apareceu carregando algo e levei um momento para perceber que ela havia pego a maior parte dos brinquedos do sr. Periwinkle. Uma varinha de pescar, um passarinho de tecido, um rato com um aroma atraente para o olfato dos gatos, uma bola de Natal. Se ela quis usar isso como um ato de bondade ou simplesmente para se livrar da desordem de possuir um gato, não pude saber ao certo. Ela amava o sr. Periwinkle, eu sabia, mas o amava de longe, como se pode amar um pôr do sol ou uma tempestade de neve.

Então percebi que, se ela quisesse simplesmente usar isso como um meio de se livrar daquelas coisas, poderia ter jogado fora e eu nem saberia. Nos últimos anos, enquanto eu estava na faculdade, ela tinha sido a guardiã do meu gato. Um tanto mal-humorada e relutante com seu afeto, mas ela gostava tanto do sr. Periwinkle quanto eu. Só era mais contida. Percebi que era algo que eu tinha que ter em mente sobre a minha mãe.

— Isso parece bom — ela falou sobre o túmulo. — Você fez um bom trabalho, querida.

— Obrigada, mãe.

— Estamos prontos? — meu pai perguntou.

Fui até a garagem e peguei a caixa. Não pesava quase nada. Percebi que essa era a segunda coisa que eu enterrava em menos de meio ano. Isso provavelmente devia ter algum significado, mas não consegui adivinhar o que poderia ser.

Segurei a caixa e pedi a todos que colocassem uma mão sobre ela.

— Adeus, sr. Periwinkle — falei. — Você foi um bom gato e um bom amigo. Sua missão está cumprida.

Minha mãe, minha querida mãe, baixou o rosto e começou a chorar. Meu pai se ajoelhou do outro lado da cova e me ajudou a colocar a caixa lá dentro. Em seguida, ela nos entregou os brinquedos e os enterramos em cima, transformando nosso sr. Periwinkle em um minúsculo guerreiro viking. Em sua caixa, ele precisaria de suas armas e inspirações de alegria se pretendesse se banquetear com Odin em Valhala, naquela manhã cinzenta de outubro.

41

— Você ainda não teve notícias dele? Nada? — minha mãe perguntou.

Estava tarde. Meu pai tinha ido para a cama. Nós nos sentamos no solário com duas canecas de chá. Ela queria experimentar um com sabor de alcaçuz que deveria ser bom para dores musculares. Ela sempre experimentava vários chás, poucos deles eficazes, mas eu gostava do cheiro do alcaçuz no frio do solário. Segurei a caneca perto do peito.

Balancei a cabeça. Eu não tinha ouvido nada sobre ele. Ela não precisava especificar quem ela quis dizer com "ele".

— Bem — ela disse e ficou quieta.

— A Constance disse que o Raef se recusa a falar sobre isso. Ele fala sobre qualquer outra coisa, mas não sobre o Jack.

— E eles estão comprometidos? A Constance e o Raef?

— Sim.

— Isso é maravilhoso. Não pensei que a Constance fosse a primeira do grupo a partir.

— Você quer dizer "casar"?

— Eu teria apostado na Amy.

— A Amy não muito, mãe.

— Você ainda tem o diário do avô dele? — ela perguntou, mudando de assunto.

Assenti. Como eu não tinha um endereço para enviar ao Jack, tive de ficar com o diário.

Ela tomou um gole de chá. Eu também. Não me importava muito com isso. Eu estava com uma *Vogue* aberta no colo e ocasionalmente folheava uma página.

Minha mãe recortou as palavras cruzadas do *Times* de domingo e colocou na prancheta que sempre mantinha para esse fim. Era domingo, e eu devia estar em um trem de volta a Manhattan, só que era o fim de semana do Dia de Colombo, e segunda-feira era feriado. Planejei pegar um trem de volta cedo e trabalhar à tarde.

— Você gosta desses blazers? — perguntei à minha mãe e levantei uma página da revista para ela ver. Ela colocou os óculos e olhou para as fotos. Esse era um jogo antigo nosso. Sempre falávamos sobre roupas, mesmo durante os dias mais tempestuosos do ensino médio. Uma das poucas alegrias de estar em casa depois que cheguei de Paris foi comprar meu guarda-roupa de trabalho com ela. Minha mãe gostava de ir a Nova York e ter uma filha para se encontrar para o almoço. Eu gostava daqueles dias com ela.

— Nunca liguei muito para blazers — ela falou, tirando os óculos e voltando para sua luta com as palavras cruzadas. — Parecem uniformes de alunos católicos. São práticos, mas eu nunca gostei muito.

— Tenho aquele cor de caramelo, mas eu quase nunca uso.

— É difícil encontrar uma ocasião para usar.

Virei mais algumas páginas. Ela tomou um gole de chá.

— Gostou do chá? — ela perguntou.

— Não muito. E você?

— Tem gosto de alcaçuz.

— Mas é bom para as articulações.

Ela se inclinou para a mesa ao lado da cadeira e usou o controle remoto para ligar a lareira a gás no canto do solário. O fogo entrou em ação imediatamente. Ela adorava a lareira a gás. Dizia que a fazia se sentir uma mulher pioneira. Principalmente, pensei, ela gostava do contraste do vidro frio em oposição ao calor dentro do cômodo.

Ela sorriu para o fogo e empurrou as palavras cruzadas de seu colo.

— Já te falei sobre a guerra da abóbora que lutei? — perguntou. — Não sei por que tenho pensado nisso ultimamente. Acho que é a época. Te contei essa história?

— Não, mãe. Guerra da abóbora?

— Ah, isso faz com que pareça mais dramático do que foi. Mas lutei ao lado de algumas das minhas amigas. Devíamos estar na sétima série. E começamos a falar sobre a injustiça dos garotos que passavam e quebravam as abóboras que levamos tanto tempo esculpindo. Tem certeza que não te contei isso?

Balancei a cabeça, fascinada.

— Acho que foi ideia minha, mas conversei com todas as minhas amigas para que colocassem alfinetes dentro das abóboras, para que cada lanterna se tornasse tão perigosa quanto um porco-espinho. Nem me lembro de onde tirei essa ideia, talvez eu tenha lido em algum lugar. De qualquer forma, fomos nós contra os garotos imaginários, os meninos que esmagavam nossas abóboras. Na nossa imaginação eles apareciam se esgueirando até a porta, pegando as abóboras, depois pulando para trás quando fossem espetados pelos alfinetes. Na verdade, foi uma ideia bem diabólica. Cada noite que as abóboras sobreviviam parecia ser a prova da nossa esperteza. Foi muito divertido. A gente se encontrava na escola todos os dias para informar que uma ou outra abóbora tinha conseguido passar a noite. Foi a primeira coisa que liderei... Combate ao terrorismo, certo?

— Mãe, sua rebelde! As abóboras conseguiram sobreviver até o Halloween?

— Nós mesmas acabamos quebrando as abóboras. Sempre me perguntei por quê. Certa noite, falamos ao telefone e decidimos acabar com elas. Nós pegamos luvas de jardinagem e as esmagamos. Acho que sentimos falta da maldade dos garotos ou algo assim. Nunca consegui entender o motivo.

— Vocês limparam a sujeira?

— Não, claro que não. Éramos umas danadinhas preguiçosas! Meu pai enfiou o dedo em um pedaço antes que eu pudesse contar o que aconteceu. Lembro que ele me olhou de um jeito muito estranho quando eu expliquei.

— Acho que você estava guardando sua virgindade, mãe! Tudo parece muito freudiano.

— Sabia que eu pensei a mesma coisa? — ela disse e riu. — Sempre pensei exatamente isso. A onda masculina e a repulsa feminina! Acho que nunca contei essa história para ninguém. Que estranho me lembrar disso.

— Por que esta noite?

Ela deu de ombros, obviamente se divertindo com a lembrança.

— E por que não esta noite? Lembrei do Jack também. Eu não o conhecia, é claro, mas ele poderia ter sido um pouco como as garotas e eu quebrando as abóboras antes que alguém se aproximasse delas. Às vezes é mais fácil arruinar do que manter alguma coisa. Isso faz algum sentido?

— Sim, mãe, mas não precisamos descobrir os motivos do Jack. Estou tentando deixar tudo isso para lá. Já passou. Só quero esquecer.

Ela assentiu. Pegou o controle remoto e aumentou um pouco o fogo. Depois pegou a prancheta das palavras cruzadas e a apoiou no colo.

— Não estou gostando deste chá — falou.

— Nem eu.

— As minhas articulações também não se sentem melhor.

— Não é sempre assim? — perguntei.

42

O que você faz é trabalho. Isso se torna a resposta para tudo. Você se veste de madrugada, toma banho, se maquia, penteia o cabelo de um jeito elegante, as roupas em seu armário espelhando a imagem *de uma garota superocupada*. Isso é um absurdo, você sabe, mas é isso que você pensa quando vai até o guarda-roupa. O que você quer, na maioria das vezes, é uma boa roupa, que pode virar algo chique e provocante, quando necessário. *Por que não?*, você se pergunta quando se vira para o espelho em seu apartamento — que é tropicalmente quente ou frio — e aplica a maquiagem. Por que não ter seu tempo em Nova York? Por que não aproveitar o que é ser jovem, livre, solteira, em uma das grandes cidades do mundo? Jack estava errado sobre isso. A cidade de Nova York não era uma prisão que os prisioneiros construíram para si mesmos. Não, não, era algo rico e divertido, algo incrível e assustador, algo que ultrapassa seus limites, e você gosta de saber que você pertence a esse lugar, que conquistou um cantinho dele, que finalmente é uma vencedora.

Mais ou menos.

Não muita maquiagem, a propósito. Nunca se usa demais. Apenas o suficiente para dar um brilho, um contorno, uma definição. O banheiro ainda está enevoado, mas, quando você dá um passo para trás, consegue se ver. Uma garota proativa. Você se vira, volta, o outro lado, volta, verifica o comprimento da saia, a dobra da blusa, a altura do salto. Fica bom, geralmente fica bom, e você está ciente de que é muito jovem e está em busca da sua juventude, porque... Como é mesmo que o seu chefe de departamento costuma dizer? Ah, as pessoas mais poderosas do planeta são homens ricos e mulheres bonitas. Talvez ele estivesse certo — quem sabe? —, mas agora você simplesmente avalia que está muito bem-vestida e, ao descer do elevador do prédio, mexe na bolsa e repassa mentalmente o que uma garota moderna deve carregar: *celular, pente, cartão de crédito, preservativo.*

Então é a cidade de Nova York. Você sai, e está frio à beça, o vento empurrando os edifícios, todos se movendo rapidamente, tentando entrar em casa, chegar ao trabalho sem fazer besteiras. Você gostaria de pegar um táxi só pelo luxo, e você tem dinheiro para isso — o salário não é nada ruim, na verdade —, mas a esta hora da manhã o trânsito no centro da cidade seria uma tortura. Então você corre para a entrada mais próxima do metrô, desce para o buraco, uma criatura mitológica que Constance conseguiria identificar, e desliza seu vale-transporte pela catraca, passa por ela, empurrando-a com o quadril. Verifica o telefone enquanto encontra um lugar para ficar na plataforma. A estação do metrô tem um cheiro ofegante, você pensa, como o covil de alguma criatura horrível cuja respiração, ano após ano, pinta as paredes até que nenhum outro cheiro possa encontrar uma brecha. Enquanto pensa isso — e o faz todos os dias — olha para o celular e verifica uma dezena de coisas. Mercado de ações. Manchetes. Mensagens, textos, e-mails.

Você não procura nada sobre Jack. Desistiu disso há muito tempo.

Na verdade, não desistiu, mas fingiu que desistiu. Você diz a si mesma que foi o que aconteceu. E isso equivale quase à mesma coisa.

Então o metrô chega, você entra, vira de lado, acha uma argola para se segurar enquanto ele começa a avançar. Tudo bem. É cedo o suficiente para estar tudo bem. E o sinal do celular some e você entra na escuridão do mundo entre as estações e pensa em um vulcão, em Constance e em todas as criaturas abaixo da terra, em todos aqueles animais sujos, e isso parece estranho para você. Não é um pensamento saudável. Mas, quando você finalmente chega ao seu limite, fica feliz em sair, satisfeita por se mover rapidamente em direção à luz, um quadrado de luz diurna, sob o brilho frio do inverno na cidade de Nova York.

Então você é uma profissional, uma garota em movimento, porque gosta do que está vestindo, como se sente e pode dizer que alguns homens por quem passa a apreciam. Você para em um café truck e pede um médio, com dois adoçantes, e decide comprar um tipo de salada de frutas que vem em um recipiente plástico. Você carrega tudo em direção ao seu prédio, o calor do café é inteiramente bem-vindo, e você passa pela porta giratória para encontrar Bill, o segurança, de pé atrás do balcão de recepção, os olhos observando as câmeras apontadas para todos os cantos do seu local de trabalho.

— Oi, Bill. Como vai?
— Tudo bem, srta. Mulgrew.
— Fico feliz em ouvir isso. Sou a primeira a chegar?
— Acho que uma das primeiras.

Você sobe de elevador — mais uma vez, algo mitológico sobre essa vida de altos e baixos, acima do solo e abaixo do solo —, e por um segundo você pensa no poderoso Esche, o freixo europeu, provavelmente coberto de neve agora. Você pensa na estátua do deus grego observando o Jardim de Luxemburgo, e então o elevador chega ao seu andar, no vigésimo terceiro, e você se sente tensa e se torna mais viva, trabalho, trabalho, sagrado trabalho. Tudo bem, você gosta de trabalhar. Segue para sua mesa, pendura seu casaco, apoia seu café, joga sua bolsa na gaveta e olha em volta. Uma lâmpada do escritório de um dos supervisores está acesa — o do Burky, você imagina —, mas você não é páreo para ele, não tão cedo, ainda não, então se senta, liga o computador, conecta o telefone ao cabo de energia que você mantém na mesa, e é isso. Aberta para negócios.

Você tira um minuto para mexer a salada de frutas, abrir o relatório da noite passada do *The Wall Street Journal*, provar o seu remédio e a sua doçura, e, atrás de você e ao seu redor, as luzes começam a acender, um pequeno barulho do vaivém de pessoas chega, e o dia começa. O Jack ainda está sumido, e o seu coração, aquele traiçoeiro, se recusa a deixá-lo partir.

43

Existe um protocolo feminino para essas coisas.

Antes de entrarmos no restaurante da Fourteenth Street, antes de nos instalarmos, Constance estendeu a mão, e Amy e eu soltamos o grito obrigatório de garotas.

Amy agarrou a mão de Constance e a segurou.

— Caramba! É lindo — ela disse, examinando. — Estilo clássico. Platina, certo? Não ouro branco. Ah, é linda, Constance, linda. Corte estilo império?

Tudo isso aconteceu em nosso caminho até a mesa. Eu não conseguia acreditar que as estrelas estavam alinhadas para nos unir. Constance havia retornado da Austrália dez dias antes — noiva! — e Amy havia chegado de Ohio para uma busca de emprego em Nova York. Nosso encontro aconteceu quase por acaso, o que só fez com que parecesse ainda mais milagroso. Também me fez sentir surpreendentemente adulta. Aqui estava eu, uma moradora de Nova York, almoçando com as amigas no meio do meu dia de trabalho. Isso me tocou. Eu sabia que as outras garotas sentiam o mesmo.

O maître segurou pacientemente os cardápios enquanto entrávamos no restaurante verde. Era um restaurante vietnamita chamado Siri. Belo Siri, Siri Encantado ou algo assim. Constance leu sobre ele na *The New Yorker* e o sugeriu. Chegamos à porta quase no mesmo instante; Constance e Amy dividiam um táxi vindo da Estação Penn.

Colocamos Constance no meio. Amy e eu nos revezamos puxando o dedo e a mão da noiva de um lado para o outro.

— Certo, quero a história toda — Amy falou. — Ele fez o pedido de um jeito fofo? O que aconteceu? Vamos precisar de uma tigela de escorpiões para isso. Três canudos, por favor.

A garçonete, uma mulher vietnamita miúda de calça preta por baixo de uma túnica verde-oliva, não tinha sequer chegado à mesa, mas Amy já lhe dera uma missão.

— Três canudos — a garçonete repetiu, confirmando.

— Exatamente — Amy concordou.

Então, por um segundo, antes de Constance começar a falar, ficamos em silêncio. Era tão bom estar de volta, ser um grupo de novo, que todas nós, imaginei, ficamos um pouco tímidas. Olhamos pelo restaurante, fingindo um interesse maior pelo mobiliário do que provavelmente sentíamos. Mas Amy nos salvou chamando um ajudante de garçom e pedindo água.

— Você tem que pedir água em cada droga de restaurante agora — Amy falou. — Eles estão tentando economizar detergente para lavar a louça, água ou o quê?

— Acho que a culpa é da escassez de água — falei, sem jeito.

— Esta é Nova York! Não existe escassez de água aqui, não é? Não que eu tenha ouvido falar, de qualquer forma. Muito bem, Constance, nos conte tudo. Não deixe nada de fora.

Constance corou. Ela odiava ser o centro das atenções.

— Estávamos olhando as cercas do sítio — Constance começou. — E o Raef...

— Espera, qual o tamanho desse sítio?

— Grande. Muito grande. Centenas de hectares, mas a terra é seca e não é muito produtiva. Acho que você ainda pode comprar grandes pedaços de terra no deserto da Austrália por quase nada. A família do Raef é dona de muitas terras por lá. Ele tem uma família grande, estão em todos os lugares que se vai, tem um tio que tem uma parte, uma tia que tem outra, uma prima... sabe como é.

— Então você estava checando as cercas? — Amy perguntou. — Não posso acreditar que a nossa frágil Constance anda verificando cercas na Austrália.

— Ele ficou de joelhos? — Amy perguntou

— Não. Não somos assim.

— Você quer dizer mais ou menos...

— Apenas aquelas coisas fora de moda. Não sei. O Raef não gosta muito de formalidades ou tradições. Nunca conheci ninguém tão informal. A maioria dos australianos que conheci não está nem aí para cerimônias. Eles ainda mantêm um pouco dos costumes ingleses, mas a maior parte deles são da cultura australiana mesmo.

— Como é o deserto? — perguntei.

— Ah, o deserto tem cores lindas. Vermelho, principalmente, mas sinceramente todas as cores são lindas. Todas as portas das casas costumam ficar abertas, protegidas, mas abertas. E as pessoas ficam muito nas varandas. Você visita diferentes varandas, dependendo da hora do dia. Existem muitas plantações na verdade, embora eu ache que a criação de ovelhas seja maior do que tudo. Para onde quer que você olhe, vê milhares de ovelhas.

— E a família dele? — Amy perguntou.

— Eles são muito fofos. São muito acolhedores. Fizeram questão de me dizer que o Raef nunca levou nenhuma outra garota para casa. Foi cômico como cada um me puxou de lado e me disse isso. Muito engraçado.

— Você já marcou a data do casamento? — perguntei.

— Na primavera — ela respondeu. — Em Paris.

Ela se aproximou e segurou minha mão. Era típico de Constance não querer que a sua felicidade me deixasse triste. Ela sorriu e se certificou de que havia chamado minha atenção. Eu assenti. Estava tudo bem. Tudo ficaria bem. Paris estava bem.

※

— Nenhum sinal Daquele-que-não-pode-ser-nomeado? — Amy me perguntou depois que uma segunda tigela de escorpiões chegou. — É disso que ainda o estamos chamando?

— Nós o chamamos de *babaca*, principalmente — Constance respondeu.

— Constance! — Amy riu. — Você está chamando alguém de *babaca*? Todas essas coisas de australianos estão passando para você... Meu. Deus.

— Não me importo — Constance falou, tomando o canudo que estava em ângulo na tigela de escorpiões. — Os inimigos dos meus amigos são meus inimigos.

Eu me inclinei e beijei a bochecha de Constance.

— Nada — falei. — Foi para o vento.

— O Raef disse que ele deletou tudo — Constance explicou. — Facebook, Instagram, até o celular. Ele simplesmente sumiu.

— Que porra é essa? — Amy disse. — Quem faz isso?

— Próximo assunto — interrompi.

— Espera, com quem você vai sair hoje? — Amy me perguntou. — Está escondendo o ouro?

Balancei a cabeça.

— Sou uma sacerdotisa celibatária — brinquei. — Eu poderia ser sacrificada em um vulcão.

— Garota, você tem que voltar ao jogo.

— É o que eu falo para ela — Constance concordou, balançando a cabeça e mordiscando.

— Quer dizer... — Amy falou. — Se divertir de vez em quando.. Se não, sua Gina vai secar como uma abóbora velha.

— Gina? — Constance perguntou e riu.

— Eu trabalho — falei. — É isso o que eu faço.

— E as coisas estão indo bem? — Constance perguntou. — Você está gostando?

— É... interessante. Continuo ouvindo a voz Daquele-que-não-pode-ser-nomeado na minha cabeça. Nova York é uma prisão que construímos para nós mesmos — falei, com uma voz de monstro. — Não é uma prisão, mas também não é um piquenique. Ele estava certo sobre isso.

— Você precisa sair mais — Amy aconselhou, conversando e bebendo. — Achar algo interessante para fazer.

— Todos esses hipsters jogando queimada e se juntando a clubes de boliche — falei. — Fico cansada só de pensar.

— Teve algum encontro? — Constance perguntou. — Você foi a um encontro às escuras, não é?

— Três — respondi. — Não foram um desastre, mas também não foram ótimos. A maior parte das pessoas meio que se reúne. Tem sempre uma comemoração no escritório. Alguém que vai se casar, uma promoção ou...

— Ou qualquer merda do tipo — Amy completou.

— É verdade — concordei.

— A minha mãe sempre diz que os garotos passam vinte anos atrás das garotas e elas passam cinquenta atrás deles — Constance falou.

— E você, Amy? O que acha?

— Nada a declarar a respeito de homens.

— Achei que você estava namorando com o sr. Fivelão — Constance falou. — O cara que você nos contou.

— Bobby — ela disse e sorriu. — Ele é um idiota, mas eu gosto dele. Nada sério. Somos só amigos.

— E o trabalho?

— Não me importo com o trabalho, na verdade, mas estou martelando pregos para uma ONG nos fins de semana. Estou meio que gostando disso. Eu uso um cinto de ferramentas e quero comprar uma caminhonete. Eu juro, vou virar caipira.

A garçonete veio com a conta. Inseri o cartão de crédito e avisei que eu pagaria.

— Tem certeza?

— Tenho, sim.

— Eu teria pedido outra bebida se soubesse que você ia pagar — Amy falou. — Obrigada, Heather.

— Tem mais uma coisa — Constance falou e segurou nossas mãos. — Quero que vocês sejam minhas madrinhas. Mais ninguém. Só vocês. Vai ser algo pequeno. Muito pequeno. Em Paris. Lamento arrastar você até Paris, mas, se reservarmos bem cedo, não será muito ruim.

— Não perderíamos isso por nada — falei. — E é Paris, não Cincinnati.

Amy assentiu e depois arrotou. Um longo e sibilante arroto que soou como o ar que saía de um pneu furado. Quando terminou, sorriu e perguntou:

— Constance, como você pôde?

A garçonete pegou a conta e o almoço acabou.

44

— Até mais, lindinhas — Amy, a primeira a sair, disse e se enfiou em um táxi. Tinha um compromisso na cidade.

Acenamos para ela, depois acompanhei Constance até a alfândega. Na esquina, antes de seguirmos nossos caminhos, Constance me disse que Raef ainda não tinha ouvido falar de Jack. Era o nosso papo de sempre. Todas as vezes revisávamos a situação de Jack quando nos falávamos.

— Nada? — perguntei, meu estômago se apertando, os pedestres à nossa volta se movendo rapidamente.

— Nada. Ele disse que o Jack não entrou mais em contato. As poucas pessoas que tinham em comum... ninguém sabe para onde ele foi. É muito estranho.

— Então ele foi embora? Realmente sumiu?

Ela assentiu com a cabeça, devagar.

— O que isso significa? — perguntei. — Será que ele está vivo? Será que devemos tentar localizar os pais dele? Eu poderia procurá-los ou pelo menos ligar para eles. Eu poderia dizer que quero devolver o diário.

— Eu não faria isso, amiga. Ele desistiu. Com tantas formas de entrar em contato, ele meio que escolheu isso, certo? Ele simplesmente deletou qualquer pegada eletrônica. Não está no Facebook, e você sabe como é difícil excluir a conta de lá. Nada. O Raef está realmente preocupado.

— O Raef acha que ele morreu? — perguntei, nomeando o meu medo mais profundo.

— Não, acho que não. Você lembra daquele dia em Paris quando eles saíram juntos e nós duas fomos a Notre-Dame olhar a estátua de Maria?

— Claro — respondi.

— O Raef se recusa a falar sobre isso, mas pensei muito a respeito desse dia. Foi uma coisa curiosa o que eles fizeram naquele momento. Por que nos deixar quando só restava pouco tempo em Paris? E o que eles tinham a fazer que era tão secreto?

— Certo — falei, puxando Constance um pouco para o lado para evitar um adolescente empurrando um carrinho de roupas na calçada. — O Jack nunca me disse aonde foi. Acho que nunca perguntei. Achei que eles estavam fazendo algum tipo de travessura de garotos. Ou talvez estivessem planejando uma surpresa para nós. Fui uma boba, agora que penso nisso.

— Bem, eu sempre me perguntei o que poderia ter sido. Não paro de me perguntar sobre isso, aliás.

— Você acha que algo mudou a cabeça dele? Algo que ele viu naquele dia?

Ela balançou a cabeça para indicar que não sabia. Era um mistério. Eu a encarei e ela sorriu suavemente.

— Sinto muito, amiga — ela lamentou. — Eu te diria, se soubesse. Juro. Não tenho a menor ideia.

— Não posso nem pensar sobre isso.

— Ainda dói muito?

— Sim. Como no primeiro dia. Mais de algumas maneiras. Sabe o que contribui para isso? Ele era muito inflexível em não tirar fotos em momentos importantes, não tenho quase nada para olhar. É como um sonho. Ele era real? Não posso nem voltar e olhar para ele, realmente. Parece até que ele planejou sumir desde o começo.

— Bem, seja forte. Prometo entrar em contato assim que eu souber algo sobre ele, mas sinceramente não tenho a menor ideia. Ele desapareceu. Evaporou.

— Tenho o diário do avô dele, mas não posso prever onde ele vai estar nem quando.

— Ele tem uma cópia?

Dei de ombros.

— Tem, mas ele sabe muitas partes de cor. Provavelmente ele se preocupa mais com esse diário do que com qualquer coisa na vida.

— E ele deixou que você ficasse com ele? E não ligou nem escreveu para pedir de volta? Essa é uma informação importante, garota.

— Não falo mais a língua do Jack. Estou tentando esquecer esse idioma. Tenho que aceitar esse fato.

Constance se inclinou para a frente e me abraçou.

— Tenho que ir. Já estou com saudade.

— Eu também.

— Foi bom ver a Amy. Ela está gata, não é?

— E forte. Como nós, concorda?

Ela assentiu, depois me abraçou uma última vez e saiu correndo.

⁂

Sábado de manhã, corrida em volta da lagoa. Depois, um bloody mary na delicatéssen da Fifty-Sixth que você gosta, ou talvez um drinque com um amigo, um show no Soho, uma nova galeria para visitar, uma inauguração. O *New York Times* no domingo de manhã em seu apartamento e o *Grey Lady* estendidos no sofá enquanto você responde aos e-mails, tenta o jogo de palavras cruzadas, lê os editoriais e se esforça para entender o mercado de ações. Então algo cultural, sólido e bom, o MoMa ou o Frick, o seu favorito, um passeio pelo parque para olhar os patos, esfregar o nariz do Balto, ver Alice no País das Maravilhas permanecendo para sempre infantil e excessivamente grande. O inverno chegou, mas não é mais tão ameaçador, e você passa algum tempo com sua mãe falando sobre guarda-roupas, viagens de compras, alguns apetrechos básicos. Você faz uma reserva para esquiar em Vermont. Fala com seu chefe, três chefes, na verdade, sobre contas no Japão, e eles sugerem que você aperfeiçoe seu idioma; então às quintas de manhã você toma chá com um instrutor de japonês, o sr. Hayes, que é só metade japonês, você descobre, mas tem um modo de falar sofisticado. Você pratica caligrafia, pinta com pincéis, e o sr. Hayes traz vasos e raminhos de sino-dourado para envolver a turma — cinco alunos, todos fazendo tipos corporativos mais jovens — em ikebana, a arte tradicional de arranjos de flores. Você recebe três galhos de sino-dourado e é orientada a encontrar o equilíbrio adequado, o que não é fácil, em japonês ou em inglês, mas você vai em frente e conversa com os outros alunos, com o instrutor e, quando relata ao escritório, concorda com as perguntas e diz que o treinamento de idiomas está indo bem.

Nova York, Nova York, uma cidade infernal.

À noite, aulas de ioga às segundas, de spinning às quartas, principalmente para mulheres, todas pedalando como loucas, às vezes no escuro, e você não pode deixar de se lembrar das palavras do Jack, da sua ideia de que Nova York é uma prisão, porque, levando-se em conta os diferentes pontos de vista, a aula de spinning poderia ser uma atividade de mulheres malucas. Mas você continua, e há momentos de beleza, verdadeiras recompensas, o sol se pondo atrás do Edifício Chrysler, um baterista incrível na Union Square, um monólogo de uma mulher chamada KoKo que finge ser a esposa do King Kong, que está brava com ele por deixar seu lar na ilha. Coisas engraçadas, coisas de Nova York. Novidades e formadores de opinião.

Alguns encontros falsos aqui e ali. Um drinque com um advogado e um flerte rápido com um jogador de hóquei que disse que jogou pelos Rangers, mas o nome dele não estava na lista quando você o procurou no Google. Suas amigas ligando, trocando experiências de encontros ruins, humor negro em cada relato triste de caras inadequados ou corações caprichosos, seu pai aparecendo para levá-la a um jantar elegante no parque. Nada mal, você tem tudo e sua mãe vem às vezes nas tardes de sábado para assistir a um show, às vezes com sua amiga Barbara, e você se junta, uma terceira mulher em uma nuvem de perfume suburbano. Muitas vezes os atores no palco são exagerados de uma forma hilária, mas isso é a Broadway, e, se você pode fazer isso aqui, pode fazer isso em qualquer lugar.

Nova York, Nova York, uma cidade infernal.

Você tenta não pensar Naquele-que-não-pode-ser-nomeado. Jack idiota, Jack babaca, Jack da Lanterna e assim por diante. Você não pensa naquela noite em Berlim quando seus corpos se agarraram ou quando você parou ao lado do canal em Amsterdã e viu os cisnes nadarem sob a ponte de paralelepípedos. Você não acha que a vida seria melhor, mais verdadeira e genuína com o Jack. Você não pode deixar sua mente pensar nisso, então flerta online, nas luzes azuis fracas do cursor procurando sinais dele, seguindo trilhas eletrônicas, em busca de seu paradeiro.

Futebol no Central Park, uma ida ao Sheep Meadow, depois uma parada em grupo em um bar no East Side. Voos e cervejas, homens de camisa esporte, jeans e tênis manchados de grama. Uhu para os Giants, Colts, Notre Dame ou a USC, e você mantém isso leve, vai junto, se lembra de que isso é o que você queria. Você está fazendo, você é, recebeu boas críticas no trabalho, teve um bom feedback do líder da equipe, chega cedo às segundas-feiras para começar tudo de novo. Não é uma prisão, de jeito nenhum, e você pode pensar em mil garotas, mil caras, que ficariam felizes em trocar de lugar com você. Até seu pai sorri quando ouve como você está, porque você é uma fera, rápida e mortífera, e se recusa a sair do trabalho. Duas vezes você sai para dançar, bebe demais e fuma um baseado, deixa que alguns caras se aproximem de você, os pênis salientes e chamativos. Você dança, se lembra de Amy e Constance, de Amsterdã, e às vezes tudo parece um sonho, como uma salada de experiências, esperanças e sensações, mas uma parte de você admite que você está sozinha e, mesmo com aquele toque assustador, você vai encontrar suas amigas e pedir outra rodada.

Nova York, Nova York, uma cidade infernal.

Nas noites chuvosas, você lê o diário do avô de Jack. Só quando o coração precisa de chuva. Você se senta à janela e olha, o ar entrando, sua dor aguda, brutal e quase bem-vinda. Você lê, sonha e lembra, se sente velha como uma pessoa que olha para trás em vez de para a frente, e se pergunta onde Jack está nesta noite, neste minuto, se ele está pensando em você. Pela milionésima vez, você volta ao passado, recorda o sentimento que se abateu em seu coração quando soube que ele não viria com você. Que tudo o que aconteceu antes foi uma mentira, uma história que a gente conta nas poucas horas antes do nascer do sol. Você diz que mandaria o diário para o Jack se tivesse um endereço, mas você não tem nada, e as palavras e páginas se misturam e ficam embaçadas com a terceira taça de vinho, o vento entra e se torna mais frio, a chuva cai, deixando o peitoril da janela úmido.

45

Parei na frente da fazenda do Jack em Vermont em uma fria manhã de março, o carro alugado emitindo o máximo de calor que podia das pequenas saídas de ar ao longo do painel. Estacionei na frente da casa — o antigo endereço, de qualquer maneira — e arranquei o café do suporte, no console. Olhei para o GPS no celular, depois para a fileira de lojas que obviamente tinha tomado conta da área ao redor da fazenda do avô de Jack. Não tinha erro. Estendi a mão e peguei o diário na mochila. A fazenda dele, a fonte do diário que Jack tinha seguido, estava enterrada sob alguns acres de estacionamento, uma loja de artesanato, uma de objetos de cozinha, o restaurante Maple Syrup e uma academia da Curves.

Não fiz nada por um tempo, exceto tomar o café e olhar pela janela gelada. Um pouco depois, meu telefone tocou e eu atendi.

— Encontrou? — Amy perguntou.

— Sim. Agora é um minishopping.

— Bem, foi isso o que ele disse, não é?

— Sim. Acho que eu tinha uma imagem diferente na cabeça.

— E que imagem era essa?

— Ah, uma linda fazenda antiga, cerca branca...

— Mas, Heather, ele contou o que aconteceu com o lugar. Disse que tudo foi vendido.

— Eu sei, eu sei.

— Até onde você foi, afinal?

— Rodei durante uma hora e meia, mas as estradas estavam ruins. Está frio demais aqui.

— Eu sei. A Constance nem esquiou esta manhã por causa do frio. Ela vai sair daqui a pouco.

Estávamos juntas em um condomínio em Sugarbush. Semana de férias de garotas. Esta expedição paralela foi a minha pequena viagem de pesquisa à casa ancestral de Jack. Eu devia ter comprado mantimentos e vinho, muito vinho.

— Foi idiotice vir até aqui — falei, entendendo completamente pela primeira vez. — Não sei o que eu esperava ver.

— Volte e saia com a gente — Amy falou. — Se você estiver por perto, não vou sentir muita pressão para ir esquiar com a Constance.

— Vou voltar daqui a pouco. Só quero bisbilhotar um pouco mais.

Ela não disse nada. Percebi que minhas amigas haviam se tornado boas por não falarem demais com a amiga maluca que permanecia obcecada por um homem que conheceu em um trem que viajava de Paris a Amsterdã. Elas guardavam seus julgamentos e eu entendi que não era um truque fácil.

— Se você está aí, devia ir à biblioteca e procurar alguma informação da família dele. Bibliotecas locais são muito úteis.

— Talvez.

— Mas não perca o dia inteiro lá, Heather. Não vale a pena. Volte e fique com a gente.

— Só mais um pouquinho — falei.

— Será que isso vai te fazer bem, amiga?

— Não importa se vai me fazer bem ou não. Tenho que fazer isso. Estou pensando em ligar para os pais dele para ver se ele está bem. Tem alguma outra coisa por trás disso, Amy. Eu juro.

Amy não disse nada.

— É só isso... — falei, tentando pensar e enquadrar o que eu queria dizer. — É só que, se o Jack não era real, então não sei em que mais acreditar. Eu realmente não sei. Tudo parece falso.

— Eu entendo, amiga.

— Se eu pudesse estar errada sobre algo...

— Você não estava errada. Foi só uma daquelas coisas que não deram certo.

— Gostaria de poder odiá-lo. Isso tornaria tudo muito mais simples.

— Talvez você possa odiá-lo com o tempo. Sempre há esperança.

Ela quis dizer isso como uma piada. Queria que isso clareasse as coisas.

Desligamos depois de acrescentar alguns itens à minha lista de compras, depois fiquei sentada um pouco mais.

O que eu estou fazendo aqui?, eu me perguntei enquanto tomava o restante do café. Fazia meio ano desde a última vez que vira Jack. Agora, em férias de inverno com minhas duas melhores amigas, decidi deixá-las por um dia para poder explorar... o quê? O que eu esperava encontrar? Mesmo que descobrisse algo sobre o passado de Jack, isso ainda não me diria onde ele estava hoje, o que estava fazendo, por que ele havia abandonado a minha vida, a vida de todo mundo. Além disso, parecia lamentável checar o passado dele. Eu me senti uma paparazzo, embora Jack não fosse nenhuma celebridade, e eu não fosse realmente nenhuma paparazzo, assim eu esperava.

Desliguei o carro e saí. O frio me atingiu brutalmente. O boletim meteorológico havia mencionado uma depressão do Ártico e, durante a noite, a temperatura caíra muito. Estava vinte graus abaixo de zero e nublado. Atravessei o estacionamento e fui até a loja de artigos para cozinha. Uma pequena campainha tilintou acima de mim.

— Frio, não é? — uma mulher com um avental vermelho perguntou. Ela estava arrumando toalhas de chá.

— Não posso acreditar como está frio — falei. — Que cruel.

— Março deve ser mais quente, mas para mim é sempre o pior mês de inverno. Promete muito e sempre deixa a desejar.

— Sim — respondi. — É verdade.

— Posso ajudá-la com alguma coisa?

— Não, só estou olhando, obrigada.

O que eu queria perguntar era: "A propósito, conheci um cara e me apaixonei, e ele era o dono das terras onde ficam estas lojas, seu avô era o dono, e agora ele se foi e você está aqui. Pode me dizer alguma coisa sobre ele?", mas isso soou como loucura até para mim.

46

Os bêbados que causam confusão e que a colocam em apuros são os que se aproximam de você. Se você se prepara para ficar bêbada, então faz as coisas com um plano em mente, um ritmo no qual um bêbado desliza sorrateiramente. Durante uma bebedeira não planejada, você começa com uma bebida, talvez à tarde, e uma coisa leva a outra, e talvez você não tenha comido o suficiente, pelo menos não o suficiente para o tipo de bebedeira na qual está prestes a se envolver, e em pouco tempo você está mais bêbada do que deveria, excessivamente sentimental, e, como você não planejou a embriaguez, a situação parece uma agradável surpresa, um convite inesperado, e você continua oferecendo mais bebidas para esse visitante, encantada por se encontrar em um estado de torpor quando você não queria ter mais de um.

Fiquei bêbada em um bar nas montanhas com cinco rapazes da equipe de esqui da Universidade de Vermont, às quatro da tarde do último dia da nossa semana de férias. Constance e Amy se sentaram ao meu lado, igualmente bêbadas, alegres por não se lembrarem de nada ao lado de uma fogueira, com cinco jovens atentos e profundamente interessados na experiência.

Conversamos sobre sobrancelhas, porque um dos garotos de Vermont, Peter, assumiu a teoria de que a espessura das sobrancelhas de uma mulher servia como um indicador igualmente confiável de suas partes íntimas. Essa medida a respeito da vagina era difícil de definir, mas foi uma discussão à tarde, um debate embriagado sobre a impossibilidade de as sobrancelhas terem algo a ver com a nossa anatomia ao sul do equador. Mas o Peter — que era alto, fofo e irremediavelmente autoconfiante — insistiu que era verdade.

Todos usavam Carhartts, além de roupas de lã e uns terríveis gorros de pelo. Pareciam um bando de filhotes, e Amy, em seu melhor estilo, adorava zoar os garotos.

— Então você está dizendo — Amy começou, fazendo com que todos se concentrassem por um momento — que as mãos e os pés masculinos estão para o tamanho do pênis assim como as sobrancelhas femininas estão para o tamanho da vagina? Que teoria incrível.

Ela puxou o cós da calça jeans um centímetro e olhou para baixo. Depois, olhou para os garotos com os olhos arregalados. Eles gargalharam.

— Por Deus, é verdade! — declarou, e eles riram novamente.

— Acabei de ler que não há relação entre o tamanho da mão e o do pênis — Constance falou, sempre acadêmica. — Li que isso é mito.

— Graças a Deus — um dos garotos falou, levantando a mão. Segurei a mão dele e a examinei. Era pequena.

— Mais uma rodada — disse Peter, o líder, ao barman, Tomas.

Bebemos cerveja. Vermont Long Trails. E duas vezes tomamos shots de Jack Daniel's. Minha barriga parecia uma confluência de vários rios.

— O que pode fazer sentido — Amy falou — é pensar que a espessura das sobrancelhas de uma mulher tem algo a ver com a sua paixão. Isso pode fazer um pouco de sentido. Mulheres de sobrancelhas grossas são mais ardentes que mulheres de sobrancelhas finas. Isso parece lógico.

— Eu tenho sobrancelhas finas! — Constance disse e isso fez os garotos rirem mais uma vez.

— O monte de Vênus, a parte carnuda do polegar — falei, achando surpreendentemente difícil falar com clareza —, indica se a pessoa é boa amante ou não. Um polegar mais grosso na base é sinal de que ela é uma boa amante.

Todos os garotos analisaram seus polegares. Claro.

Foi uma tarde de conversa de bêbados. Isso foi tudo até que Peter nos perguntou se queríamos fumar um baseado. E, quando ele disse isso, o que queria dizer era: "Vamos sair daqui para algum outro lugar e ver o que mais pode rolar esta tarde".

E provavelmente esse convite era principalmente para mim.

— Ele está a fim de você — Amy disse no banheiro, se olhando no espelho. — Peter, o fofo.

— Eles são todos fofos — Constance falou.

— São muito crianças — opinei, porque eles eram.

— Crianças ou não — Amy disse, remexendo na bolsa em busca de um gloss —, eles são adoráveis. E têm um corpo legal. E não estão para julgar. Só querem se divertir.

— E aí, nós queremos fumar um baseado? — perguntei. — Eles disseram algo sobre uma banheira de hidromassagem.

— Eu não vou para uma banheira de hidromassagem! — Constance disse, deu descarga no vaso sanitário e saiu. — De jeito nenhum. Eles são um bando de garotos com ereção, podem acreditar.

— É claro que são — Amy falou. — Essa é a questão toda, não é?

Sem querer, nos encontramos diante de três diferentes pias e espelhos. Todas nós nos tornamos conscientes disso no mesmo instante, e nossos olhos foram de uma para a outra, nosso sorriso se alargando quando percebemos que estávamos nos divertindo, como nos importávamos uma com a outra e como os garotos, de um jeito ou de outro, eram apenas desvios ao longo do caminho — divertimentos fofinhos, mas meros desvios.

— Só quero segurar um no meu colo e fazer carinho — Amy falou.

— Qual deles? — Constance perguntou.

— O menorzinho. Como eles o chamam?

— Munchie, eu acho — falei. — É difícil dizer.

— Não lembrava mais que meninos podiam ser assim, tão inocentes — Constance comentou. — Eles têm muito que aprender.

— Eles são muito novinhos — comentei. — Tanto quanto a gente era, e nem faz muito tempo.

— Não estamos muito mais velhas agora — Amy protestou. — Não vai me colocando como se eu fosse uma vovó.

— Mas já passamos por muita coisa — Constance disse. — A Heather tem razão.

Amy estendeu a mão e nós colocamos a nossa em cima da dela. Não falamos o que costumávamos falar nessas horas. Simplesmente mantivemos nossas mãos unidas. Eram aproximadamente cinco da tarde, num dia nevado em Vermont.

47

Aquilo era bem estranho, na verdade, porque fazia seis meses desde o meu último beijo em Jack. Seis meses desde que meu corpo se enrolou no corpo de outra pessoa, e eu me senti um pouco em guarda, muito bêbada e feliz por ter quebrado o feitiço.

— Você é como o príncipe que acorda a Bela Adormecida — falei. — Dormi por muito tempo.

— Você não está dormindo agora, está?

— Não, estou acordada.

— Estou a fim das suas sobrancelhas — ele falou.

E me beijou novamente. Foi um beijo leve, mas, por trás dele, vários outros impulsos reclamaram por atenção. Imploraram por isso. Nós nos sentamos em uma banheira de hidromassagem. Eu havia fumado um baseado, e Amy deveria chegar a qualquer momento com os outros meninos, mas eles ainda não haviam entrado na área da piscina. As crianças brincavam na parte rasa. As mães estavam sentadas em uma mesa e as observavam, mas o ofurô ficava longe o suficiente, no outro extremo, para permitir que Peter se aproximasse, segurasse a minha nuca suavemente e me puxasse em direção a ele para um beijo.

Para um beijo em roupas de banho, que tinham que contar para algo extra.

Ele tinha um ótimo corpo. Parecia um jovem ator inglês, um daqueles rapazes bonitos que apareciam nos dramas da PBS, um descendente alto e magro da classe dominante, cabelos e dentes bonitos, e um olhar que sugeria longas caminhadas com labradores em volta das pernas e depois, à noite, um passeio a cavalo e uma xícara de chá. Em outras palavras, ele era lindo, mas sabia disso, o que era uma falha fatal.

— Estamos numa piscina familiar — falei, depois que ele me beijou uma segunda vez.

Sua mão deslizava debaixo d'água. Não de forma inadequada, apenas explorando.

— Poderíamos ir para algum lugar que não fosse tão público.

— É mesmo?

— Sim.

— E o que faríamos nesse lugar não tão público?

Ele me beijou novamente.

Não o interrompi, mas também não o encorajei. Vários pensamentos inundaram minha mente: *Até que ponto eu estava bêbada? Eu confiava no Peter? Onde estava a Amy? E quanto ao Jack?*

Bem, e quanto ao Jack?, eu me perguntei. Jack não estava precisamente nos meus cálculos quando Peter se inclinou e me beijou de novo. Desta vez suas mãos ficaram mais ousadas, e eu me senti desmoronando um pouco, bêbada, excitada, e ele era fofo. Definitivamente fofo, mas cheio de si, cheio daquela presunção de caras jovens que acham que podem conseguir aquilo de que estão a fim. Disse a mim mesma que não recompensaria um idiota, mas suas mãos roçaram em mim, a água estava morna e eu me perguntei: *Por que não? O que eu estou esperando?*

Amy chegou bem a tempo.

— E o que está acontecendo aqui, pombinhos?

Ela estava com mais dois garotos. Deixou a toalha cair sem cerimônia e entrou na banheira quente. Os garotos, Jeff e Munchie, entraram atrás dela. Munchie abriu um sorriso drogado. Aparentemente, ele era o principal usuário de maconha, porque a maioria das piadas para ele foram sobre isso. Seu sorriso era devasso.

Jeff, que tinha o corpo forte e musculoso, balançou as sobrancelhas para nós.

— Orgia — sugeriu. — Quem está dentro?

— Total — Munchie respondeu. — Orgia com certeza.

— Vão sonhando, seus idiotas — Amy falou.

Munchie sorriu para ela e Jeff afundou na água até o nariz.

A mão de Peter tocou minha coxa debaixo d'água.

— Eu e a Heather estávamos pensando em sair — Peter falou. — Não estávamos, Heather?

Tentei clarear os pensamentos. Falamos isso? Entendi como ele podia ter chegado a essa conclusão, mas não tinha certeza se havíamos confirmado alguma coisa entre nós, então balancei a cabeça suavemente.

— Não tenho certeza se falamos isso — respondi. — Não prometi nada.

Peter deslizou a mão pelas minhas costas e pela lateral da minha bunda.

— Vocês vão transar — Munchie concluiu. — Seus cretinos sortudos.

— Cala a boca, Munchie — Jeff ordenou.

— Mas eles vão. Olha só para eles! Estão com aquele olhar, como se já estivessem prontos e excitados.

Peter sorriu. Um sorriso de garoto para garoto, um sorriso de que não gostei.

— Não conte os ovos antes das galinhas — falei.

Mas a frase não era bem assim. Tentei editar o comentário, mas não consegui lembrar como era.

Peter sorriu mais um pouco. Jeff se elevou mais na água.

— Precisamos beber mais — falou.

— E fumar — Munchie completou.

Peter se levantou e pegou minha mão.

Ele tinha uma ereção. Estava presa sob o cós, mas dava para ver.

— Pronta? — ele perguntou.

Eu não me sentia pronta.

— Vamos ficar aqui mais um pouco — falei.

Ele sorriu e estendeu a mão para a minha novamente.

— Vamos — ele insistiu.

— Vou ficar aqui mais um pouco — repeti. — Senta aí. Estamos nos divertindo.

Ele segurou a minha mão novamente.

E foi aí que a Amy deu um soco nele.

⁂

Ela o socou com tanta rapidez e determinação que surpreendeu todo mundo.

Em um segundo ela estava meio submersa, observando, brincando com os garotos, e no outro cruzou o diâmetro da banheira, surgiu na água como um grande tubarão branco decapitando uma foca e socou Peter no peito com tanta força que ele caiu sentado.

— "Vamos ficar aqui mais um pouco" significa "não quero transar agora, seu babaca"!

Ela gritou isso. Mesmo depois que parou, sua voz reverberou na área da piscina. E tudo ficou em silêncio.

<hr>

— Você nos viu sair do bar — Amy falou. — Alfred e eu. Ou seria Alfred e *mim*? Não, é Alfred e *eu*, mesmo. Vocês lembram dele? Ele tinha aqueles dedos compridos e horríveis, e eu fiquei com ele.

— Claro que eu lembro — Constance falou. — A Heather também.

Assenti. Nós nos sentamos em uma mesa de madeira, na pequena cozinha do nosso condomínio. Constance fez uma salada de macarrão com queijo. Havíamos parado de beber. Amy tomou um gole de chá. Estávamos de pijama. Eu me sentia exausta, tola e de ressaca. Havia uma garrafa de água na minha frente. Falar de Peter e do soco na banheira fez com que Amy lembrasse de Alfred e de Amsterdã. Agora ela sabia mais sobre o que havia acontecido com ele. A terapia tinha clareado as coisas.

— Então — ela continuou — nós voltamos para o apartamento dele ou algo assim, mas paramos no caminho e comemos um brownie que ele tinha na mochila. Esse brownie acabou comigo. Nunca me senti tão chapada na vida. Além disso, eu estava sob o efeito de toda a maconha e bebida que tínhamos consumido naquela noite, e eu estava bem louca.

— Você acha que ele colocou alguma droga no brownie? — perguntei.

Ela deu de ombros.

— É difícil dizer. Pode ser que ele tenha colocado. Ou talvez seja algo realmente muito forte. Comi muito daquilo, porque, bem, eu sempre faço isso. A Amy pode fazer isso porque é a Amy! Você sabe como é. É o meu lado fodão. A propósito, isso é algo que a Tabitha, a minha terapeuta, está me ajudando a lidar. Ela fala que nem sempre eu tenho que comandar a situação. Isso foi uma novidade para mim.

Ela tomou um gole de chá. Parecia radiante sentada naquela cozinha pequena e estúpida, com os cabelos selvagens como sempre, os olhos cinza-esverdeados percorrendo tudo em volta.

— Bom, não quero dar todos os detalhes, mas começamos a nos beijar e ele disse: "o barco de um amigo meu fica logo aqui" ou algo assim. Entramos, e eu já estava mais ou menos decidida a não ir para cama com ele, quando, de repente, não consegui ficar de pé. Isso é tudo que eu lembro. Vocês sabem do restante da história quase tão bem quanto eu. Minhas coisas sumiram. Ele queria me roubar. Foi por isso que ele saiu com a gente. Comigo, na verdade.

Seus olhos não se encheram de lágrimas. Ela tomou um gole de chá, pensativa, parecendo quase espantada com o fato de aquilo ter acontecido com ela e que todas nós soubéssemos os detalhes finais.

— Só pode ter sido o brownie, não é? — Constance perguntou depois de um momento.

Ela, é claro, gostaria de razões claras e reais. Eu não tinha certeza se Amy acreditava nesse tipo de resposta. Não a esse respeito.

— Acho que sim. Tinha um gosto químico, mas como vou saber? Alguma coisa me derrubou. Quanto ao Alfred, ele não fez nada comigo. Tenho certeza disso. Minhas roupas estavam no lugar, nenhum sinal de estupro. Ele foi um cavalheiro, apesar de tudo.

Constance alcançou a mesa e segurou a mão de Amy. Nossa amiga assentiu.

— Bem, vamos lá, eu sei que vocês duas se perguntaram. Tenho certeza que ele não me molestou assim. Simplesmente aconteceu. Não teve nenhuma consequência real, e talvez até tenha sido bom, porque isso me fez pensar mais seriamente. Tipo, o que é que eu estava fazendo com um cara que eu tinha acabado de conhecer, em um momento ridículo, andando por uma cidade que eu nem conhecia?

— A culpa foi nossa — Constance falou. — Não devíamos ter te deixado ir. Odeio saber que não te impedimos.

— Vocês acham mesmo que poderiam ter me impedido? Pensam que eu não sei que vocês queriam que eu fosse mais devagar com os caras? Eu sei que queriam. Não consegui ouvir naquele momento, mas agora é diferente.

— Foi por isso que você deu um soco no Peter — falei, afirmando o óbvio.

— Sim, garoto idiota. Para mim, a escolha é sempre das mulheres. Se a mulher não tem certeza, não pode rolar. Não enquanto eu estiver por perto. Desculpe se eu exagerei, mas parecia que ele estava te pressionando. Você não parecia pronta, Heather.

— Sinceramente, nem eu sei como eu estava. Mas não posso fingir e dizer que eu não estava pensando na possibilidade.

— Bem, talvez eu tenha exagerado. Não sei. Mas prefiro errar pelo lado da cautela, certo? Você é livre para ficar com o Peter ou com quem quiser.

Ela terminou o chá, foi até a pia e lavou a xícara. Depois voltou e sentou de novo.

— É isso aí. A história foi essa — falou.

— Devia ter alguma coisa naquele brownie — Constance insistiu. — Até então, vi que você estava se divertindo, Amy, e você é dura na queda.

— Bem, alguma coisa aconteceu. Com certeza. A verdade é que aconteceu alguma coisa comigo para eu ter ficado daquele jeito. É impossível imaginar a Ellie Pearson andando pelas ruas de Amsterdã com um vampiro como o Alfred, não é?

Ellie Pearson era a garota mais simpática da Amherst. Sempre a usamos como um contraponto para qualquer travessura em que estivéssemos envolvidas.

— Não, a Ellie Pearson não teria andado pelas ruas de Amsterdã tarde da noite com o Alfred — admiti.

— Então a culpa foi minha — Amy concluiu. — É bom pensar de outra forma. Odeio a coragem do Alfred e, se eu pudesse, partiria para cima dele, mas aceito a minha parcela de culpa. Sabem no que não paro de pensar? Que ele não me protegeu, que não fez nada para me proteger. Odeio pensar que outro ser humano pode me tratar assim. Não sei o que ele faria para me proteger, mas teria sido um pouco mais suportável pensar em voltar. Acho que é absurdo pensar assim, mas eu só queria ficar em casa embaixo de um cobertor assim que saímos da faculdade.

Ela se inclinou sobre a mesa e apertou nossas mãos.

— Estou bem — ela falou. — De verdade. Só não façam disso uma grande coisa, tá? Não ignorem, nem finjam que isso não aconteceu, mas não fiquem com um olhar preocupado toda vez que a história surgir. É um fato da minha vida agora, e não adianta fingir que não aconteceu. Combinado?

Assentimos.

— Acho que eu devia me desculpar com o Peter — ela falou.

— Puta merda, não — Constance disse.

Vindo dela, a palavra foi tão chocante que Amy e eu rimos.

— Ele estava com uma ereção quando levantou — falei. — Ele prendeu no cós.

— Pobre idiota — Amy soltou. — Ele achou que ia se dar bem.

— Bem, o pensamento passou pela minha cabeça, admito. Certo, preciso dormir — concluí. — Estou acabada. Não estou acostumada a beber cerveja no meio do dia.

Abracei as duas. Mais tarde, ouvi Constance conversando com Amy sobre seus planos de casamento. Eu gostava de ouvir a voz delas na escuridão.

PARIS

48

Novamente Paris. Paris na primavera. Paris quando as castanheiras estão em flor. Paris quando o Sena está cheio e quando os cafés, sonolentos do inverno, começam a acordar, revigorados, e garçons de aventais brancos erguem os toldos para deixar a novíssima luz do sol encontrar seus clientes. As calçadas de paralelepípedos reluzem e os telhados verdes e oxidados brilham como musgos de lagos. Milhares de tulipas nos surpreendem com uma piscadela de cor e a promessa de calor. As mulheres tiram roupas do fundo dos armários, um pouco inseguras, porque o tempo ainda pode mudar, ainda pode esfriar, mas vale a pena arriscar usar algo que você ama. Então chapéus incríveis surgem de repente e seus olhos se viram nessa direção porque é Paris, é primavera, e você é jovem.

    Nos dias que antecedem o casamento, Constance está apaixonada, trazendo tanta beleza e graciosidade para tudo que você pensa: "é assim que todos os casamentos deveriam ser". E Raef, o belo noivo, faz todas as vontades de Constance e não sai do lado dela nem por um segundo, nem para respirar, e você se pergunta como isso aconteceu, como Constance, aquela beleza pálida que pedalava pelo campus da faculdade há menos de um ano, tem maturidade para estar à frente dessas festas incríveis, com seu pastor de ovelhas em seu encalço. Ela é perfeita em todas as ocasiões, no chá com as mães quando elas se encontram pela primeira vez, no bufê, quando escolhem o cardápio para servir na cerimônia, na floricultura, quando ela fala em seu francês eloquente, curvando-se ao lado da corpulenta proprietária de vasos de violetas para cheirar a tímida fragrância — quem imaginaria que estudar francês seria realmente útil, afinal? —, de modo que às vezes ela parece muito maior, não uma flor, mas um arbusto que cresce em solo úmido, que surge bem devagar à beira de um prado e cuja beleza é preciso parar para apreciar. Você fica ao lado dela, você é a madrinha, e a vê proferir os votos, e as lágrimas enchem seus olhos milhares de vezes. Constance, a doce Constance, traz você e Amy para Notre-Dame, onde ela se ajoelha diante de sua estátua favorita de Maria e reza, não a Deus, talvez, não a qualquer entidade, mas ao compromisso que ela está fazendo, ao desejo de ser boa e gentil em seu casamento, a sua promessa de renunciar a todos os outros homens e se tornar uma unidade com aquele que ela adora.

Uma centena de tons perfeitos e delicados que só Paris pode oferecer. E Hemingway, o seu Hemingway, viveu aqui em profundo amor com sua Hadley, e você odeia o cretino por tê-la deixado, como o Jack a deixou. Você o ama por sentir a vida tão profundamente, assim como o Jack. Você se sente vibrante, selvagem e feliz por estar ali, naquele casamento, ao lado de suas amigas, à espera do dia. Em Paris. Na eterna Paris.

Nos três dias que antecederam o casamento, fiz o melhor que pude para não ser assombrada por Jack. Odiei pensar nele ao meu lado, milhares de vezes. E que Constance tivesse que pensar na minha situação, porque ela tinha um bilhão de detalhes para se preocupar e não precisava de mais um. Quando nos hospedamos no Hotel Sampson, um belo prédio eduardiano nos arredores do sétimo arrondissement — o mesmo bairro onde ficava a Torre Eiffel —, eu me vi considerando a possibilidade de Jack comparecer ao casamento. Não mencionei isso para ninguém, porque entendi, lá dentro de mim, que era uma invenção da minha cabeça. Ninguém falou do Jack comigo. Meu devaneio era tão lamentável, tão embaraçoso, que tentei ser aquela convidada radiante para compensar meu estado de sonho melancólico. Sem querer, cheguei perigosamente perto de ser "aquela" garota, pronta para beber com o cara que conhecesse na festa, para ficar acordada e encontrar um novo bar no centro de Paris — como eu adorava guiar as pessoas em Paris! —, a garota que às vezes parecia um pouco amarrotada, festeira e que bebia todas. Eu sabia o que estava fazendo, mas era quase impossível parar. Senti como se estivesse fora de mim — uma imagem ridícula, eu sei —, para ver essa garota maluca se comportando como se pertencesse à cidade de Sheboygan, e não a Paris.

Além disso, quem precisava do Jack? Isso é o que eu queria provar a qualquer um que quisesse prestar atenção.

Muito antes da data do casamento, a Constance mencionou um amigo do Raef, que seria meu parceiro na festa de casamento, e que, quase tão logo pousamos, ele se tornou uma piada constante. Seu nome era Xavier Box, um nome absurdo que fez Amy e eu rirmos sempre que falávamos em voz alta. Era um australiano alto, de aparência severa, com cabelos loiros e olhos tão azuis que pareciam feitos de gelo, cuja aparência angular desmentia a doçura escondida em seu exterior. Uma das coisas ridículas do casamento: tudo era gracioso e bonito por causa da Constance, mas ainda era um casamento e havia muito vinho, e a habilidade do Xavier era falar algo que ele chamava de "conversa de ovelhas". Era uma coisa da Austrália, embora eu nunca tivesse ouvido isso do Raef, e envolvia dizer tudo em uma voz que era, supostamente, o discurso gaguejante de uma ovelha. Não fazia o menor sentido e não era nem um pouco engraçado, exceto que Xavier, com seu um metro e noventa e tão magro quanto um galgo, usava isso com tanta frequência que se tornava engraçado apesar da sua grosseria. Logo todos tinham voz de ovelha, de modo que, se você quisesse uma bebida, poderia dizer: "Posso tomar uma bebiiiidddaaaa?", com a parte final da frase imitando a voz de um cordeirinho chamando por sua mãe. Sabe-se lá por que coisas desse tipo eram tão engraçadas, mas isso se tornou o lamento vacilante que passou pelo casamento, apesar da beleza pura de Constance.

Xavier Box era o mestre das ovelhas — em parte porque ele veio da Austrália, mas também porque ele parecia um pouco como um bode —, e, como parceiros de casamento, nos tornamos hábeis em passar vergonha juntos. Eu falava a língua da ovelha bem, e, quando estávamos fazendo nossos brindes no jantar do noivo, realizado em uma pensão nas proximidades (pense em toalhas xadrez, garçons rabugentos e garrafas de vinho com fundo de palha) na noite anterior ao casamento, nós dois conseguimos passar vergonha. Eu disse algo como, "o Raef é o melhooooooooorrrr homemmm do mundo", e o Xavier me superou ao dizer: "pode apostarrrrrrrrrrrrrrrrrrrr".

Foi divertido e fez todo mundo rir. Quase parecíamos um casal.

Quando me sentei e vi Xavier terminar seu discurso, Amy se inclinou e me disse que eu devia transar com ele.

— Não vou transar com um cara que fala a língua das ovelhas — sussurrei para ela. — Você está louca?

— Precisa voltar ao jogo, mana. Você está ficando meio maluca. A Constance disse que você não faz mais nada a não ser ler e trabalhar.

— Ele é fofo de uma maneira meio estranha, mas não é o meu tipo. E eu faço mais do que isso, a propósito.

— Qual é o seu tipo, exatamente? Estou olhando em volta e não o estou vendo. Você não tem mais um tipo, Heather. Você tem um sabor de sorvete que gosta de tomar tarde da noite sozinha, mas não tem mais tipo de cara.

— Você não tem um tipo por aqui também, Amy.

— Quando isso já importou para mim? Vá para cama com o Xavier Box. Você precisa agitar as coisas.

Nós duas tínhamos bebido demais. Não foi uma boa conversa. De um jeito absurdo, eu continuava olhando para a porta, meio que esperando que Jack aparecesse. Eu não tinha ideia do que diria ou o que faria se ele aparecesse, mas a ideia da sua possível chegada me pirou um pouco. Era a mesma sensação de antecipar uma festa surpresa no seu aniversário, meio que esperando que ela não acontecesse, meio que se perguntando se alguém não tinha saído para comprar o bolo. Afinal, Jack era impetuoso. Ele gostava de ser dramático.

Eu ainda pairava na terra-sem-o-Jack da especulação quando uma mulher segurando um bebê se sentou ao meu lado. Eu já tinha sido apresentada a ela, mas não conseguia lembrar seu nome. Ela tinha o cabelo castanho-avermelhado, com um corte volumoso parecido com uma vassoura e uma franja que cobria a testa. Parecia ter uns trinta e poucos anos, uma mamãe dinossauro em treinamento, e cheirava a limão e talco de bebê. Era convidada do Raef e, quando falava, tinha um sotaque australiano intenso e adorável.

— Pode segurar um pouquinho? — ela perguntou, estendendo o bebê para mim. — Preciso fazer xixi. É só um segundo. É muito mais fácil sem ele.

— Claro — respondi, pegando o bebê e o levantando no colo. — Qual o nome dele?

— Johnny.

— Olá, Johnny.

Antes que eu pudesse perguntar mais, a mulher se afastou. Eu nunca me senti muito confortável com bebês, mas este, tinha que admitir, era mais fofo do que uma caixa de filhotinhos. Tinha um corpo robusto e lindos cílios, e, quando fiz movimentos de dança com ele nas minhas pernas, ele sorriu, gesticulou e estendeu a mão para mexer no meu cabelo. Devia ter alguns meses. Usava roupa de marinheiro: blusa azul, calção branco e meias de algodão nos pés minúsculos.

— Percebeu que ela não o deu para mim — Amy disse, inclinando-se para olhar para Johnny e tocando seu pequeno punho. — Que gracinha.

— Que rapazinho. Um perfeito cavalheiro.

— Ele parece sério e bastante seguro de si.

Então chamaram Amy, e eu me dei conta de que estava sozinha com Johnny. Xavier foi para o bar, a maior parte do grupo se levantou para esticar as pernas, e percebi que Johnny e eu tínhamos o espaço só para nós. Dancei com ele no meu colo e o bebê me encarou, aparentemente nem contra nem a favor da nossa associação, e, de uma forma absurda, pensei que era agora que eu queria que Jack entrasse. Queria que ele me visse com essa linda criança, meus impulsos maternos em plena exibição, embora não soubesse dizer por que havia achado que isso seria atraente para o Jack. Nunca havíamos falado sobre crianças. Ao pensar isso, percebi que Jack era um vírus que eu não conseguia afastar. Eu tinha ficado oficialmente louca.

Então tudo passou, e eu fiquei com Johnny, com seus lindos olhos encarando os meus, com o simples fato da sua personalidade me prender. Ele não era um "bebê", pelo contrário, era uma criança doce e adorável que olhava para mim para descobrir no que podia confiar. Eu nunca havia experimentado um momento como aquele. Nossos olhos se prenderam um no outro por um longo tempo.

Eu o aconcheguei com cuidado em meus braços e o segurei contra o peito. Então me senti perto de chorar.

— Oi, Johnny — sussurrei. — Você é um menino lindo. É um garotinho fofo, não é? Você é muito precioso.

Rocei o nariz em seu pescoço. Ele cheirava ao talco que a mãe usava, além daquele cheiro inconfundível que só os bebês têm.

— Ah, ele gostou de você — a mãe disse quando voltou, sentando-se na cadeira ao nosso lado. — Ele normalmente não fica com estranhos. Você deve ser muito boazinha para uma criança confiar em você com tanta facilidade.

— Sinto que conheço o Johnny há séculos.

— Cuidado — a mulher disse. — É assim que começa. A próxima coisa que você vai ver é que vai se casar com um cara e ter seis bebês para cuidar.

— Você tem seis filhos? — perguntei, chocada com a possibilidade. Talvez, pensei, tivesse entendido mal essa mulher.

— Não, não, só o Johnny. Mas só ele já é o suficiente. Ele me mantém ocupada, mas é um cordeirinho, como você pode ver.

— Ele é um menino lindo.

— Sabe, eu tive um como o seu — ela falou. — Um amor, quero dizer. Um que foi embora.

Olhei para ela por cima do ombro macio de Johnny. A minha história era conhecida entre as pessoas que estavam ali, na festa de casamento? Fiquei constrangida só de pensar no que elas poderiam dizer: "Nossa, aquela é a Heather, a que foi abandonada no aeroporto de Paris pelo cara que ela amava?". Era assim que eu era conhecida naquele casamento? Imaginei que deveria ser, para a mulher conhecer a minha história. Imaginei que fosse essa a explicação que usavam: "Ah, aquela mulher ao lado do Xavier Box é a Heather. O namorado dela era amigo do Raef, e ele a deixou no aeroporto de Paris". Era uma forma resumida de identificação. "Aquele é o tio do Raef, aquela é a prima da Constance, e, ah, aquela é a que perdeu o namorado."

— O quê? — perguntei.

— Ah, eu sei. É muito triste. O meu era marinheiro. Ele estava navegando para as ilhas Whitsunday. Eles estavam indo até a Grande Barreira de Corais. Ah, ele adorava navegar. Eu devia ter aprendido com isso, é claro, mas ignorei. Já percebeu como as mulheres que veem quase tudo são capazes de ignorar as maiores pistas? Não consigo acreditar nisso.

Segurei Johnny mais perto. Ouvi sua respiração ao lado do meu ouvido.

— As pessoas dizem que você supera, mas você não consegue. Não esse tipo de homens. Eles deixam cicatrizes. Só mencionei porque não posso falar sobre isso para mais ninguém. É um assunto tabu, entende? E eu sou casada. Sou bem feliz, para falar a verdade. Mas não tem um dia que eu não pense no meu marinheiro perdido.

— Não tenho certeza...

— Eu sei, eu sei. Ainda dói. Vai doer por muito tempo, acredite em mim. Na verdade, senti algumas vezes como se eu tivesse sido queimada. Não quero dizer isso como uma metáfora também. É mais doloroso do que qualquer metáfora. Um grande amor sempre carrega consigo uma grande perda. Isso é algo que li e guardei isso comigo desde então. E me lembro disso de vez em quando. O nosso começo é também o nosso fim.

Ela estendeu a mão e segurou a minha.

Quase a afastei. Eu não sabia o nome dela. Não sabia nada sobre ela. A moça se inclinou para perto de mim e aproximou os lábios da minha orelha. Parecia que queria contar o maior segredo do mundo para Johnny e para mim. Formamos um triângulo conspiratório.

— Vai curar com o tempo — ela sussurrou. — Não inteiramente. Nunca desaparece por completo, mas você vai seguir em frente, eu juro. O meu Johnny é um grande amor também, consegue entender? Mais coisas virão e irão embora, será assim para você também. Provavelmente não é justo para o meu marido que eu me lembre do marinheiro dessa forma, mas eu me lembro e seria mentira dizer que não. Nunca pense que você está sozinha nisso. Conheci muitas mulheres que perderam seu grande amor. Você vai vê-lo durante toda a sua vida, em um bar, em um aeroporto. Algo vai te fazer lembrar, e o fogo vai se acender de novo.

Ela sorriu para mim. Seus olhos pareciam suaves, gentis e cansados. Então ela pegou Johnny e o aconchegou a ela. Segurei a mãozinha do bebê até que ela sorriu de novo e se levantou.

— Obrigada por ficar com ele — ela falou. — Você tem um bom coração, eu aposto.

— Tchau, Johnny.

Ela assentiu e o levantou contra seu ombro. Então seguiu através das cadeiras espalhadas, o rosto minúsculo de Johnny como uma lua pálida encaixado no pescoço da mãe.

49

Os pais de Constance conheciam os Jefferson, que faziam parte da missão diplomática na França, e foi em sua residência de férias que Constance se casou. Era um lugar maravilhoso, com jardins suntuosos e uma grande mansão georgiana amarelada, feita de pedra clara que ancorava o pátio circular, coberto de cascalho branco. Paul Jefferson foi colega de faculdade de Billy, o pai de Constance, e a ideia de que um colega de faculdade poderia ser tão gentil com a filha dele — para sediar um casamento, ainda que fosse para um pequeno número de pessoas — parecia de alguma forma confirmar algo sobre nossas próprias amizades. Faríamos o mesmo por nossos colegas de faculdade, nós sabíamos. Assim, quando a sra. Jefferson, Gloria, nos levou para cima para ajudar Constance a se vestir no fim da manhã em um perfeito sábado de abril, ela escancarou as portas francesas que se comunicavam com os amplos jardins abaixo e por um momento todas nós ficamos na varanda, observando, enquanto homens de macacão azul montavam cadeiras e a florista misturava as violetas que Constance havia escolhido para comemorar o grande dia.

— É tão bonito — Constance falou. — Não tenho palavras para lhe agradecer, Gloria. Parece um sonho.

— Ah, eu sempre quis fazer um casamento aqui — Gloria disse. — Só tive filhos homens, lamento dizer, e eles se recusam a me atender. Filhos podem ser um pouco mais fáceis em alguns aspectos, mas não são tão divertidos. — Ela era uma morena alta, com cabelos curtíssimos, e ombros largos e ágeis. Tinha sido nadadora, estilo peito, e havia conhecido seu marido,

Paul, nas eliminatórias olímpicas no fim do inverno. Ainda possuía um corpo atlético, e não me surpreendeu quando a mãe de Constance, Gail, nos disse que Gloria nadava todos os dias para manter a forma.

Constance se virou e a abraçou. Constance, a bela Constance.

Fiel à sua natureza, ela não quis maquiadora nem cabeleireira. E escolheu o vestido por sua simplicidade. Era um modelo branco, abaixo do joelho, com corpete de renda transparente. Nos pés, usava sapatilhas de balé brancas. Quando ficou na frente do espelho, as mãos tremendo um pouco enquanto seguravam o buquê de mosquitinhos e iridáceas, ela parecia tão perfeita quanto uma noiva poderia ser. Sua mãe havia saído do quarto para tomar o seu lugar entre os convidados, e ficamos de pé, atrás de Constance. Ela não disse nada além de mover os olhos de uma para a outra. Pela janela, ouvimos pessoas se reunindo, e a música — um quarteto de jazz, naturalmente — começou a tocar levemente ao fundo. Constance se virou para nós e disse:

— Me lembrem nos próximos anos de como eu estava feliz neste momento — ela nos pediu. — Me lembrem, caso eu me esqueça. Nunca deixem que nenhuma outra emoção seja maior do que esta que estou sentindo. O que quer que aconteça entre mim e o Raef, este momento é verdadeiro, sei disso do fundo do meu coração e quero que vocês saibam também.

— Prometo — falei, e Amy repetiu.

Então chegou a hora. Gloria entrou e sorriu.

— Estamos prontas — ela disse simplesmente.

Amy e eu seguimos para o altar juntas. Constance não queria que a marcha nupcial fosse longa e entrou logo depois de nós, agarrada ao braço do pai, com os olhos fixos em Raef. O noivo estava perto do sr. Jefferson, que fora convidado a presidir a cerimônia.

O quarteto de jazz permaneceu em silêncio enquanto Constance caminhava até o altar, ao som de uma gravação do violoncelista Yo-Yo Ma, que tocava uma música de Ennio Morricone. Os sons delicados soavam à nossa volta. Constance amava violoncelos e esse músico mais que qualquer coisa no mundo. Ela possuía todas as gravações dele e as tocava frequentemente no dormitório da faculdade, e, sempre que estava um pouco bêbada, fazia todos pararem, escutarem e se maravilharem com a beleza da música antes de nos deixar retomar nossa embriaguez.

Constance caminhou com doçura e suavidade, seu sorriso caloroso passando por cada pessoa ali presente. No altar, beijou o pai, e eles tiveram um momento delicado, em que ele sussurrou algo para ela e então a beijou novamente. Ela foi até a mãe e a beijou. Depois, deu a mão a Raef, e, por um momento, nada mais importou no mundo.

⁂

Xavier Box me tirou para dançar. Estávamos bem no meio da recepção e tínhamos bebido muito. Sua gravata estava solta e seu cabelo se erguia como uma escova de engraxate virada de cabeça para baixo. Seus olhos brilhavam por causa da bebida. Eu havia chutado os meus sapatos e gostei de andar descalça na madeira lisa e escorregadia da pista. Eu me senti... bem. Muito bem. Procurei por Johnny e sua mãe, mas não os vi.

Não tinha visto Jack também, mas isso era outra coisa.

Notavelmente, Xavier era um daqueles caras que realmente sabiam dançar.

E também não era exibido por isso. Ele segurou meu pulso e me fez girar, me pegou pela cintura e me girou para o outro lado. Eu me senti um ioiô. Como Yo-Yo Ma. Como uma língua de sogra, que gira com um sopro e depois gira novamente. Seus olhos azuis gelados me seguiam por toda parte, e eu estava ciente de que ele era meio fofo, fofo de verdade, e eu me perguntei, em uma parte distante do cérebro — enquanto eu girava novamente com o impulso do seu braço —, por que eu era tão resistente a seus encantos. Por que eu era tão resistente aos encantos de todos, durante aqueles últimos nove ou dez meses. Era inútil e sem sentido, e, assim que Xavier me puxou de volta e me segurou perto de si, eu pensei, *Hummm*. E de novo, *hummm*.

Quando olhei para a mesa principal, vi Amy assentindo feliz em minha direção. Ela obviamente havia dado sua bênção para o que quer que fosse acontecer entre mim e Xavier.

— Onde você aprendeu a dançar assim? — perguntei a ele quando terminamos. — Você é realmente muito bom.

Xavier colocou o braço ao redor da minha cintura e me levou para fora da pista. Foi isso então? Eu me inclinei para ele, balancei um pouco o cabelo, olhei em seus olhos azul-polar com um sorriso e um olhar de "vem cá". Nesse momento eu me senti meio sem prática. De um jeito desajeitado e absurdo, artificial e falso. Disse a mim mesma para não tomar outra bebida, pois isso enevoaria as coisas horrivelmente.

— Ah, por aí — ele falou, me acompanhando até o bar. — A minha mãe me ensinou na nossa cozinha. Ela adorava dançar. Costumávamos dançar para animar as coisas quando meu pai viajava a negócios. Minhas irmãs faziam aulas e eram professoras muito bravas. Elas me intimidavam, mas estou feliz por isso.

— As lições deram certo.

— Vou dizer isso a elas.

Então trocamos um olhar. Não foi *aquele* olhar, mas foi um olhar. Desviei com dificuldade.

— Vou ao banheiro — falei, usando a língua das ovelhas. — Volto logo.

— Tudo bem, não demore muito. Vou ficar com saudade.

Fui encontrar Amy.

— Madrinhas deviam transar nos casamentos! — Amy disse quando a encontrei e contei sobre minha confusão com Xavier. Ela segurava uma bebida, o cabelo levemente desgrenhado de dançar com um dos muitos primos de Raef. Eles a encontraram cedo e a mantiveram em movimento. — Agora é a hora de todo mundo se embonecar? Todos estão aqui para pegar uma coisinha. E você não é nenhuma santa, Heather!

— Ah, que ótimo, Amy. Eu nunca disse que era.

— É uma decisão que você não precisa tomar agora. Você não é uma imperadora romana dando um sinal de positivo ou negativo. Você podia ir com ele e ver aonde isso vai te levar.

— Eu já sei aonde isso vai me levar, Amy. Essa é a questão.

— Eu queria ter alguém por aqui! Queria ter alguém com quem ficar.

— Por que não esses primos do Raef? — falei. — Esses com quem você está dançando.

— Esses pequenos sapos excitados? Esses garotos australianos têm muita energia. Vou te dar esse crédito. Mas não vejo nenhum homem aqui. Pelo menos, não homens que eu escolheria. Os caras nos casamentos são muito jovens ou muito velhos. Ou estão se casando.

— Você não está me ajudando nem um pouco com a pergunta sobre o Xavier — falei. — E, para ser sincera, ele não faz o meu tipo.

— Qual é o seu tipo? Não importa, eu sei, eu sei. O Jack. Sim, tudo bem, o Jack é o seu tipo. Entendi. Mas o Jack partiu para as montanhas, amiga. Está caminhando pelo mundo como um aborígene ou seja lá o que for. Ele é um cara ótimo, gosto muito dele, mas ele não está mais por perto. *Puf.*

Desapareceu. Aquela mulher que me massageava sempre dizia que para uma garota esquecer um cara ela deve ficar embaixo de outro.

— Você é horrível, Amy. Isso é obsceno.

Ela sorriu e mexeu as sobrancelhas. Ela tinha bebido muito, percebi. E então começou a filosofar.

— Bem, o negócio é o seguinte: se você for para a cama com o Xavier, vai acordar com uma dor de cabeça terrível e provavelmente com a mesma mágoa. Além disso, você corre o risco de ele pensar que você se deu bem, então ele vai ligar e querer conversar, e, toda vez que você ouvir o telefone tocar, você vai se magoar porque não é o Jack.

— Achei que você queria que eu fosse para a cama com ele!

— Com alguém, Heather. Quero que você volte à vida. Você pode ir para a cama com qualquer um que você goste, é claro, mas não quero que você continue com essa dor, com essa coisa de não parar de pensar no Jack. Está na hora de esquecer esse cara. Sei que é difícil, amiga, mas você precisa dar um basta nessa história.

Assenti, com os olhos cheios de lágrimas. Ela entrelaçou o braço no meu. Ficamos paradas por um longo tempo assim, sem falarmos nada. Era um lindo início de noite. Eu me perguntei se devia encontrar o Xavier ou se devia ir ao banheiro. Eu me senti de pernas para o ar, como minha mãe costumava dizer quando estava confusa.

Ainda estávamos lá quando Raef apareceu.

— Quero dançar com você, Heather — ele falou. — Aceitaria dançar com o noivo?

— Eu ficaria lisonjeada.

— O que eu sou? Um queijo suíço? — Amy perguntou, soltando meu braço.

— Calma, não fique tão estressadinha.

Amy resmungou e saiu. Fiquei com Raef.

— Eu adoraria dançar com você, Raef — falei.

— Só que eu não danço tão bem quanto o meu amigo Xavier.

— Parece que o Xavier tem muitos talentos.

— Ah, você não conhece nem metade. Gostou dele?

— Sim. Gostei muito. Ele é uma figura.

— Ele é realmente um cara legal. Somos amigos há muito tempo. Desde a infância, na verdade. Vocês dois formariam um belo casal.

— Está bancando o casamenteiro, Raef?

— Eu me tornei especialista agora que sou casado. Não sabia? As pessoas casadas sempre sabem exatamente o que as pessoas solteiras devem fazer, como devem viver.

Ele sorriu, estendeu os braços e eu me encaixei neles. Enquanto dançávamos, eu me dei conta de que gostava muito do Raef.

— Você sabia que tem a melhor garota do mundo? — falei, achando um pouco estranho dançar com o marido da minha amiga. O *marido* dela! — Ela é uma pessoa muito iluminada. O mundo precisa de mais pessoas como ela.

— Sim, eu sei disso. Essa é uma boa maneira de descrevê-la. Sou um homem de sorte.

— A Constance é ainda mais bonita do que você pode imaginar, Raef. A beleza e o amor dela tocam tudo. Não conheço ninguém como ela, sinceramente.

Ele assentiu. Dançamos, mas seu corpo parecia tenso. Quase perguntei se ele estava bem, quando ele se inclinou e sussurrou em meu ouvido. Então me deu a verdadeira razão pela qual me pediu para dançar.

— Queria falar com você sobre o Jack — ele falou. — O nosso Jack. O seu Jack Vermont. Pensei que hoje, eu poderia ter permissão para falar.

Ele inclinou um pouco meu rosto para poder me olhar nos olhos. Senti meu coração despencar. Ele tinha olhos gentis e calorosos. A banda tocou uma batida suave e gentil que parecia fora da expressão de Raef.

— Tudo bem se eu falar um pouco sobre ele? — perguntou. — Preciso contar algo que tenho guardado por muito tempo.

Assenti. Meu corpo parecia ter perdido os ossos.

— Continue.

— Primeiro, preciso pedir que me entenda e me perdoe. Prometi ao Jack que não falaria desse assunto para você. Nunca mencionei isso para a Constance também. Ninguém no mundo sabe, exceto Jack, eu e os pais dele. Ele confiou em mim.

— O que é, Raef? Me conte. Você parece terrivelmente formal.

— Me desculpe. Não é a minha intenção. É estranho para mim dizer isso.

— Vá em frente, me fale.

A música desacelerou, mas continuamos dançando. Eu estava consciente de todos os detalhes: a firmeza do chão, a beleza de Raef, a cor e a textura do seu terno, meu vestido, o comprimento tocando a pele sob meu joelho. Raef parecia preso no que precisava dizer. Ele começou a falar e parou.

— O que é, Raef? — perguntei novamente. — Por favor, me diga.

Ele respirou fundo, pareceu pensar uma última vez se tinha feito a escolha certa, depois falou baixinho:

— Naquele dia em Paris, aqui, devo dizer, *aqui* em Paris, você se lembra daquele dia?

— Que dia, Raef?

— Aquele, quando eu e o Jack sumimos. Quando saímos sozinhos. Acho que você e a Constance tinham ido a Notre-Dame para ver as estátuas de Maria. É onde ela sempre gosta de ir.

— Sim, claro, eu me lembro disso. O Jack nunca explicou aonde ele tinha ido. Nós não pressionamos, porque achamos que talvez vocês estivessem planejando uma surpresa qualquer. Não queríamos estragar as coisas.

Ele assentiu. Minha lembrança aparentemente se conformava com a dele.

— Essa é a questão. Naquele dia, quando o Jack e eu saímos em uma misteriosa missão, brincamos sobre isso e nos recusamos a contar a vocês sobre o que estávamos fazendo... Naquele dia, nós fomos a um hospital.

— Que hospital? — perguntei. — O que você está dizendo, Raef?

— Eu nem me lembro do nome, Heather. Hospital São Bonifácio, eu acho. Era nos arredores de Paris. O Jack não me contou tudo, mas ele precisava checar algo. Mas não explicou os detalhes. Ele queria que eu fosse junto porque o meu francês era melhor que o dele.

— Ele está doente? Você está me dizendo que ele está doente?

Raef olhou atentamente para mim. Vi como doía para ele quebrar a confiança de Jack, como doía me machucar. Parte de mim entendia a posição de Raef, mas outra parte, um lado feroz e selvagem, queria pular em cima dele e arrancar de sua boca tudo o que eu queria saber. Ele não conseguia dar a notícia rápido o suficiente para me satisfazer, mas me segurei e o deixei falar. Não queria assustá-lo ou interromper sua explicação, acelerando-o com minha ansiedade.

— Acho que os sintomas do Jack reapareceram. Ele estava doente antes de vir para a Europa. Acho que é isso. Ele nunca explicou tudo. Não posso dizer se essa era ou não a razão pela qual ele decidiu não ir para casa com você, mas sempre achei que era. É a única explicação que faz sentido. Acho que ele queria que você pensasse mal dele, que o esquecesse, porque o que quer que ele descobriu no hospital talvez confirmasse algo que ele suspeitava. Não sei quanto tempo tudo isso levou, mas ele teve que esperar alguns resultados de exames. Foi o que ele me disse.

— Mas o Jack não estava doente — falei, embora agora a dúvida tivesse começado a se espalhar pelo meu cérebro. — Ele me contou sobre o amigo dele, o Tom, mas ele nunca...

— Não foi o Tom. Não havia ninguém chamado Tom, Heather.

— O amigo dele. Um cara com quem ele trabalhou. O que você está me dizendo, Raef?

— Não havia nenhum amigo chamado Tom. Às vezes ele se referia à sua condição como "velho Tom". Ele transformou isso em uma piada. Ele dizia coisas como "O velho Tom não me deixa dormir". Não sei de onde ele tirou isso, mas era esse o nome que ele usava.

— Não consigo entender o que você está me dizendo, Raef. Eu escuto as palavras, mas elas não se encaixam.

— O Tom era algo que ele inventou para poder falar sobre a necessidade de experimentar tudo sem entrar no motivo exato. Ele transferiu a doença a um amigo imaginário. Talvez não tenha sido justo. Não sei. Ele não queria que as pessoas sentissem pena dele. Não queria ser tratado de forma diferente nem responder a todas as perguntas que sua condição levantaria. Me desculpe, Heather. Quis te contar muitas vezes, mas não aguento mais ver você sofrer.

Eu não conseguia pensar. Mil perguntas inundaram minha mente. Foi a única explicação que se encaixou em todas as várias questões e objeções. Ouvindo a confissão de Raef, pequenas partes do quebra-cabeça começaram a se juntar.

— Ele está doente? — perguntei, lembrando de cada palavra, cada olhar e cada gesto que lançava alguma luz sobre a condição de Jack. — É isso o que você está me dizendo, Raef? Por favor, eu preciso saber.

Raef assentiu, então fez uma careta para indicar que não sabia o que Jack pretendia. Ele não podia dizer porque realmente não sabia. A música parou e ficamos nos encarando por um momento.

— Não sei se é verdade ou não. Não sei se ele está doente — Raef falou. — Nem sei o que isso significa, mas era importante para o Jack. Aquele dia, quero dizer, e a visita ao hospital. Isso explicaria por que ele desapareceu. Ele não queria ser um fardo para você, e a única maneira de conseguir se afastar seria desaparecer completamente. E fazer você odiá-lo.

— Você está falando sério, Raef? Está brincando comigo? Isso é demais.

— Por favor, me perdoe, Heather. Nem sei se eu devia ter dito tudo isso a você. O Jack me fez dar a minha palavra, e agora estou quebrando essa promessa. Não consegui mais manter isso em segredo, vendo você sofrer durante todo esse tempo.

Ele olhou fundo nos meus olhos. Então se aproximou e segurou minhas mãos.

— Você está sofrendo muito com tudo isso, não é?

— Sim, estou.

— Sinto muito, Heather. Gostaria de saber mais para te contar.

— Era câncer? Os sintomas voltaram? Por isso que ele foi ao hospital? Ele era o Tom todo esse tempo?

— Eu não sei. Acho que era leucemia. Provavelmente, quaisquer sintomas que ele atribuísse ao Tom, na verdade, pertenciam a ele. Sim, provavelmente era isso.

Ele foi chamado por um dos primos de Constance para cortar o bolo ou algo assim. Raef largou minhas mãos lentamente, ainda com os olhos presos nos meus.

— Preciso encontrar a Amy — falou. — Vou pedir para ela ficar com você para te fazer companhia até você digerir tudo isso.

Balancei a cabeça. Não queria falar com ninguém. Não agora.

— Vem cá, senta um pouco aqui. Me desculpe, Heather. Espero que você não ache que fui cruel não te contando nada antes. Era a história do Jack, não a minha. Foi o que eu disse a mim mesmo. Então eu te vi dançando com o Xavier, percebi que você estava triste e senti que tinha que te dizer alguma coisa.

— Estou feliz que você tenha me contado. Obrigada.

— Eu conheço o Jack muito bem, Heather. Ele te amava. Ele me disse isso várias vezes. Mas ele se recusou a ser o doente inválido com você. O Jack não gostaria de te dar essa responsabilidade. É o que eu acho.

— Não — concordei. — O Jack não ia querer isso.

Raef se aproximou e me abraçou com força. Em seguida me segurou pelos ombros e olhou diretamente para mim.

— Você vai ficar bem?

— Claro.

— Não acredito em você. Vem, Heather, senta um pouco aqui. Nossa, estou me sentindo péssimo por ter jogado tudo em cima de você, assim.

— Tudo bem, Raef. Vá em frente. Você precisa cortar o bolo. Estou bem. De certa forma, estou melhor agora. Você estava certo em me dizer.

— Não sei, Heather. Espero não ter cometido um erro — ele falou e então uma das suas primas se aproximou e insistiu que ele a acompanhasse. Ela o agarrou pela mão e o arrastou para longe. Fiquei de pé, observando, sentindo que poderia flutuar como a fumaça de uma vela depois que a chama se apaga.

50

Às duas da manhã, fui encontrar o Esche, a árvore que havíamos plantado no Jardim de Luxemburgo.

Levei um garfo do hotel. Para cavar. Para me defender. Porque eu não tinha mais nada.

Não conseguia pensar, falar ou planejar claramente. Peguei um táxi na recepção. Amy foi para a cama. Constance e Raef tinham partido em lua de mel. Durante um mês. Casados. Não disse a ninguém o que Raef havia me contado.

O taxista era de Burkina Faso, na África. Ele usava um gorro preto, vermelho e verde, alargado com seus dreadlocks por baixo. Contei seis aromatizantes de pinheiro pendurados no retrovisor. Segundo a licença, seu nome era Bormo. Bormo Zungo. Ele olhava para mim através do espelho sempre que parávamos.

— Você está bem, senhorita? — perguntou em francês

Assenti.

Ele me analisou.

— Tem certeza? — insistiu

Assenti novamente.

— É tarde para ir aos arredores do parque — ele falou. — O jardim é melhor durante o dia.

Concordei.

Ele seguiu em frente quando a luz do semáforo mudou. Rodamos muito tempo em silêncio. Seus olhos me checavam com frequência.

— Este não é o melhor lugar — Bormo disse quando estacionou na calçada, do lado de fora do jardim, e desligou o taxímetro. — Quarenta e sete euros. Pode ser perigoso a esta hora da noite.

Ele se virou em seu assento para poder falar comigo.

— Seria uma honra levá-la a um café ou a algum lugar iluminado.

— Estou bem — falei, pagando-o.

— Ça va.

Ele pegou o dinheiro. Dei a ele uns vinte euros extras. Uma das coisas boas sobre trabalhar incansavelmente e não ter vida social é que sempre se encontra dinheiro nos bolsos. Ele pegou os vinte euros e o colocou na aba do chapéu encaroçado.

— É muito tarde — falou. — Você estava em um bom hotel e agora... Não é bom ficar sozinha aqui fora.

Sorri e saí do táxi. Parei por algum tempo, de frente para o portão de ferro. Bormo se afastou do meio-fio.

Ele estava certo sobre tudo. O parque era melhor durante o dia.

⁂

Eu não tinha luz a não ser a lanterna do celular. As luzes do parque não iluminavam o lugar onde o Esche havia sido plantado. Ele havia crescido em um local de sombra. Levei pouco tempo para me lembrar exatamente onde a árvore estava.

Usei o garfo para cavar o solo, que estava úmido e frio.

Você pode visitá-la sempre que vier a Paris. O mundo vai continuar girando, às vezes dando errado, às vezes dando certo, mas a sua árvore, a nossa árvore, vai continuar crescendo.

Quando alcancei o recipiente de plástico transparente que guardava nossos cabelos trançados, puxei-o lentamente da terra. Vi o novo bilhete — de Jack — imediatamente. Ele havia sido colocado dentro do recipiente de plástico depois que o enterramos. Ficou claro que Jack havia cavado e o colocado para mim ali dentro. Ele usou a nossa própria caixa de correio secreta para me deixar uma mensagem que eu encontraria, se não hoje, amanhã, depois de mil amanhãs. Ninguém mais no mundo saberia procurá-la. E o Esche, o honorável Esche, tinha estado de guarda até que eu pudesse vir até ela — esteve próximo a ela no inverno, através dos longos e cinzentos dias de outono e das flores da primavera. Hadley e Hemingway estiveram aqui, assim como nós, e não me surpreendeu ver sua caligrafia cuidadosa.

"Heather", as letras diziam.

Um envelope simples continha o que ele havia escrito. Um pouco de terra sujou o canto inferior direito. Por um momento não pude tocá-lo, respirar, nem fazer nada.

Naquele instante, soube que ele não havia se esquecido de mim, não havia me abandonado. Ele não teria escrito um bilhete, nem se importaria em retornar ao poderoso Esche se não se importasse. Eu sabia que ele tinha pensado em mim, ajoelhado no mesmo lugar onde eu estava ajoelhada agora. Sabia que ele entendia que eu o procuraria até encontrá-lo. Eu me senti invadida por uma intensa torrente de amor, ódio e toda emoção que pudesse existir na terra. Levantei o recipiente plástico e o beijei. Removi a carta com cuidado, fechei a caixa novamente e a enterrei mais uma vez. Pensei no sr. Periwinkle e em todas aquelas criaturas que tentam partir com bravura. Agora eu sabia o que tinha acontecido com o Jack. Agora eu sabia por que ele havia me abandonado.

Agora eu também sabia que ele estava morrendo.

<hr />

— Passei por aqui duas vezes e não podia voltar — Bormo disse —, mas eu tinha a sensação de que algo estava acontecendo.

Abri a porta e entrei.

— Obrigada. Muito obrigada.

— Você se sujou.

Assenti.

Ele me olhou pelo espelho retrovisor.

Então balançou a cabeça, aparentemente incapaz de descobrir.

— De volta ao hotel? — perguntou.

Assenti.

— Você não vai me dizer o que aconteceu, vai? — ele perguntou.

Balancei a cabeça.

— Amor — ele disse. — Essa é a única coisa que faz as pessoas agirem como loucas.

Sorri e ele sorriu de volta. Então partimos e meu coração ficou vazio e assustado. Segurei a carta contra o peito. Não consegui abri-la. Ainda não. Não até eu poder voltar a respirar.

51

Amy me ligou antes de voltarmos.

— Onde você está, Heather? Acordei e você não estava aqui.

— Estou bem, Amy.

— Isso não é legal! Sair sem dizer nada...

— Sinto muito. De verdade. Me desculpe.

— Pensei... Ah, nem sei o que pensei. Isso foi horrível, Heather. Fico em pânico quando as pessoas desaparecem assim. Você não está com o Xavier, está?

— Desculpa. Não, não estou com o Xavier. Eu não teria saído se não fosse importante.

— O que era tão importante que você teve que deixar o hotel no meio da noite? Temos que estar em um avião ao meio-dia. Você saiu do hotel? Está no quarto de alguém?

— Tive que ver uma coisa. Algo relacionado ao Jack — falei.

Amy não disse nada por um momento.

— Onde você está? — finalmente perguntou.

— Voltando.

— Vou esperar.

— Obrigada, Amy. Eu sinto muito.

— Eu também. Venha logo.

A luz do amanhecer surgia por trás das nuvens baixas quando cheguei de volta ao hotel. Bormo parou o táxi na entrada e um porteiro se adiantou para abrir a minha porta.

— Obrigada, Bormo — falei, enquanto lhe pagava.

Ele não aceitaria a gorjeta.

— O valor da corrida, isso é negócio. Mas a gorjeta, isso é entre nós.

— Obrigada.

— Espero que tenha valido a pena.

— Também espero.

Ele desligou o taxímetro e partiu.

Entrei e encontrei Amy sentada na recepção.

Ela se levantou quando me viu, atravessou o saguão e me abraçou com força. Depois me afastou, me examinou e me abraçou novamente. Não pude levantar os braços. Não podia perder de vista o bilhete de Jack. Coloquei a testa contra o ombro de Amy e chorei. Ela me afastou, olhou de novo para o meu rosto e depois me abraçou o mais forte que já fui abraçada na vida. Para minha tristeza, não pude parar de chorar.

<hr/>

— Essa é a carta? — Amy perguntou. — Ele deixou isso no lugar secreto de vocês? A árvore que vocês dois plantaram?

— Ele sabia que eu ia procurá-la algum dia. Só eu saberia onde encontrá-la.

Eu me sentei na ponta da cadeira. Ainda tinha dificuldade para respirar. Quase comecei a me perguntar se recuperaria o fôlego algum dia. Amy manteve o braço ao meu redor. Soltei um gemido, meu corpo estremecendo.

— O Raef devia ter dito isso para você antes. Estou com muita raiva dele agora.

— Ele prometeu para o Jack. Você devia gostar que a Constance se casou com um homem que cumpre a sua palavra. Não o culpo. Ele estava em uma situação muito difícil.

— Então por que dizer agora?

— Acho que ele pensou que eu estava sofrendo muito.

Nós nos sentamos em uma namoradeira, em um canto do saguão do hotel. Uma floresta de samambaias em vasos nos escondia da observação direta. Do outro lado, duas crianças sonolentas corriam para pegar uma bandeja de doces exposta no refeitório. De vez em quando uma mulher mais velha, aparentemente no comando, passava para falar com elas e mandar que se apressassem. O cheiro de café encheu o saguão.

— Você acha que ele está doente? — Amy perguntou. — É isso?

— Acho que ele está morrendo. Sei que está. O Jack está morrendo.

— Ah, vamos lá — ela protestou e estendeu a mão para pegar a minha.
— Você não tem certeza.
— Ele estava doente. O Raef me contou. Está com leucemia. Ele foi a um hospital com o Raef para fazer exames. Você não vê? Ele foi comigo para o aeroporto porque queria que eu soubesse que ele tinha feito a escolha de partir comigo. Mas ele não podia. Não conseguiu cruzar essa linha. A questão não era Nova York, os empregos ou algo assim. Ele só me deixou pensar que era isso.
— E é por isso que ele não foi com você?
Assenti.
— Sim — respondi. — É assim que o Jack lida com as coisas.
— Mas isso foi horrível. Por que ele não te contou o que estava acontecendo?
— Porque não é assim que o Jack vive. Ele não quer que a minha vida acabe por causa da vida dele.
— A sua vida não acabaria por causa disso.
— Ele não vê as coisas dessa forma, Amy. O que ele faria? Como as coisas seriam? Eu seria a enfermeira dele? É essa a vida que ele queria que eu tivesse? Pense nisso. Você ia querer isso para alguém que amasse? Se estivéssemos casados há vinte anos, tudo bem, então isso faz parte. Mas acabamos de nos conhecer. Estávamos nos descobrindo. Ele não queria ser um paciente.
Ela pesou minhas palavras. Apesar da selvageria de Amy, às vezes ela via o mundo como um lugar ordenado, e isso não se encaixava naquele molde.
— E é por isso que você o amou — ela falou. — Isso é parte de quem ele é.
— Sim.
— O mundo é muito complicado para mim — ela falou. — Quer um pouco de privacidade enquanto lê a carta?
Assenti.
Ela apertou minha mão e depois se inclinou sobre a mesa para me beijar.
— Vou pegar um café, se estiver pronto — falou, se afastando. — Lembre-se de respirar.
Assenti novamente.
Coloquei a carta no colo e olhei para ela. Levei um ou dois minutos para forçar minhas mãos a tocá-la.

52

Tirei a carta do envelope com cuidado. Separei os dois pedaços de papel — o envelope como a boca de uma ave aberta — e coloquei-os lado a lado. Queria absorver todos os detalhes. Os dois jovens que organizavam o expositor de doces não me notaram.

Senti o cheiro de café fresco e o leve odor de limpeza. Ao longe, um relógio tocou. Não contei as badaladas para saber que horas eram.

Olhei dentro do envelope para ter certeza de que não havia nada ali dentro. Estava vazio. Abri mais para poder ter certeza, depois virei o envelope de cabeça para baixo sobre a mesa. Balancei várias vezes. Satisfeita, coloquei-o com cuidado de volta em sua posição.

Então desdobrei a carta e li:

Querida Heather,

Estou escrevendo esta carta depois de sair do aeroporto. Sinto muito. Sei que te magoei e lamento por isso. Se a sua dor é igual à minha neste momento, me desculpe.

Não pude ir com você para Nova York, porque não sou dono da minha própria vida para poder entregá-la a você. Estou doente, Heather, e não vou ficar bem. Não posso — não vou — mudar isso para você, nem para nós. Acredite em mim quando digo que não estou sendo melodramático. Estou sendo tão durão quanto sei ser. Chame como quiser — o destino, um jogo de dados, uma carta ruim. Ele chegou contra nós desta vez. Nossa sorte não valeu.

Mas foi bonito pensar assim por um tempo, não foi? Para mim, foi. Você enriqueceu meus dias, Heather. Eu te amei profundamente. O amor nos encontra, passa por nós e continua.

J.

Li a carta três, dez vezes, até que minha mão tremeu tanto que não consegui mais segurar o papel. Coloquei de volta na mesa e prendi a respiração. Olhei através do azul profundo da água da piscina e tentei me esvaziar. Segurei a respiração por um longo tempo.

Então chamei Amy.

— Você poderia me fazer um favor? Pode ir ao nosso quarto e trazer a minha bolsa? Você sabe qual é.

— Claro, amiga. Pode me contar o que a carta dizia?

— Me traga a bolsa, por favor, e então eu vou saber. Eu mesma iria, mas não confio nas minhas pernas agora. A bolsa. Está na mesa.

Ela assentiu, tocou minha mão e saiu. Então voltou rapidamente para a nossa pequena ilha atrás das samambaias e colocou a bolsa na minha frente. Peguei o diário do avô de Jack.

— Você o trouxe? — Amy perguntou.

— Eu o carrego para todos os lugares. Levo para o trabalho, às vezes. Quando estou com ele, quase acredito que vou me deparar com o Jack.

— Ah, pobrezinha. Você está ferrada. Muito ferrada.

Peguei o diário, com uma sensação familiar de gentileza na mão. Eu conhecia a passagem. Abri o começo do diário e a encontrei quase de imediato.

Na praça, eles dançavam com chocalhos em volta do pescoço. O som era desordenado e insuportável. Vi um casal dançando junto, e seus movimentos pareciam furiosos. O homem era alto e magro, e algo havia acontecido em seu rosto e deixado um buraco em sua testa. Ele usava a meia máscara de um lobo. A mulher dançava com a saia arrastando-se como a lâmina de um cortador de grama, ela girava sem parar, sua beleza aumentada pela maneira como ela se parecia com um pavio no centro de sua própria vela. Fiquei os observando por um bom tempo.

A noite chegou e eles continuaram a dançar, o movimento absorvido e mandado de volta pelos compatriotas e colegas da cidade, e, pela primeira vez desde o fim da guerra, senti meu coração se levantar. Sim, eles dançaram para mandar o inverno de volta para as montanhas, mas também dançaram porque o inverno sempre acaba, assim como as guerras, e a vida sempre vence no final. Observando-os, aprendi que o amor não é estático; o amor não se divide. O amor que encontramos neste mundo vem em nossa direção e se afasta de nós simultaneamente. Dizer que encontramos o amor é um mau uso da palavra "encontrar". O amor nos encontra, passa por nós e continua. Não podemos encontrá-lo mais do que podemos encontrar o ar ou a água; a coisa mais importante para vivermos é o amor. O amor é essencial e tão comum quanto o pão. Se você o procurar, o verá em todos os lugares e nunca mais ficará sem ele.

— Eu sei onde ele deve estar. É primavera e ele vai estar lá. Está aqui no diário. Sei onde ele vai acabar. O diário começa em um lugar na primavera. É assim que a viagem dele vai acabar. Faz todo sentido.

— Você está começando a me assustar, Heather.

— Veja a data no começo. É neve. Daqui a dois dias. E a frase que ele cita na carta é do diário. "O amor nos encontra, passa por nós e continua." Está vendo? Está bem aqui.

— Mas isso não significa que ele está seguindo o diário exatamente, não é? Desculpe, Heather. Estou tentando te acompanhar, mas é só uma frase de um diário.

— É a última anotação. É onde o diário começa. É um festival, e ele vai estar lá. Sei que vai. Ele me contou sobre esse lugar. Disse que na noite anterior à invasão dos nazistas, toda a cidade saiu e dançou. Dançaram diante da morte. É por isso que ele vai estar lá. Ele não deixaria de fazer isso. Ele quer dançar diante da morte. Esse é o Jack.

Fiquei de pé.

— Vou arrumar minhas coisas agora — falei. — Vou atrás dele.

— Heather, espere. Isso é loucura. Você não tem como saber se ele vai estar lá. E, mesmo se soubesse, como vai ter certeza de que ele vai estar lá esta semana ou em alguns dias? Vamos lá, pense. Você tem certeza? Tem certeza de que sabe onde ele está?

— Você está certa, claro. Eu sei disso. Sei que estou sendo irracional, mas não posso deixar passar, Amy. Você não entende? Tentei deixar passar, mas tenho que vê-lo. Uma hora ou outra, ele tem que estar lá. Sei que vai. É primavera e ele tem que seguir o diário até o fim.

— E o seu trabalho?

— Foda-se o meu trabalho.

— Você não está dizendo isso. Você não está pensando claramente.

— Talvez não. E talvez eu esteja pensando claramente pela primeira vez. Eu nunca deveria ter deixado ele ir.

— Você não teve escolha.

— Vou ficar até encontrá-lo. Não me importo mais. Eu não posso viver assim. Tenho que vê-lo novamente. De um jeito ou de outro, tenho que saber que eu não estava louca em acreditar no que tínhamos.

Minha amiga respirou fundo. Eu a vi pesar as coisas novamente em sua mente. Vi a velha Amy, a Amy selvagem voltar e tomar posse de sua alma. Seus olhos brilharam, e ela segurou o meu antebraço e o apertou.

— Vá até ele — falou, com sua voz irresistível. — Você vai encontrá-lo e não vai desistir até ter o que precisa. Está me ouvindo? Você vai se arrepender para o resto da sua vida se não o encontrar. Você precisa saber, de uma vez por todas, o que aconteceu com ele. Ele é o seu grande amor.

— Ele está doente e foi embora para me deixar ser livre.

Amy apertou meu antebraço com mais força.

— Eu acredito em você — ela falou. — Ou você faz isso, ou vai ter um treco.

Eu a abracei com força. Então soltei uma risada curta e repentina, mais parecida com uma tosse do que com qualquer outra coisa.

— Não posso viver no meio do caminho. Não posso seguir adiante enquanto eu não entender o que aconteceu. Não posso.

— E se você estiver errada?

— Então eu sou uma idiota apaixonada. Mas, pensando bem, não é uma coisa tão ruim de ser, não é? Uma idiota apaixonada... Ela me soltou e assentiu. Então corri para arrumar as malas.

BATAK

53

Batak, Bulgária, abril de 1946

O homem levou a garrafa de volta para a boca e apertou os olhos.
Cambaleou por causa da embriaguez. Agora ele havia reunido uma multidão ao seu redor com a promessa de esvaziar a garrafa de "gim selvagem". O gim, eu sabia, era só gim mesmo. Uma combinação de álcool e cevada. Claramente, ele não se importava mais. Vários espectadores se apressaram para puxar seu braço para baixo, mas ele lutou contra eles, empurrando-os para longe e se esquivando até que pudesse colocar os lábios ao redor do gargalo novamente. Eu não teria notado suas lágrimas se a última luz não o tivesse capturado de perfil. Era um homem feio pelo rosto bestial preso à garrafa que o alimentava, o casaco rasgado, as calças puídas nos joelhos. Ele parecia desesperado para ter a bebida dentro de si, desesperado para esquecer, e cada aceno de seu pomo de adão declarava uma vitória do suicídio. Por fim, jogou a garrafa para um lado e estendeu os braços, tã-dã, e, assim que fez uma pequena reverência para a multidão, desabou no chão. Mesmo na guerra, nunca vi um homem cair tão pesadamente. Ele desmoronou como se uma força acima dele o tivesse jogado no chão, e eu me afastei para não vê-lo vomitar. Mas ele não vomitou. Ele rolou no chão, segurando o estômago, e um dos seus amigos o colocou de joelhos e bateu nas costas dele até que o homem finalmente vomitou um claro arco de líquido. A multidão aplaudiu, e o homem bêbado afundou

na terra mais uma vez e olhou para a luz da noite. Suas lágrimas tinham deixado uma trilha pelo rosto sujo, e sua boca, brilhando com vômito e bebida, resplandecia na última luz. As duas marcas de umidade que se conectavam em seus lábios pareciam uma ampulheta.

O motorista de táxi, um homem grande com um bigode enorme e um prazer quase disfarçado pela oportunidade de praticar seu inglês com uma jovem americana, me levou ao Hotel Orford, em Batak, na Bulgária, o ponto inicial do diário do avô de Jack. Durante a viagem, ele me disse que duvidava de que o Hotel Orford tivesse acomodações.

— Muitos dançarinos. É o Surva Festival. Todos, de todas as regiões, vêm para a dança. Eles usam máscaras. Você conhece essa fama? Esta cidade? As pessoas ouvem os nazistas chegando, olham para a montanha e dançam. Povo louco, eles dançam diante da morte. É muito digno de foto.

— O que você recomendaria? — perguntei. — Onde eu poderia ficar?

— Difícil de dizer... Depende. O que você está procurando?

— Não tenho certeza. Só quero um quarto.

— Às vezes famílias... Você entende, famílias? Às vezes, eles alugam quartos. Eles os publicam em quadros. Papéis em quadros.

— Quadros de avisos?

Ele assentiu enfaticamente.

— Sim, mensagens.

— Quando a dança começa?

— Já começou. Todo mundo dança. Dançam durante três dias. Algumas pessoas alugam seus carros para dormir. Ainda está frio à noite. Temos neve nas montanhas.

Observei tudo quando entramos na cidade. A aldeia não era grande, eu sabia. A população era só de quatro mil habitantes, talvez menos, mas a cidade estava lotada para acomodar os frequentadores do festival. Os postes de iluminação, os prédios e as escadas estavam decorados com festões de pinheiro e flores primaveris, e de quando em quando eu via o que devia ser uma dançarina carregando uma enorme cabeça de papel machê, pintada de cores vivas e estranhas. As máscaras eram invariavelmente rostos aterrorizantes. Elas lembravam as máscaras do Carnaval de Nova Orleans, só que eram mais primitivas e remetiam de alguma forma às densas florestas que cercavam a cidade.

— Vai nevar? — perguntei, imaginando, sem entusiasmo, se eu poderia dormir. — O que diz o boletim meteorológico?

Ele tocou os lábios em resposta. Ele não sabia, certamente.

Enquanto nos dirigíamos para o centro da cidade, comecei a me sentir triunfante. Eu era louca, algo simples assim. Eu não tinha ideia se o Jack estava de fato ali. Mesmo que estivesse, refleti, eu não sabia se realmente ia conseguir encontrá-lo. Ele podia vir um dia, depois ir embora sem que eu o visse. Mas fiz a primeira coisa verdadeiramente impulsiva em toda a minha vida. Eu não tinha ponderado, não tinha determinado o curso de ação correto, nem feito cálculos cuidadosos. Pela primeira vez, tinha agido por impulso, pegado um voo e seguido meu coração. Jack me ensinou isso; ele tornara essa liberdade possível. O que quer que ele tenha significado ou sido para mim, havia libertado algo no meu íntimo que esteve por muito tempo trancado. Ele me dera esperança e me ensinara a confiar que a vida podia ser surpreendente se você permitisse que ela se revelasse, não a tumultuando com fotos e postagens no Facebook e se entregando às situações. Essa foi a grande lição que o Jack havia me ensinado.

O motorista atravessou lentamente a praça da aldeia. A polícia havia isolado uma grande área com fita amarela. Dançarinos já haviam começado a se juntar. Muitos usavam grandes cordões de chocalhos ao redor do pescoço e o barulho aumentava à medida que avançávamos.

— Acho que vou ficar aqui — falei ao motorista. — Aqui provavelmente é tão bom quanto qualquer outro lugar, não é?

— Sim, bom, sim — ele respondeu, navegando pelo confuso tráfego de pedestres.

— Esses são os dançarinos?

— Todo mundo é dançarino em Batak. É tarefa de todos encerrar o inverno e prometer uma boa primavera.

— Sim — falei, observando tudo. — Sim, é claro que é.

O barulho dos chocalhos aumentou no momento em que saí do carro. Dançarinos que chegavam na praça pulavam ou giravam para fazer os chocalhos tocarem. A maioria era jovem, mas não todos. Uma neve fraca começou a cair. Olhei para o céu. Não parecia que uma verdadeira tempestade estava a caminho; a neve pareceu cair com relutância, pairando na atmosfera cinzenta. Os prédios vizinhos já haviam acendido as luzes diante da noite que se aproximava.

Fiquei parada durante um longo tempo enquanto o táxi se afastava.

Observei os dançarinos se reunirem — grandes máscaras de leões com presas, dragões, aterrorizantes rostos caninos e crianças selvagens e ensanguentadas — e me perguntei se eu não havia entrado em um pesadelo. Mas as expressões no rosto dos participantes do festival me salvaram: elas eram alegres e animadas, e ficou claro que se tratava de um evento cultural que trazia consigo muita diversão. O avô de Jack tinha vindo para cá depois da guerra, e eu podia imaginar o prazer que ele teve na comemoração, na determinação da aldeia de expulsar as forças humanas mais sombrias. E o "povo louco", como dizia o motorista, havia de fato dançado em face da morte. Eu havia lido sobre isso. Na noite anterior aos alemães invadirem e tomarem a cidade, os aldeões não conseguiram pensar em nada mais forte do que dançar. Soube disso pelo diário do avô de Jack.

Pelo que pensei ser uma eternidade, não me mexi. Simplesmente aguardei, esperançosa, que a música me contagiasse. Queria que sua atração primitiva me levasse, mas não podia ceder ainda. Invejei os dançarinos. Eles pareciam se liberar de tudo, se juntando à música, agitando seus chocalhos nas montanhas escuras. Nunca aprendi a me liberar desse jeito. Jack estava me ensinando a fazer isso, mas não consegui dar o último passo.

Foi o que pensei, parada ali, em Batak.

Então, subitamente, percebi que estava com frio.

54

Eu não sabia se tinha ouvido o nome dele corretamente. Sr. Roo? Sr. Canguru? Certamente o nome significava algo mais. Eu tinha ouvido isso quando ele se apresentou. Agora eu o seguia por um longo corredor que cheirava a repolho, neve e gato. Parecia ser um tipo de apartamento, mas até isso era difícil de determinar. Lá fora, o barulho dos chocalhos preenchia o ambiente com um som cacofônico. O sr. Roo, um homem com uma barriga enorme e sobrancelhas grossas e simpáticas, se virou para mim e tentou, sem sucesso, falar sobre o barulho. Ele levantou o dedo para me dizer para esperar.

Ele usava uma camisa azul de uniforme e um colete de lã preta enfiado nas calças. Parecia um ator do Leste Europeu que segurava uma lanterna na pousada e avisava para não ir às montanhas em direção ao castelo do Drácula. Mas ele parecia satisfeito em me receber como hóspede e, enquanto me guiava por um segundo corredor, mais afastado do clamor dos chocalhos, explicou a história do prédio.

— Em outro dia, um quartel militar. Um dormitório. Você entende? Quartos pequenos. Apenas camas de montar. Você entende?

— Sim.

— Cobramos muito por esses quartos, mais do que deveríamos, mas não podemos evitar.

— É o festival — eu disse, concordando.

Pensei em Hemingway frequentando as touradas em Pamplona, bebendo do nascer ao pôr do sol, indo de bar em bar, mas esse festival emanava uma sensação diferente. Acontecia nas montanhas, no que os guias chamavam de grandes áreas cobertas de calcários, com desfiladeiros profundos, grandes cavernas e formações rochosas esculpidas, onde os espíritos invernais se escondiam até os dançarinos da primavera assustá-los de volta a suas terras congeladas. Hemingway celebrou a morte na vida. O Surva Festival pedia vida na morte. De alguma forma, fazia diferença, mas eu ainda não conseguia determinar o que poderia ser.

O sr. Roo abriu a porta do meu quarto.

— Simples — disse, segurando a porta aberta.

Primitivo seria uma palavra mais precisa, mas o quarto me serviu. Ele não havia me enganado: era uma caixa de dois por dois e meio, com o piso pintado de cinza, uma cama de montar com um cobertor de lã dobrado sobre ela, um travesseiro, uma mesa e uma cadeira amarelas encostadas na parede oposta. Não tinha calor que eu pudesse detectar. Uma janela de bom tamanho dava para um pátio. Gostei da aparência da janela: deixaria entrar a luz cinzenta da tarde e dali eu poderia observar a neve cair como mariposas.

— Bom? — o sr. Roo me perguntou.

— Ótimo — respondi.

Um olhar de alívio se espalhou por seu rosto. Ocorreu-me que talvez ele tivesse ficado um pouco embaraçado ao mostrar a uma estrangeira as humildes acomodações que oferecia. Agora, com isso resolvido, ele acendeu a luz e me mostrou como colocar uma moeda em um pequeno aquecedor na parede. O aparelho parecia um rosto de cupido, com a boca franzida que vomitava calor quando a moeda era digerida. O sr. Roo ficou de pé com as mãos no aquecedor, como se tivesse acabado de acender uma fogueira magnífica. Decidi que gostava do homem e, se ele me dissesse para não levar a carruagem para o castelo do Drácula, eu aceitaria o conselho.

— Melhor? — ele perguntou quando coloquei a mochila na mesa amarela.

— Sim — respondi.

— Você conhece a história da montanha?

Balancei a cabeça.

— Rhodopa e Hemus. Muito famosos. Eram irmãos. Então eles começaram a desejar um ao outro. Muito errado. Como eles eram lindos, chamavam um ao outro por nomes de deuses. Zeus e Hera. Você entende?

— Sim — respondi.

— Certo dia, os verdadeiros Zeus e Hera se desapontaram com Rhodopa e Hemus, dizendo que era errado usar o nome de deuses. Então, *puf*, os verdadeiros deuses transformaram os jovens irmãos em montanhas. Essa é a Bulgária.

— Deuses zelosos — falei.

O quarto esquentou enquanto o sr. Roo me contava a história. Fiquei sonolenta. Ele sorriu.

— Vou deixar você agora. Servimos sopa às sete em ponto. Boa sopa. Você dorme agora. Posso ver que precisa.

— Sim — concordei. — Acho que estou cansada de viajar.

— Claro que está. Quando viaja, a sua alma... como se diz? Está no ar.

— E quando se está em casa?

— Acreditamos aqui que a sua alma está dividida e que metade vive em seu solo nativo! — o sr. Roo disse, rindo. — Quando se está em seu próprio país, seus pés podem encontrar a alma embaixo, e ela fica inteira. Mas, quando você viaja, você é meia alma. Acredita nessas coisas?

— Acredito em tudo — falei, sentindo que precisava me deitar ou desmaiaria.

O sr. Roo fez uma reverência, assentiu e saiu. Fechei a porta, depois de concordar, novamente, que eu tomaria a sopa. O quarto estava quente e cheirava a uma descarga gasosa que vinha do aquecedor do rosto do cupido. Eu me perguntei, distraidamente, se o aquecedor poderia me matar asfixiada se não funcionasse corretamente. Imaginei que sim.

Fui até a cama e me estiquei. Queria chorar, mas estava muito atordoada, fora do meu ambiente, para permitir até mesmo essa ligeira fraqueza. Percebi que, se cedesse a isso, poderia subir as colinas para conspirar com os espíritos invernais. Poderia viver nas montanhas de calcário, colocar musgo nos cabelos e viver entre pedras selvagens e pinheiros trêmulos. Refleti, ao cair no sono, que os dançarinos não dançavam para afugentar os espíritos, mas, ao contrário, para zombar deles pelo que não podiam ter.

Acordei no fim do dia sem saber onde estava. Sentia frio, isso eu sabia. Tremi e puxei o cobertor de lã, então me lembrei que o sr. Roo me mostrou como usar o aquecedor. Fiquei com o cobertor ainda sobre mim e remexi na bolsa até encontrar algumas moedas. A moeda local era estranha para mim; então, por um momento ou dois, eu me inclinei para inspecioná-la. Imaginei, ao fazê-lo, como eu pareceria para qualquer um que estivesse observando: uma mulher estranha, despenteada, enrolada em um cobertor verde-oliva, de pé no fim do dia, procurando por moedas. Não era uma imagem inspiradora.

Levei três moedas para o aquecedor do cupido soprar o ar para mim. Segurei as mãos para a boca pequena, assim como o Sr. Roo tinha feito. Então me arrastei de volta para a cama.

Durante muito tempo, me obriguei a não fazer nada, nem pensar em nada, até ficar pelo menos ligeiramente quente. Essa parecia ser uma boa maneira de abordar as coisas: pegar uma pequena coisa de cada vez e realizá-la. Primeiro, me aquecer. Segundo, talvez, ir tomar sopa. Terceiro, descobrir que impulsos insanos me levaram a voar para Batak com um capricho tão absurdo. Fazer a última coisa exigia uma séria introspecção, por isso a deixei de lado e me concentrei na sopa. *Que tipo de sopa será*, me perguntei. Sopa de beterraba, provavelmente. Algo feito de verduras, cebolas e água escura e fervida. Não, água fervida não, água das montanhas, a que escorria dos banhos dos espíritos invernais, que fluía como raízes dos calcários até a praça da aldeia. Era esse o tipo de sopa que o sr. Roo devia servir.

Pensar na sopa me satisfez por um tempo. O calor gradualmente tomou conta do quarto. Tentei adivinhar que horas seriam. Meu telefone estava na mesa do outro lado do quarto, e essa distância parecia intransponível. Mas me forcei a sair da cama e pegá-lo. Então me deitei de volta, desta vez deixando escapar um pequeno impulso quando cedi à gravidade.

Eram 6h37. Faltavam mais ou menos vinte minutos para servirem a sopa.

Busquei o número de Amy no celular, mas cancelei a ligação antes de completar. Enviei-lhe uma mensagem e disse que tinha chegado em segurança, que eu estava bem, que tudo estava bem. Disse a ela que o lugar era espantoso e acrescentei três carinhas sorridentes.

55

Sopa de batata e alho-poró.

O sr. Roo e uma mulher sem nome, que usava um vestido azul como aqueles que as lavadeiras usavam em Berlim, Viena e Cracóvia, serviam tigelas de sopa de alho-poró para a clientela na sala de jantar quase vazia. Chamar o lugar de sala de jantar, no entanto, era generosidade. Era uma grande sala cinza com mesas de refeitório. Sua única graça salvadora era um fogão que queimava no canto da sala. Era daquele tipo de fogão a lenha com portas abertas, para fingir que se tratava de uma lareira e a luz do fogo pudesse encher a sala com cintilações douradas.

Peguei a tigela de sopa da mulher sem nome — será que era a esposa, a irmã ou a mãe do sr. Roo? — e a levei para uma cadeira vazia, ao lado do fogão a lenha. O sr. Roo passou pela sala com um prato de pão preto. Peguei um pedaço e não pude deixar de me lembrar da comunhão. A sopa estava quente demais para comer. Segurei-a no colo e deixei que me esquentasse.

— Esquentou? — o sr. Roo me perguntou em sua segunda rodada, numa tentativa de me deixar confortável.

— Sim — respondi, sem saber dizer ao certo se ele se referia ao aquecedor no andar de cima ou ao meu lugar em frente ao fogão a lenha.

Por fim, a sopa esfriou e eu a tomei. Sentia fome e a comida estava muito boa. Tinha gosto de cebolas e gramados de verão. O sr. Roo me deu um segundo pedaço de pão. Comi também. De certa forma, era mais fácil comer do que pensar. Pensar significava que eu tinha de decidir sobre um curso de ação. Minha inclinação era subir de volta ao meu quarto simples e dormir a noite toda. Eu me sentia exausta e confusa. Meu plano de encontrar Jack na

Bulgária agora parecia tão impulsivo e tão ridículo que eu me perguntei como a Amy não me amarrou para impedir que eu saísse de Paris. Mas ela aceitou minhas garantias — "Sinceramente, Amy, ele tem que estar lá, é lá que o diário começa, juro que faz sentido se você conhece o Jack e se leu o relato do avô dele" —, e eu estava tão empenhada em persuadi-la que acabei persuadindo a mim mesma.

— Você vai vê-los queimar o homem? — o sr. Roo me perguntou quando começou a limpar os pratos. Os outros clientes haviam se afastado. Fiquei sentada sozinha em frente ao fogo.

— Queimar o homem? — perguntei, sem entender.

— O homem invernal. Eles o levam para a praça e o queimam. Então a primavera pode descer das montanhas.

Isso vai ser quente, pensei. Meu mundo de repente se tornou binário: quente ou não quente.

— Existe uma maneira de encontrar alguém no festival? Deixar uma mensagem para alguém? — perguntei.

O sr. Roo recostou o traseiro em uma das mesas e olhou para mim.

— Você está bem? — ele perguntou.

Dei de ombros. Eu precisava dar de ombros ou chorar.

— Preciso encontrar alguém aqui — expliquei, quando estava com minhas emoções sob controle.

— Um garoto perdido?

Sim, pensei, sorrindo com a menção aos garotos perdidos, os garotos selvagens de Peter Pan.

— Isso mesmo.

O sr. Roo pensou um pouco, mas, quando se afastou da mesa, apenas sorriu e pegou minha tigela.

— É o caos — ele disse —, o festival, então você nunca sabe o que vai encontrar. Ou o que vai encontrar você. Mas às vezes os deuses se lembram de nós. Saia e olhe por aí. O que você tem a perder?

⁕

O velho homem invernal teve uma jornada difícil.

Eu o observei chegar, sustentado por uma procissão sinuosa que se estendia por dois quarteirões da cidade, em uma decrépita cadeira de sala de jantar carregado por um grupo de homenzarrões. O velho homem invernal era um espantalho bem confeccionado, com um sorriso irônico pintado no rosto. Ele parecia ser tão alto quanto um homem normal e usava um paletó com uma flor na lapela. Os homens que o carregavam usavam cartolas e tinham o rosto pintado de branco. Eu não tinha ideia de qual era a importância simbólica das cartolas ou das caras brancas pintadas, mas estava disposta a acompanhar o cortejo.

Eu *queria* acompanhar o cortejo.

Queria me sentir arrastada e carregada, assim como o velho homem invernal estava sendo conduzido para um final ardente que poderia cauterizar a memória de Jack da minha cabeça de uma vez por todas. Os chocalhos tocavam com energia selvagem e seus sons reverberaram contra as paredes antigas da cidade. Por um tempo, eles perseguiram até o pensamento mais simples da minha cabeça. Eu estava em uma avenida, espremida contra a porta de uma loja, vendo a procissão dançar, a hilaridade e a embriaguez — eu sentia o cheiro do vapor do álcool, como uma grande onda de milho e trigo enquanto a multidão se levantava e dançava — explodindo em pequenos grupos enquanto os foliões passavam. Quando o último grupo passou, fui atrás, determinada a ver o velho homem encontrar seu destino.

Foi então que vi o Jack.

Onde pensei ter visto o Jack. Onde o Jack flutuou para fora da multidão em um piscar de olhos e, em seguida, desapareceu novamente.

A visão me atingiu como um soco no estômago. Era como se alguém tivesse pegado uma lâmina afiada e batido com a palma da mão no sulco de carne entre as minhas sobrancelhas. Não consegui me mexer. Alguém me empurrou e pediu desculpas. Assumi que a pessoa disse isso, porque não consegui entender. Eu me virei e assenti. Então voltei os olhos para o grupo de pessoas onde o Jack havia estado um instante antes. Onde Jack Vermont, o meu Jack, estava dançando em comemoração, com os braços erguidos, com uma bela mulher ao seu lado.

Uma mulher linda ao seu lado.

Mas aquele era o Jack? Era ele mesmo? Eu não podia dizer com certeza. Em um instante, senti absoluta certeza de que o Jack havia aparecido como um espectro dançando com os braços erguidos, em sua jaqueta de zíper, a mesma que ele sempre usava. E, no instante seguinte, a parte racional do meu cérebro descartou a visão como uma realização de um desejo. Uma ilusão. O produto da exaustão e de um estado emocional atribulado.

E ele estava com outra mulher? Foi isso que eu vi?

Eu tinha visto alguma coisa?

Para, pensei. Faça todos pararem por um momento. Eu precisava que todos parassem como se eu tivesse deixado cair uma lente de contato no chão. Mantenha sua posição. Depois eu passaria entre eles, desviando de cada um, batendo em um após o outro, pedindo que saíssem. Um por um, eu os cortaria até que o que restasse, quem quer que restasse, fosse o Jack, ou o sósia dele, ou um homem que se parecesse tanto com ele que desafiasse uma explicação racional.

Corri. Alguma coisa na aldeia despertou as pessoas em uma voracidade e, quando cheguei ao comício, o velho homem invernal já havia sido incendiado. Ele queimava no alto de uma grande fogueira, seu corpo de espantalho se transformando em um pavio dentro de uma chama amarela. A multidão gritava e dançava, e os chocalhos, os eternos e insistentes chocalhos, soaram como um coro infernal que dizia respeito ao sofrimento do velho. Em todos os lugares que olhei, as máscaras mudaram de forma ao captar a luz de um novo ângulo. Eu não podia mais determinar o que sentia — um apelo selvagem a um eu primitivo: medo, alegria, raiva. Talvez tenha sido esse o ponto, percebi, enquanto a multidão circulava, me virando de um lado para o outro para seguir por entre os dançarinos enlouquecidos. Talvez o inverno que contava, o que realmente precisava ser queimado, vivesse dentro de nós.

Procurei durante uma hora. Duas. Procurei até que o velho e seu trono de fogo tivessem queimado até se tornarem um monte ardente de cinzas e troncos de árvores chamuscados. Procurei até que a polícia local apareceu e nos fez recuar enquanto o corpo de bombeiros reduzia o último incêndio. Então observei uma retroescavadeira recolher as cinzas e os resíduos restantes e colocá-los na caçamba de um caminhão azul.

O velho se foi. O Jack também. Voltei para o meu quarto, para o sr. Roo, para o aquecedor de cupido com os lábios franzidos e a respiração de ar quente. Meu garoto perdido ainda estava perdido.

Não consegui dormir.

Nem perto disso. Alimentei as moedas do aquecedor e fiquei na cama, tentando criar um plano. Inventar qualquer coisa. Argumentei, principalmente, a favor ou contra a proposta de que eu tinha visto o Jack. Em um segundo, pensei: *Tinha que ser ele*. Eu conhecia sua forma, sua constituição, seu jeito de caminhar, bem dentro de mim. Assim que fiquei à vontade com essa afirmação, a dúvida me penetrou com pequenos e espinhosos pés de rato, o nariz se contorcendo, as orelhas se dobrando, os bigodes subindo e descendo.

Não era o Jack, o rato me dizia nesses momentos. *Garota, você realmente precisa superar esse cara.*

E se fosse o Jack, e se ele estivesse dançando naquela multidão, seria possível que sua nova namorada estivesse ao lado dele? Ele estava se conectando com alguém novo assim como ele havia se ligado a mim? Esse era o padrão dele? Um sociopata romântico? Um predador sexual em série?

Não, nada de sono para mim.

Nenhum pensamento coerente também.

Então a sala de repente começou a encolher. Eu sabia que estava tudo na minha cabeça, mas não conseguia negar a evidência dos meus sentidos. Eu me levantei e fiz alguns exercícios de alongamento. Fiz, pelo menos, quinze minutos de ioga. Depois, peguei o iPad e verifiquei o Wi-Fi. Nada. A sala continuou a encolher. Finalmente, peguei a jaqueta e saí. Estava frio, amargo e escuro. Se os aldeões estivessem mandando o velho homem invernal de volta para as montanhas, ou pelo menos o matando, não estavam fazendo um bom trabalho. A cidade inteira cheirava a restos de fogueira.

Eu não tinha ideia se estava segura perambulando pela cidade sozinha. De vez em quando, um casal ou um grupo de foliões passava por mim. Eu sempre assentia. Dizia a mim mesma para virar e voltar para o aquecedor de cupido e tentar dormir. Também disse a mim mesma que precisava ligar para o aeroporto o mais cedo possível no dia seguinte e reservar um voo para ir embora da Bulgária. Até considerei ligar para os meus pais, talvez para a minha mãe, só para garantir que eu não tinha ficado completamente louca. Mas então percebi que precisava tranquilizá-los quanto a eu não estar entrando em colapso. Se você tem que dizer a alguém que não está em colapso, provavelmente você está.

Andei por mais meia hora antes de chegar até o casal.

Era assim que eu os chamaria depois. Eles usavam máscaras de lobo, apenas os lábios expostos, e roupas bonitas. O homem usava um fraque antigo, o tipo de casaco que George Washington usava, com calças na altura dos joelhos, quatro dedos abaixo, e um tipo de peruca loira sobre o couro cabeludo. A mulher estava vestida ao estilo Maria Antonieta, com um vestido armado de tecido brocado, e usava uma peruca cinza sobre a cabeça e uma máscara mais estreita e afunilada que se estendia na ponta do nariz. Sua aparência não fazia sentido algum. Inicialmente, eu mal conseguia acreditar no que estava vendo. O que as roupas de 1700 tinham a ver com o festival? Mas, antes que eu pudesse avançar em direção a eles — eles estavam perto de uma fonte, a água espirrando em um arco branco de luz —, eu ouvi a música. O lobo macho, que é como cheguei a pensar nele, colocou um disco de vinil em uma pequena mesa de som e aguardou para ter certeza de que o aparelho funcionaria corretamente. Quando a música soou — era uma valsa —, ele se virou e se curvou em direção ao lobo fêmea. Ela fez uma reverência e se moveu para os braços dele.

Então eles dançaram.

Dançaram silenciosa e habilmente, e, enquanto se moviam, o jato da fonte parecia saltar e pedir para se tornar gelo. Eles dançaram nos paralelepípedos, e eu fui a única testemunha. Não podia dizer com certeza, mas eu acreditava que eles dançavam apenas um pelo outro. Eles não fizeram nada teatral, além de exibir aqueles trajes estranhos. Não se viraram para me olhar ou me envolver de alguma forma. Eles simplesmente continuaram a girar, o disco de vinil irregular estalando, a água da fonte proporcionando um vislumbre dos seus movimentos. Observei e senti meus olhos se encherem de lágrimas. Ansiava vê-los como um sinal de que eu encontraria o Jack, mas uma parte de mim nem se importava com essa esperança. Não, bastava vê-los dançar, acreditar que estavam suficientemente apaixonados por levarem um toca-discos portátil para uma praça nas primeiras horas da manhã, para dançarem um com o outro.

Fiquei admirando o casal por mais um ou dois minutos, então recuei o mais silenciosamente que pude. Na luz suave da fonte, eu os vi girar, uma dança de lobos em uma noite fria de primavera.

56

Na manhã seguinte, tomei o café da manhã na sala de jantar do sr. Roo. Ele fez um bom mingau de aveia, que serviu com canela e um pedaço grosso de pão preto da noite anterior.

Contei a ele a história de ter visto Jack por um instante. De pensar que eu o tinha visto. Em pouco tempo, tornou-se uma ideia fixa dele que eu deveria encontrar o meu "garoto perdido", como ele o chamava. Mas ele não tinha um plano concreto para oferecer. Continuou dizendo que o destino me ajudaria. Ele gostava da palavra "destino" e dizia isso com frequência. Falou que, quando paramos de procurar algo, geralmente essa coisa aparece. Em seguida, perguntou como eu gostava do mingau e respondi que gostava no ponto.

Meu telefone tocou antes de eu terminar de comer. Era Amy. Eu me desculpei e fui para uma mesa vazia para conversar com ela com mais privacidade.

— Você está bem? — ela perguntou assim que atendi. — Me diz que você está bem.

— Acho que vi o Jack ontem à noite.

— O que você quer dizer com você acha que o viu?

— Estava lotado e ele apareceu só por um segundo. Não consegui chegar até ele rápido o suficiente. Ele estava com outra mulher, eu acho.

Amy respirou fundo e não disse nada por um momento. Então quebrou o silêncio.

— Você vai encontrá-lo, Heather.

— Eu vou.

— Eu sei que vai.

— Sim, eu vou.

— Mas, se isso se tornar uma tortura, não sinta que precisa ficar. Você é a capitã do seu próprio navio, lembra? Você é a nova Heather, livre e selvagem. Aquela que decola e manda seu chefe se foder.

— Não estou me torturando. E eu não mandei o Bank of America se foder. Dou valor à empresa. Sou uma boa funcionária.

Ela não disse nada por um segundo.

— O festival é divertido? — ela perguntou.

— Sim. De um jeito estranho, mas é. Estou me divertindo muito. Nunca estive em nada assim.

— Estou preocupada com você. Também estou mais inspirada do que você imagina. Você está fazendo uma das coisas mais corajosas que já ouvi falar.

— Estou bem, Amy. Sou forte o suficiente para isso. Talvez não tenha sido ele que eu vi. É difícil dizer. As pessoas estavam dançando e estava meio escuro. Talvez eu tenha só imaginado. Talvez eu tenha achado que era ele porque era isso que eu queria.

— Tinha realmente uma mulher com dele?

— Talvez. Se eu o vi, sim, tinha. Estou bem, Amy. Sinceramente. Eu me sinto mais forte, na verdade. Sinto que ele está aqui — falei, entendendo que era uma afirmação honesta, mesmo quando falei. — E não é só por ele, Amy. Você sabe disso. É pelo que nós tivemos. Se o que o Jack e eu tivemos não fosse real, não significava tanto para ele quanto para mim, então eu preciso saber. Preciso saber que a vida pode nos enganar profundamente. Se isso for verdade, tudo bem, eu vou continuar, mas vou ter um sentimento diferente sobre tudo isso. Vai doer, mas vai servir como lição para mim.

— Isso pode tornar você uma pessoa cínica. Estou preocupada que isso faça você desistir das coisas.

— Talvez faça. Talvez isso seja parte do meu crescimento. Às vezes, parece ser um processo simples de rejeitar as coisas. Como posso saber?

— Fique o tempo que precisar. Não faça isso pela metade.

— Não vou, eu prometo. Para ser sincera, a velha Heather poderia ter feito isso pela metade. Agora não. Eu mudei. Mas o festival não é enorme. Se ele estiver por aqui, provavelmente vou encontrá-lo.

Amy soltou o ar em uma liberação esperançosa. Tentei imaginar que horas eram, mas meu cérebro não suportava calcular.

— Quando você vai ao Japão? — ela perguntou.

— Semana que vem.

— Tudo bem — ela disse. — Isso é bom. Vá para o Japão e faça um novo corte de cabelo ou algo assim. Compre uma espada samurai. Agite isso. Boa sorte hoje.

— O sr. Roo diz que tudo é relacionado ao destino.

— Sr. Roo? Quem é o sr. Roo? Esse não pode ser o nome dele.

— Hoje é — eu disse, e desliguei.

⚜

Caminhei e observei.

Aos poucos, aprendi mais sobre o festival. A dança continuou em todos os momentos. Na verdade, o trabalho dos participantes era manter a dança contínua para que o inverno não tivesse chance de se enraizar novamente. Várias pessoas me disseram isso. O som dos chocalhos permeava tudo. Ele entrou tão profundamente em minha consciência que desapareceu como o barulho de um relógio ou um vagão passando. *Chocalhos, dança, Batak. Surva Festival.*

Enquanto caminhava, fiquei imaginando o que, em nome da última palavra de Deus, eu estava fazendo em Batak, na Bulgária. Tentei imaginar o que devia parecer para os transeuntes. Ali estava uma jovem, razoavelmente atraente, bem-vestida, que parecia vagar sem rumo ao longo do dia. Obviamente americana, turista, fora do seu ambiente. Ela vivia agora em um pequeno quarto, dormindo em uma cama de desmontar, enquanto um aquecedor branco com cara de cupido soprava um bafo quente sobre ela para impedi-la de congelar.

Era um absurdo.

Eu era um absurdo.

Um, dois, três, livre outra vez, sussurrei cinco, cem, mil vezes. Era o chamado da infância, o sinal que costumávamos dizer que o jogo havia acabado, que todos poderiam sair e parar de se esconder. Jack não me ouviu. Jack não saiu nem parou de se esconder.

Comi um almoço tardio em um café fora do comum. Pedi mais sopa. De vegetais. O garçom me trouxe e perguntou se eu queria vinho. Recusei. Pedi uma cerveja. Disse a ele para me trazer a cerveja mais escura, pesada e típica que ele tinha no restaurante. Ele sorriu, assentiu e saiu correndo. Era um homem baixo e magro com enormes antebraços. Ele colocou a cerveja na mesa e acenou com a cabeça para indicar que queria me ver beber. Fiz isso. Ela tinha um sabor pesado, um gosto de raízes de árvores e dedos de anão, pelo que eu sabia. Eu nunca havia provado nada melhor.

— Sim — falei. — É maravilhosa.

E foi aí que Jack passou pela janela do restaurante.

⁂

Pulei e me inclinei sobre uma mesa da janela — um casal que estava almoçando se recostou, aterrorizado ou irritado —, meu corpo de repente pairando sobre eles.

— Com licença, desculpe, desculpe — eu disse com pressa. Bati na janela. Bati até pensar que ela podia se quebrar. Mas Jack não me ouviu. Ele não parou. Sua jaqueta desapareceu na multidão.

— Aqui — eu disse ao garçom, voltando para a minha mesa. — Aqui, seu dinheiro. Aqui.

Joguei o dinheiro na mesa. O garçom começou a vasculhar os bolsos em busca de troco, mas eu não esperei. Corri para a porta e saí.

Corri atrás de Jack. Corri o mais rápido que pude. Sabia que ele poderia desaparecer em um instante. Ele poderia se esconder em uma loja ou decidir entrar em seu hotel. Qualquer coisa poderia acontecer. Mas ele se dirigiu para a cidade, onde estavam os dançarinos. Indo nessa direção, ele provavelmente assistiria às celebrações. Era quase noite, e a luz e o barulho nos atraíram para eles.

Eu o peguei a meio quarteirão da cidade. Reconheci suas costas, sua caminhada, a forma de seu pescoço e ombros. Eu me perguntei como não poderia reconhecê-lo, uma vez que seu corpo me era tão familiar. Tentei ver seu rosto. Não queria correr até ele e empurrá-lo, gritando: "Olá, Jack. Se lembra de mim? Lembra da garota de Paris?"

Talvez ele fosse encontrar a outra mulher.

Ao longo de meio quarteirão, andei do outro lado da calçada. Era fácil fazer isso. A multidão entupia as ruas. Ele não tinha motivo para me procurar ou acreditar que alguém o observava com atenção especial. A única razão pela qual ele se voltaria para mim seria se eu estivesse no meio de uma explosão de barulho. Caso contrário, eu me misturaria à multidão. Mantive seu ritmo. Chegamos ao centro da cidade ao mesmo tempo.

Eu parei. Jack também. Ficamos por alguns minutos sem nos mexer. Ele manteve os olhos nos dançarinos. Segui sua linha de visão para ver se ele procurava alguém especial.

Quantas vezes imaginei isso na minha cabeça? Quantas vezes tinha sido capaz de dizer isto ou aquilo, apenas a frase certa, que instantaneamente nos uniria, fizesse com que ele entendesse o erro absoluto de sua escolha, de todo o seu processo de pensamento para que ele se ajoelhasse diante de mim e me implorasse para aceitá-lo de volta? Meu interior parecia agitado, e eu me perguntei se eu conseguiria falar. Nunca imaginei isso. Jamais pensei como seria difícil me aproximar dele. Ao mesmo tempo, percebi que ainda o amava. Amava cada célula do seu corpo, cada olhar, cada detalhe.

Também vi que ele estava doente. Havia emagrecido. Sua pele parecia pálida.

Vire para mim, pensei. *Vire agora.*

E então ele virou. Simples assim.

Mas seus olhos passaram por mim e não me viram. Seus olhos se viraram para o movimento e para os dançarinos. Prendi a respiração, imaginando como tinha chegado a isso. Eu ia deixá-lo ir agora? Pela primeira vez, ocorreu-me — verdadeiramente — que eu também tinha uma obrigação. Talvez fosse meu dever deixá-lo ir. Ao me aproximar dele, talvez eu invadisse a sua privacidade, seu direito de deixar o mundo em seus próprios termos. Ele tinha o direito de ser deixado sozinho, e eu me senti tola e egoísta por nunca ter levado isso em conta.

O destino desempenhou um papel depois de tudo.

Sua altura nos salvou. Ele olhou novamente na minha direção e, sem entender completamente, nossos olhos se encontraram. Vi o reconhecimento florescer em seu olhar. Fiz uma promessa silenciosa de que eu não avançaria em direção a ele. Não moveria um músculo. Ainda estava em seu poder se afastar, e finalmente entendi que o deixaria ir se ele o fizesse.

Nós nos entreolhamos por um longo tempo. As pessoas dançavam ao nosso redor, mas não faziam diferença.

Ele se moveu em minha direção. Não me mexi. Eu havia prometido aquilo para mim mesma. Eu o observei se aproximar, o rosto abatido pela doença, o corpo não tão sólido quanto antes. Ele teve de parar várias vezes para se esquivar das pessoas e, então, como um milagre, parou diante de mim. Jack Vermont. O homem que eu amava além de toda esperança ou razão.

Ele me ergueu, me beijou e me abraçou. Depois me girou devagar, e eu soube que ele havia perdido as forças. Sabia tudo agora, cada palavra ou pensamento. Eu me agarrei a ele e o beijei. Ele me beijou e me abaixou devagar, sem parar de me beijar, se afastando e me beijando novamente, como se beijar fosse pensar, respirar, e não houvesse motivo para falar por mais tempo. Ele estava morrendo e havia decidido não me tornar sua enfermeira. Eu não pude culpá-lo.

— Não pude ir com você — ele disse, os lábios roçando nos meus cabelos e na minha orelha. — Eu queria, mas não consegui. Me perdoe.

Eu o beijei uma dúzia de vezes. Mil vezes. Assenti.

— Eu sei. Sei de tudo. Sei sobre o Tom.

— A leucemia voltou — ele falou. — É isso, em resumo. Fiz exames antes de te conhecer e peguei os resultados em Paris. Não é bom. Nada disso é bom.

— Quem era a mulher?

Ele pareceu confuso por um segundo, depois sorriu.

— Era a minha tia. Ela veio ver o que o meu avô descobriu em Batak. Foi embora esta manhã.

Eu o abracei e o beijei. Ele estava morrendo. Seu corpo já havia perdido a força e a firmeza. A leucemia o estava levando. Ele colocou o braço ao redor dos meus ombros. O festival chegou ao ápice. Amanhã, eu sabia, a festa acabaria. O sr. Roo fecharia alguns dos seus quartos e sua casa voltaria a ser uma humilde pensão. A cidade se esvaziaria, e o velho homem invernal começaria sua vida no alto das montanhas, vivendo em um verão antes de amadurecer e ficar branco de gelo e neve.

Mal havíamos nos recuperado da surpresa de estarmos na companhia um do outro quando um grupo de dançarinos nos cercou e exigiu que dançássemos com eles. Você não podia estar na cidade e não dançar. Essa era a regra. O grupo nos agarrou e nos forçou a girar, a dançar, enquanto seus chocalhos faziam uma algazarra cacofônica. Por um instante, só por um instante, senti a alegria em meu coração se unir a mil chocalhos por toda a praça. Isso me fez dançar mais intensamente e me virei para Jack, o abracei e disse que o amava com toda a minha alma. Ele disse que também me amava. Então me abraçou e me beijou. Dançamos separados do mundo, nossa testa unida, nossa respiração misturada, nosso corpo encontrando a energia um do outro. Ele me disse que as pessoas em Batak acreditavam que as almas dos mortos podiam viver em árvores e, se isso fosse verdade, ele prometeu viver no freixo, onde eu poderia encontrá-lo quando precisasse dele. Ele disse que estaria sempre em Paris, na nossa Paris. Continuamos a dançar, apoiados no destino que, com tamanha facilidade, tanto nos ofereceu e retirou de nós, e finalmente matamos o inverno. Dançamos até eu não conseguir respirar, até que seja lá o que eu fosse de alguma forma entrasse no ar, afastasse o frio em meu coração e mantivesse meus olhos nas montanhas, onde a primavera aguardava e a esperança recomeçava a cada nova estação.

Agradecimentos

O mapa que me leva até você é produto do carinho e do trabalho de muitas pessoas, e nada que eu escreva aqui será capaz de expressar adequadamente minha gratidão a todos que se envolveram em sua publicação e em sua jornada com os leitores. Como sempre, minhas agentes Andrea Cirillo e Christina Hogrebe me encorajaram e apoiaram durante a longa composição deste romance. Elas mudaram minha vida para melhor desde o dia em que as conheci. A equipe da Jane Rotrosen Agency é extremamente profissional no gerenciamento da minha carreira, e envio a todos meus sinceros agradecimentos.

Agradeço a Jennifer Enderlin, editora da St. Mark's Press, e a toda sua maravilhosa equipe. Obrigado também a Marty Bowen, Peter Harris e Annalie Gernert, da Temple Hill. Peter Harris me aconselhou, leu, deu sugestões e me fez continuar rindo. Ele tem um olhar agudo para a ficção e a construção dramática, e este livro se beneficiou imensamente com seu auxílio.

Agradeço sinceramente a todos os envolvidos nesta publicação. Mais que qualquer outro livro que escrevi, este foi resultado de um processo colaborativo. Também quero agradecer à Universidade Estadual de Plymouth, nossa adorável e pequena faculdade em White Mountains, New Hampshire, por me dar liberdade para escrever os livros de que necessito. Trabalho nessa instituição de ensino há mais de vinte e cinco anos e agradeço à direção e aos alunos por terem me concedido um tempo para escrever.

Finalmente, obrigado à minha família, aos meus amigos e à minha cachorra bem velhinha e fiel, que espera pacientemente por sua caminhada à tarde enquanto perco tempo com páginas e páginas que ela nunca será capaz de entender. Tenho biscoitos nos bolsos, eu juro.

Impresso no Brasil pelo Sistema Cameron da Divisão Gráfica da
DISTRIBUIDORA RECORD DE SERVIÇOS DE IMPRENSA S.A.